Les âmes noires

de Saint-Malo

HUGO BUAN

Les âmes noires

de Saint-Malo

ÉDITIONS DU PALÉMON
ZI de Kernevez - 11 B rue Röntgen - 29 000 Quimper

CE LIVRE EST UN ROMAN.
Toute ressemblance avec des personnes, des noms propres, des lieux privés, des noms de firmes, des situations existant ou ayant existé, ne saurait être que le fait du hasard.

Aux termes du Code de la propriété intellectuelle, toute reproduction ou représentation, intégrale ou partielle de la présente publication, faite par quelque procédé que ce soit (reprographie, microfilmage, scannérisation, numérisation…) sans le consentement de l'auteur ou de ses ayants droit ou ayants cause est illicite et constitue une contrefaçon sanctionnée par les articles L 335 2 et suivants du Code de la propriété intellectuelle. L'autorisation d'effectuer des reproductions par reprographie doit être obtenue auprès du Centre Français d'Exploitation du droit de Copie (CFC) - 20, rue des Grands Augustins - 75 006 PARIS - Tél. 01 44 07 47 70/ Fax : 01 46 34 67 19. - © 2022 - Éditions du Palémon.

DU MÊME AUTEUR

J'étais tueur à Beckenra City

Les enquêtes du commissaire Workan

1. Hortensias blues
2. Cézembre noire
3. La nuit du Tricheur
4. L'œil du singe
5. L'incorrigible monsieur William
6. Eagle à jamais
7. Le quai des enrhumés
8. L'héritage de Jack l'Éventreur
9. Opération Porcelaine
10. Requiem pour l'Ankou
11. Plus puissants que les dieux
12. L'affaire Brillancourt

Série historique

1. Les âmes noires de Saint-Malo
2. Sillon rouge
3. L'inconnue des grèves de Chasles

Site de l'auteur : www.hugo-buan.fr

Plan cadastral napoléonien de la cité fortifiée.
Archives municipales de Saint-Malo

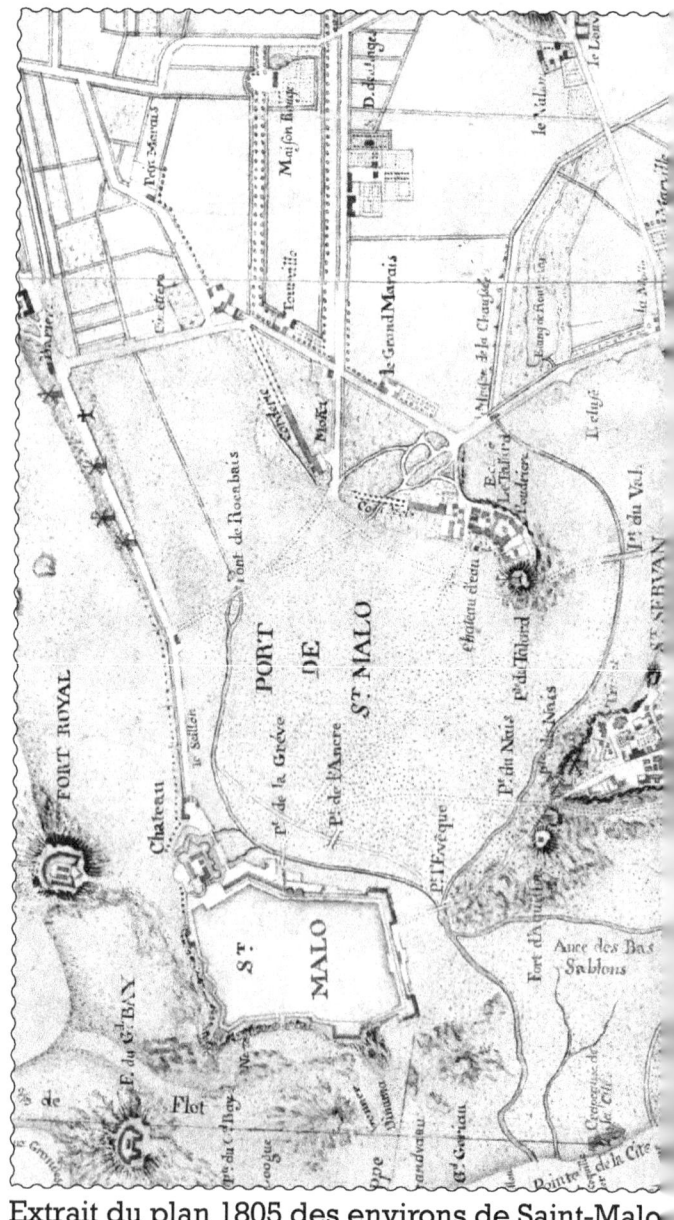

Extrait du plan 1805 des environs de Saint-Malo établi par l'ingénieur Guignette.
Archives municipales de Saint-Malo

Chapitre 1
L'effroi

Saint-Malo, le 24 thermidor an II (11 août 1794)

Les deux garçons, à plat ventre dans les fourrés, levèrent la tête au-dessus de la végétation aride afin de suivre du regard les derniers soldats qui s'éloignaient sur le chemin en direction de La Gouesnière. Louis et Henri ignoraient la provenance de ces soldats, sans doute Port-Malo ou Port-Solidor. Les deux villes, ainsi nommées depuis le 25 germinal de l'an II, regorgeaient de casernes dont les bataillons hétéroclites se succédaient à un rythme accéléré à cause des soubresauts de la révolution et de la menace étrangère.

Les troupes disparurent au détour d'une courbe. Le danger écarté, les jeunes garçons se redressèrent et époussetèrent leurs vêtements couverts de brindilles et de poussière.

— Pourquoi on se cache ? On a rien fait ! demanda Henri à Louis qui l'avait précipité dans le fossé.

— Principe de précaution, murmura ce dernier.

Ils venaient de dépasser La Chapelle de la Lande et marchaient maintenant vers Saint-Servan : le nom de Port-Solidor n'était pas encore gravé dans leurs têtes. Les bâtons ferrés des deux compagnons tapaient bruyamment le sol caillouteux desséché par le soleil du mois d'août. Nous étions le 24 thermidor de l'an II, mais Louis et Henri en restaient au 11 août 1794 car ils trouvaient le calendrier républicain fastidieux et inutile. Louis Hervelin, le plus âgé, n'avait que dix-sept ans et disposait d'un ascendant certain sur son cadet, Henri Girard, tout juste dans sa quinzième année.

Depuis les débuts de la révolution, ils ne se quittaient plus. Les écoles ouvraient et fermaient sous l'œil suspicieux des Comités, qu'ils soient de salut public, de surveillance ou de sûreté générale. L'argent manquait. Pour subvenir à leurs besoins, les maîtres se trouvaient forcés d'exercer une activité secondaire ; gratte-papier dans les toutes nouvelles mairies ou commis gravier chargé d'étaler et sécher la morue.

Les Frères des écoles avaient été chassés de la commune l'année précédente. L'un des derniers, Frère Maurice, avait été arrêté en mars par deux membres du Comité de surveillance de Paramé. Conduit à Rennes, il attendait sa décapitation dans une geôle.

Hors de l'école, l'éducation se faisait à l'aide de braves gens soucieux de perpétrer les savoirs, tantôt une ancienne religieuse tantôt des prêtres constitutionnels[1]. Louis et Henri savaient lire, écrire et compter. Ils avaient quitté Saint-Servan trois jours plus tôt pour aller moissonner à la ferme du Bois-Martin, à Saint-Père, dans la région du Clos-Poulet, l'arrière-pays malouin. Ils revenaient la musette chargée de charcuterie, les fermiers profitaient des moissons pour tuer deux ou trois cochons et payaient ainsi leurs journaliers à coups de victuailles et de bouteilles de cidre. Les parents de Louis étaient eux-mêmes fermiers à la Ville-Lehoux, à l'entrée de Saint-Servan. Chez eux, la moisson était prévue pour la semaine suivante. La maman d'Henri était veuve et tenait une mercerie dans la rue Royale, récemment rebaptisée rue de Lille, à Saint-Servan, elle-même devenue Port-Solidor. Dans les jeunes mémoires de Louis et Henri, il n'y avait jamais eu autant de changements en si peu de temps. Ancien faubourg de Saint-Malo, la nouvelle commune de Saint-Servan s'était détachée avec un plaisir certain de la vieille cité corsaire omnipotente dans la vie de ses quartiers. Et pour l'heure, Saint-Malo s'était vu rétrécir d'un seul coup, à l'image d'un condamné sous le couperet de la guillotine. Guillotine qui avait été dressée quatre mois plus tôt à l'intérieur des Murs, sur la place Saint-Thomas, devenue celle des Sans-Culottes. C'était le nouvel homme fort de Port-Malo, le proconsul Le Carpentier, qui avait souhaité et fait construire cette guillotine non loin de la tour Quic-en-Groigne. Ce député avait été envoyé en province par la Convention, à l'instar de deux cents de ses collègues, pour donner un coup

---

1. *Prêtres ayant prêté serment à la Constitution civile du clergé.*

de fouet à la révolution et régénérer les esprits. Son coup de fouet allait être magistralement sombre et effrayant. La guillotine, dressée par le menuisier Halot pour la somme de huit cents livres, fut inaugurée par un criminel de droit commun qui y laissa évidemment sa tête. Suivirent des brigands de Vendée, des terroristes royalistes de la région, mais aussi de braves gens soupçonnés de cacher des prêtres réfractaires ou des individus ayant choisi l'émigration vers l'Angleterre. La grande peur s'était abattue sur la ville.

Louis Hervelin n'assista qu'à une seule exécution. À l'issue de celle-ci, il alla vomir ses tripes et ses boyaux sur le sable de la Grand' Grève, écœuré par le spectacle macabre. C'était le 19 thermidor, juste avant qu'il n'aille donner un coup de main à la moisson de la ferme du Bois-Martin. Angélique Glatin, une bonne demoiselle de la rue de Dinan, à l'intérieur des remparts, cachait chez elle deux prêtres réfractaires. Dénoncée, elle fut arrêtée avec l'un des religieux, le père Barthélemy Oger. L'autre, l'abbé Manet[2], réussit à s'échapper. Traduite devant le tribunal de Rennes, la sentence fut sans appel : la mort. Ancienne servante, elle mourut en héroïne.

Louis Hervelin serra les poings. Il maudit les excès de la révolution, lui qui à douze ans se réjouissait du vent de liberté qu'elle promettait. Il imaginait ses parents, humbles fermiers, débarrassés du joug du contremaître, des maîtres et de toute la clique, mais voilà que cette féodalité ne voulait mourir qu'au prix du sang ; le sang des innocents.

---

2. *Érudit d'Histoire et de géographie, il deviendra un historien local apprécié de tous.*

— On arrive bientôt ? demanda Henri qui traînait trois pas derrière son compagnon.

— On est à moins d'une demi-heure de La Hulotais, j'entends les cloches de Château-Malo qui sonnent quatre heures, on sera là-bas pour la demie, dit Louis en s'arrêtant pour mieux tendre l'oreille.

— Il n'y a pourtant plus de curé pour faire sonner les cloches…

— Peut-être un bedeau. Ils ne vont quand même pas tuer tous les bedeaux, nom de Dieu ! s'énerva Louis.

— Ça serait con qu'ils tuent tous les bedeaux.

— Surtout qu'ils nous ont rien fait, les bedeaux !

— C'est vrai, ça, ils nous ont rien fait !

Soudain, Louis poussa une nouvelle fois son ami dans les fourrés.

— Fais attention ! s'insurgea ce dernier. J'ai failli me casser la margoulette.

— Tais-toi, il y a une troupe qui arrive, on n'est pas très loin de Saint-Servan, on dirait un bataillon de la Garde nationale.

— Qu'est-ce qu'ils viennent faire jusque-là ?

— Il paraît que ça chie dans les campagnes du côté de Combourg et Tinténiac. Ils doivent aller donner un coup de main aux troupes régulières.

— Ils ont pas bonne mine.

— J'ai entendu dire que leur Garde nationale bat de l'aile depuis que Le Carpentier a voulu la réorganiser.

La Garde passa près d'eux en traînant le pas, plus dépenaillée qu'uniformisée, puis disparut pour se diriger vers le hameau de Saint-Étienne. Hors de leur vue, les deux jeunes gens se relevèrent et ajustèrent leurs musettes.

— Le cidre va être tout chaud, se plaignit Henri.

— Je vais mettre le mien dans le cellier en arrivant, il y fait frais, on pourra le boire ce soir.

Les garçons reprirent leur marche. Louis remarqua que son ami l'observait du coin de l'œil.

— Qu'est-ce qu'il y a? Pourquoi tu me regardes comme ça?

— Tu ne ressembles pas à ta sœur.

— Heureusement pour elle! Elle te plaît ma sœur?

— Oui.

— Il te faudra un beau métier.

— Je pense embarquer sur un corsaire… De la boutique de ma mère, rue Royale…

— Rue de Lille! précisa Louis Hervelin.

— De la boutique de ma mère, rue Royale, reprit Henri, je descends à la cale du Naye et je guette les capitaines qui habitent Saint-Servan et qui reviennent de Saint-Malo… Je discute avec eux et je pense avoir une bonne piste. Il y en a un qui a connu mon père, c'était un sacré corsaire, un hardi marin, mon père.

« Mort alcoolique dans les bouges et les tavernes des bas-fonds de la ville, pendant que sa mère, après la fermeture de la boutique, allait laver le linge des bourgeois à la lueur de la chandelle », songea Louis.

— Oui, un sacré corsaire, finit-il par dire.

Henri effectuait deux pas sur cinq en courant afin de pouvoir suivre son compagnon. Louis avait de grandes jambes et pourtant on devinait à son air juvénile qu'il n'était pas encore mûr et prendrait sûrement de la taille dans les mois à venir. Un catogan attachait ses longs cheveux noirs. Henri avait le même catogan mais le sien nouait des cheveux filasse un peu plus courts que ceux de son camarade. Les deux coiffures arboraient des rubans neufs venus tout droit de la boutique de madame Girard. Elle les avait attachés dans les cheveux de Louis et ce dernier avait rougi quand il avait senti la poitrine de la veuve se frotter contre son dos. En sortant de la mercerie, Henri, ayant tout remarqué, avait balancé : « Elle a de beaux nénés ma mère, hein ! »

*

À La Hulotais, ils prirent un petit sentier qui coupait à travers champs et menait tout droit à la ferme de la Ville-Lehoux. Depuis trois ou quatre jours, Louis avait un mauvais pressentiment, l'exécution de mademoiselle Glatin l'avait retourné. La veille au soir de son départ dans le Clos-Poulet, il avait involontairement surpris ses parents en pleine discussion avec un homme qu'il ne connaissait pas, tout près de la grange à foin. Louis craignait son père et ne posa aucune question lors du souper. Il dormit mal cette nuit-là.

Ils arrivèrent sur le chemin qui séparait la maison du contremaître de celle des fermiers. Les deux cochons, qui auraient dû être dans la soue, étaient encore dans leur enclos en train de cuire au soleil. L'appréhension du jeune homme s'accentua : « M'man ! » cria-t-il. Une voix lui répondit, pas celle qu'il souhaitait :

— Ah t'es là, citoyen Hervelin.

L'homme venait de déboucher de l'angle du pignon. Louis le connaissait. Dans son enfance, cet individu l'avait terrorisé. Maintenant qu'il le dépassait en taille, le jeune homme ne le craignait plus mais il ne l'appréciait guère. Sans doute était-ce dû à son apparence de corbeau, noir de la tête aux pieds, et à tous les outils avec lesquels il exerçait son métier. Il était un des nombreux ramoneurs qui vadrouillaient de maison en maison, surtout en été quand les foyers étaient en berne et fonctionnaient par intermittence. Il était entièrement recouvert de crasse et de suie, de sa casquette trop grande jusqu'au bout de ses godillots. Louis imaginait que cet homme était un indicateur parfait pour le Comité de surveillance. De par son métier, il ne devait rien ignorer de ce qui se passait dans les maisons.

— Oui, je suis là, citoyen Laudard, qu'est-ce que tu me veux ?

— Moi, je ne veux rien… C'est tes parents…

Le ton de la voix était pernicieux.

— Quoi mes parents ? s'agaça Louis.

— Ils ont été arrêtés et emmenés devant le Comité sans-culottique…

— Comité sans-culottique ? répéta Louis, abasourdi.

— C'est le comité que le proconsul Le Carpentier a créé à Port-Malo pour juger révolutionnairement. Avec tous les terroristes, les prêtres, les rebelles, il a estimé n'avoir pas le temps d'envoyer tout le monde au tribunal à Paris ou à Rennes… Enfin bref, c'est pour te dire, citoyen, que tes parents ont été arrêtés hier matin et jugés hier midi et…

Il s'arrêta en voyant le visage du garçon se figer, les traits durcis, le regard fiévreux.

— Et ? demanda Louis.

— Ils ont été condamnés.

— Condamnés pour quoi ?

— Tu devais savoir qu'ils cachaient un cureton ?

— Non, je ne sais rien de tout ça.

— D'ailleurs, la Garde te cherche, ils ont su que tu étais parti dans le Clos-Poulet. Tu ne les as pas rencontrés ?

Louis, inquiet, ignora sa question.

— Ils ont été condamnés à quoi, mes parents ?

Le ramoneur baissa la tête, il ne compatissait pas, il voulait fuir le regard du jeune homme.

— Ben, à la guillotine… C'est pour aujourd'hui, si ce n'est déjà fait.

Le monde s'écroulait. Incrédule, Louis pénétra dans la maison, appela son père, sa mère, sa sœur : « Justine ! Justine ! » Il laissa sa musette sur la grande table de chêne noircie par les fumées du foyer. Il n'y avait aucun feu, aucune marmite à bouillir sur le trépied. Il sortit précipitamment et se jeta au cou du ramoneur.

— Qui les a dénoncés ? Qui ? cria-t-il.

Henri vint le ceinturer et lui fit lâcher prise. Louis s'ébroua et repoussa Laudard. Il entraîna son ami à l'écart.

— Écoute, Henri, tu vas rentrer chez toi à Saint-Servan et tu restes caché pendant quelque temps. Et surtout, tu ne me connais pas. Je file à Saint-Malo.

— Si tu passes par le Naye, viens avec moi.

— Non, je ne sais pas l'état de la marée. Par le Sillon, je suis sûr de passer.

— Je vais avec toi.
— Non. Rentre !

Le blondinet s'éloigna à contrecœur en retournant vers La Hulotais. De là, il emprunterait le sentier qui mène à Saint-Servan en passant par Riancourt. Louis alla fermer la porte de la maison et demanda à Laudard de ne plus remettre les pieds dans le secteur. Le ramoneur ajusta la petite échelle accrochée à son dos et disparut à l'angle de la maison en maugréant contre les royalistes, sa voix couverte par le cliquetis métallique des hérissons, goupillons, et autres écouvillons qui faisaient partie intégrante de sa panoplie.

Resté seul, Louis alla jusqu'au puits, actionna la manivelle du treuil, remonta un seau d'eau fraîche et le posa sur la margelle en pierre. Il en but une gorgée à l'aide de ses mains puis y plongea la tête entièrement. Le visage mouillé autant par l'eau que par les larmes, il s'essuya à l'aide de sa chemise en cotonnade. Désemparé, il choisit de descendre le petit chemin vers la Guymovière afin d'aller rendre visite aux fermiers de Marville. De la ferme de la Ville-Lehoux, il y avait un peu moins d'une lieue et demie, en contournant la mer intérieure et en passant par le Sillon, pour rejoindre la place Saint-Thomas, à l'intérieur des remparts. C'était plus long que par le Naye mais plus sûr. Il lui faudrait moins d'une heure.

Il n'y avait personne à la ferme de Marville, ils devaient être aux champs. Il contourna la Motte et emprunta une succession de digues qui avaient servi à assécher les marais environnants. Sur la grande digue, celle de Marville, il laissa les grèves de Chasles à sa gauche, contourna les Talards et s'arrêta à la ferme de Tourville. Il pénétra dans la cour et croisa la petite Marie, comme il l'appelait, qui sortait de la belle bâtisse. Celle-ci le reconnut :

— Qu'est-ce qui t'arrive, Louis ? Tu n'as plus figure humaine.

— Mes parents, répondit-il essoufflé, ils les ont arrêtés.

— Seigneur Dieu, fit la petite Marie en se signant.

La jeune fille devait avoir dans les quatorze ans.

— Et tu vas où comme ça ?

— Place Saint-Thomas, près de la chapelle… À la guillotine.

En entendant ce mot, Marie se signa une nouvelle fois.

— Mon Dieu, c'est pas possible… Dès que p'pa est là, je lui dis. Je vais prier pour toi, Louis.

— Merci, Marie, j'y vais.

— Tu veux un coup de cidre ?

— Non.

Elle le regarda s'éloigner, son cœur battait à tout rompre dans sa jeune poitrine. Louis était un beau jeune homme, elle aurait voulu qu'il tente de l'embrasser, quitte à refuser son baiser pour qu'il insiste à nouveau. Alors elle ne résisterait plus, elle se jetterait sur lui et l'embrasserait goulûment. Marie rêvait, Louis était trop timide, trop bien élevé, et une gamine de quatorze ans ne devait pas l'intéresser. Elle essuya les larmes apparues sur ses joues. Trois chèvres attendaient un meilleur pâturage, son père lui avait demandé de les changer d'herbage, elle mit son mouchoir dans sa manche et se saisit du maillet pour enfoncer les piquets qui tenaient les biquettes enchaînées.

En quittant la ferme, Louis se mit à courir, il crut entendre des coups de feu du côté de la corderie des Talards, en bord de grève. Les mois précédents, on avait fusillé en cet endroit, sur les bords de la mer intérieure, des soldats de l'armée vendéenne capturés après la défaite de Dol, ainsi que des terroristes royalistes et des femmes. Le bruit courait qu'on fusillait aussi des enfants… Un massacre… Et il en avait été de même sur la Grand' Grève. Les prisons de la ville, pourtant nombreuses, regorgeaient de prisonniers. La Commission militaire de Saint-Malo, régénérée par Le Carpentier, jugeait peu mais tuait beaucoup.

Sur la petite digue qui reliait Moka à la Grand' Grève, Louis passa près du cimetière et contourna des individus qui s'agglutinaient autour d'une sorte de tombereau. Sans doute était-ce le chariot fabriqué par le menuisier Halot. Commandé par le proconsul en même temps que la guillotine pour la somme de trois cent soixante-quinze livres, il servait à transporter les cadavres de l'échafaud au cimetière. Les hommes, des fossoyeurs, déchargeaient des corps enveloppés dans des tissus sanguinolents. Louis frissonna et accéléra sa course, il ne voulait ni voir ni savoir. La Petite Digue aboutissait au hameau des Mâts de Jan en bord de grève, où se dressait un robuste moulin à vent. Le jeune homme hésita, mais il lui fallait aller jusqu'au bout. Il s'élança sur l'isthme, qu'ici on appelait le Sillon, qui reliait Paramé à la ville close. L'endroit mal pavé et peu consolidé était sujet au désordre causé par les marées et les tempêtes, les moulins présents sur ce cordon de sable souffraient des assauts des vagues et des vents de Nordet. Souvent, par le passé, avant les travaux de renforcement, l'isthme dunaire avait succombé à la mer et fait de la cité corsaire une île.

Quelques minutes plus tard, Louis arriva devant la porte Saint-Vincent, devenue la porte des Sans-Culottes. Le pont-levis ne fonctionnait plus depuis un bon bout de temps, il était plus simple de laisser le tablier baissé au-dessus des douves. Les chiens du Guet n'étaient plus lâchés dans la grève depuis belle lurette, comme jadis au moment du couvre-feu. Il y avait quelques badauds, mais moins que Louis l'aurait cru un jour d'exécution. Ses pensées se brouillèrent... Trouver ses parents, les voir coûte que coûte pour leur montrer qu'il était là, qu'il les aimait, qu'ils ne mourraient pas seuls. Pourvu... Pourvu que sa petite sœur n'ait pas été avec eux. La guillotine avait déménagé, Le Carpentier l'avait désormais dressée de l'autre côté de la chapelle, près des remparts, dans un endroit appelé les Travaux Saint-Thomas, une zone gagnée sur la mer depuis un peu plus de cinquante ans. Au lieu de contourner la chapelle, Louis choisit d'emprunter la rue des Juifs et la rue Sainte-Barbe afin d'arriver sur la place des Travaux, à l'arrière de la guillotine. Son anxiété faisait place au doute. Ce n'était pas l'animation escomptée, déjà la place de la Révolution lui avait paru déserte, à mille lieues de l'ambiance présente lors des exécutions. L'esplanade des Travaux Saint-Thomas était déserte, si ce n'était deux charpentiers qui s'activaient sur l'un des montants du sinistre échafaud, couché au sol. Louis s'approcha et dit timidement :

— Elle ne marche pas ?

Le premier homme posa sa plane sur le sol et le deuxième son rabot. Cette interruption était la bienvenue, le soleil d'août était particulièrement chaud et pour y remédier, quoi de mieux que de lamper trois ou quatre bouteilles de cidre mises au frais dans un seau d'eau.

— Non, elle ne marche pas, mais elle va marcher de gré ou de force, nom de Diou! répondit l'un des ouvriers en portant le goulot d'une bouteille à sa bouche.

— L'un des montants s'est fendu, reprit l'autre. Sans doute que Halot a utilisé un bois pas assez sec, et avec la chaleur ça ne pardonne pas. Du coup, le couperet ne pouvait plus glisser. Alors on change la pièce et ce soir, ça marchera.

Il se saisit à son tour d'une bouteille de cidre et étancha sa soif. Puis il la tendit vers Louis.

— T'en veux, citoyen?

— Non… Et les brigands? Les terroristes qui devaient être exécutés aujourd'hui?

— Fusillés! claqua le premier.

Louis resta immobile, hébété, pétrifié, telle une enveloppe charnelle abandonnée par son esprit. Il reprit conscience mais la souffrance l'enserrait, l'étouffait, le broyait.

— Où ça, fusillés? parvint-il à dire.

— Aux Talards, comme avec les Vendéens…

Il ponctua l'information d'un rire saccadé. Louis l'aurait tué. S'il ne voulait pas y laisser sa propre vie maintenant, il lui fallait être docile. Docile à en vomir.

Il se mit en branle avec difficulté et sortit de l'intérieur des remparts par la porte Saint-Thomas, toute proche, qui donnait directement sur la mer devant le Fort Royal devenu Fort républicain quelques semaines plus tôt.

Il entreprit d'effectuer le périple inverse à sa venue dans les Murs. Il en était sûr maintenant, les coups de feu entendus alors qu'il était sur la chaussée de Moka venaient des Talards, on y fusillait ses parents et sa petite sœur. Sa gorge se serra, il hâta le pas sans courir, à quoi bon. La circulation sur le Sillon semblait normale ; des carrioles, la diligence de Rennes, le frôlèrent, des charrettes de goémon, des badauds et des soldats, beaucoup de soldats. Pourtant, le monde extérieur n'existait plus. Louis baignait dans un univers de silence où il était l'unique représentant humain, seul Dieu s'occupait de lui. Mais ce dernier n'était pas bienveillant, il le torturait.

Chaussée de Moka, avant le cimetière, Louis croisa un attelage, une chaise de poste à deux places. Le cocher, un gros bonhomme, tira les rênes de son cheval, s'arrêta et le héla :

— Louis… Eh, Louis !

Ce dernier reconnut le médecin qui était déjà venu à la Ville-Lehoux soigner ses parents. La plupart du temps, en guise de gages, il repartait avec du lard et une bouteille d'eau-de-vie. Louis le soupçonnait d'être amoureux de sa mère.

— Monte, je vais te raccompagner.

Louis grimpa sur le banc. Le médecin fouetta son cheval.

— Pourquoi voulez-vous me raccompagner, vous ne savez pas où je vais.

— Tu rentres chez toi, Louis.

— Je cherche mes parents.

— On va en parler… Tu sais, Louis, aujourd'hui, j'ai été réquisitionné par le Comité révolutionnaire afin de constater des décès…

— Des décès de quoi ?

— De gens fusillés.

— Le ramoneur Laudard qui travaille dans le faubourg m'a dit que mes parents avaient été condamnés à mort, c'est vrai ?

Le médecin garda le silence et émit un petit claquement sec de la bouche pour faire avancer son cheval.

— Sois fort, Louis… C'est vrai.

— Ils n'ont rien fait, dit-il les larmes aux yeux.

— Je le crois aussi, Louis.

— Vous constatez toujours le décès des gens ? articula difficilement le jeune homme, la mâchoire serrée.

Le docteur balbutia plus qu'il ne prononça :

— Pour les fusillés, oui… Tu comprendras que pour les guillotinés, c'est moins nécessaire… Tes parents sont enterrés dans le cimetière de la Chaussée de Moka.

— Et ma petite sœur ?

— Il n'y avait pas d'enfants parmi les suppliciés… Tu ne sais pas où elle est ?

— Non. J'étais parti à Saint-Père depuis trois jours pour aider à la moisson à la ferme du Bois-Martin.

— Nous allons la retrouver.

— Où peut-elle être ?

— Elle a dû se cacher quand les hommes sont venus arrêter tes parents… Tous les enfants ont des cachettes, tu dois connaître les siennes.

Louis acquiesça d'un hochement de tête. D'autres pensées venaient à son esprit.

— Je suis incapable de m'occuper de la ferme tout seul, les maîtres vont me congédier.

— Il n'y a plus de maîtres, Louis, c'est la révolution. L'abolition des droits féodaux a été proclamée l'année dernière…

— Elle est à qui la ferme, alors ?

Le médecin haussa les épaules. C'était un vaste sujet, la répartition des biens ressemblait à un maquignonnage tant le partage des terres était complexe. Les révoltes paysannes éclataient à peu près partout dans la jeune République. L'hiver de l'an II[3] avait été jusque-là le plus froid du siècle, poussant les paysans à la mendicité et au pillage.

— Il ne faut pas, Louis, que ce soit ta préoccupation première. Le plus important c'est de te sauver. Tu devras te cacher. Les soi-disant citoyens patriotes qui ont livré tes parents au Comité savent que tu existes. Nous allons passer à la Ville-Lehoux te prendre quelques affaires et tu disparaîtras quelque temps. Ça fait un peu moins de quinze jours que Robespierre est mort, il se pourrait qu'il y ait du changement à venir.

Avant La Hulotais, la chaise prit, sur sa gauche, un chemin de terre qui grimpait jusqu'à la Ville-Lehoux. Le cheval s'arc-boutait sur ses fers pour franchir la côte. À destination, Louis alla fouiller dans la grange, l'écurie, l'étable, et même dans la soue à cochons. Il ne trouva point Justine.

Désespéré, il revint vers le médecin qui l'attendait.

— Elle n'est pas là, lui dit-il.

---

3. 1793-1794.

— Ne t'inquiète pas, nous la trouverons. En attendant, viens avec moi.

Le bonhomme tenait une feuille de papier à la main, il pénétra dans la maison et alluma une chandelle. Il avait un petit encrier portatif et sortit une plume de l'intérieur de sa longue veste.

— Je vais te faire un mot pour la personne que tu rencontreras. C'est une bonne personne, tu n'auras rien à craindre. Elle va te cacher et tu reviendras quand ça ira mieux.

— Quand ?

— Je ne sais pas Louis, mais tu devras marcher pendant plusieurs jours… Tu sais t'orienter ?

— Je pense, oui.

— Tu iras à cette adresse.

— C'est loin ?

— Assez proche de Paris, oui. Mais là-bas, tu seras un inconnu.

Le docteur Bonsecours fut arrêté le lendemain lors d'une visite domiciliaire par des membres du Comité révolutionnaire régénéré. Il fut guillotiné deux jours plus tard sur l'esplanade des Travaux Saint-Thomas.

Chapitre 2
La mission

Paris, 1ᵉʳ nivôse an XII (23 décembre 1803)

L'homme pénétra sous le porche, au numéro 11, et secoua ses bottes enneigées sur une borne en granit posée là pour protéger le mur des assauts débridés des roues des carrioles. Il avait neigé sur le quai Voltaire comme sur l'ensemble de Paris. Il releva le col de son habit et ajusta son bicorne. Il se demandait s'il avait été raisonnable de revêtir son uniforme de commissaire de police alors que l'endroit où il se rendait se voulait discret derrière ses murs feutrés. Il n'y a pas si longtemps, jusqu'en septembre 1802, cet immeuble abritait encore le ministère de la Police. Puis Bonaparte, Premier consul, décida de se passer et du ministère et de Joseph Fouché. L'animosité entre les deux hommes n'était un secret pour personne et l'insidieux ministre, pourtant bien renseigné, ne vit pas le coup venir. Pour le dédommager de ses loyaux services, Bonaparte le nomma sénateur et lui attribua la sénatorerie d'Aix. Le bâtiment du quai Voltaire hébergeait maintenant une annexe du ministère de la Justice.

L'homme, dans son habit sombre ceint de son écharpe tricolore à franges noires, enleva son bicorne pour grimper l'escalier monumental. Il le secoua sur la rampe en chêne, quelques résidus de neige s'en échappèrent. Arrivé au premier étage, il hésita sur la direction à suivre, il est vrai que son hôte cultivait l'art de la discrétion. Il croisa un militaire et un homme en habit de ville en plein bavardage accompagné de moult gestes. Il les héla :

— Excusez-moi, messieurs, je cherche monsieur Desmarest.

Le civil le toisa :

— Vous êtes ?

— Commissaire Darcourt !

— Ah oui… C'est vrai… Il vous attend. Je vais prévenir l'huissier.

Il lui désigna une porte donnant sur le couloir.

— Entrez dans cette salle, il va venir vous chercher.

Darcourt pénétra dans la pièce, la fenêtre offrait une magnifique vue sur la Seine et ses rives recouvertes de blanc. Le *Moniteur* du jour, 1er nivôse an XII[4], traînait sur une table, il le feuilleta et lut un article concernant les porteurs d'eau. Cette ordonnance en voulait manifestement aux porteurs d'eau à bretelles, qui subissaient des tas

---

[4]. *23 décembre 1803.*

d'interdictions, et il en était de même pour les porteurs d'eau à tonneau. Darcourt eut le sentiment que cette corporation était dans le collimateur de la justice, elle croulait sous les amendes de toutes sortes. Il sourit.

Quatre ans plus tôt, Pierre-Marie Desmarest, ancien prêtre constitutionnel, mais aussi patriote et jacobin, fut choisi par Fouché pour devenir le chef de la Sûreté. Ce dernier l'avait enlevé à l'armée des Alpes où il exerçait des fonctions de fournisseur dans l'administration des vivres. C'est à cette occasion, pendant la première campagne d'Italie, que Desmarest rencontra le capitaine Darcourt sur le terrain.

Un huissier entra dans la pièce et lui demanda de le suivre. Darcourt perçut comme un sourire narquois sur les lèvres de l'officier ministériel : sûrement son uniforme. Il se maudit, la tenue civile aurait été plus appropriée dans cet antre du secret institutionnalisé par Fouché. Darcourt reposa le *Moniteur* sur la table et emboîta le pas de l'homme. Après un dédale de couloirs, ils arrivèrent au bureau de Desmarest, devant lequel deux sergents de ville montaient la garde.

Le bureau du chef de la Sûreté était imposant mais sobre. Ses fenêtres s'ouvraient sur la Seine. Du bois crépitait dans un antique poêle en fonte qui réchauffait la pièce.

— Commissaire Darcourt, comme je suis heureux de vous revoir.

L'homme s'était levé de son bureau et venait à la rencontre de son interlocuteur, la main tendue. Arrivé à sa hauteur, il leva les yeux vers le visage du commissaire.

— Vous avez encore grandi ou quoi ? Vous êtes immense, chevalier Darcourt ! Ne me dites surtout pas que c'est moi qui rapetisse !

C'est vrai que Desmarest était d'une taille en dessous de la moyenne. Le corps enveloppé et le visage replet, il arborait une bonhomie trompeuse. Il était dangereux de l'avoir comme adversaire.

— Non, je n'ai pas grandi depuis un bon moment, dit Darcourt en souriant. Je mesure toujours à peu près mes six pieds, voire quelques pouces de moins. Sans doute sont-ce mes bottes qui vous donnent cette impression.

— Ce sont des pieds de Bretagne ou de Normandie ? répliqua Desmarest, ironique. Dans chaque région, chaque village, nous avons des toises, des pieds ou autres pouces différents. Il est temps d'harmoniser la France, chevalier. Vous n'êtes pas sans savoir que le système métrique a été décrété et son entrée en vigueur a eu lieu le 1er vendémiaire an X[5].

— Il y aura de l'eau à couler sous les ponts avant que les Français saisissent ce fonctionnement, s'amusa Darcourt. On en reparlera dans un demi-siècle. Par curiosité, j'ai néanmoins calculé la conversion de ces mesures et je toise à peu près à un mètre et quatre-vingt-sept centimètres. Enfin, tout dépend de quel pied et quel pouce on parle, si ce sont ceux de l'Ancien Régime ou non.

— Mouais, chuinta Desmarest, je suppose que le pied de La Mothe-sur-Beuvron est différent de celui de la paroisse de Vaugirard. Toujours est-il qu'il sera bon d'harmoniser tout ça. Le Premier consul

---

5. *23 septembre 1801.*

y tient… Dites-moi, c'est bien à Valvasone que l'on s'est vu la première fois ?

— Oui, en 97, au lendemain de la bataille. Vous veniez jeter un œil sur les effectifs pour vos affaires de ravitaillement, je crois ?

— Oui, c'est ça. Vous étiez dans le 1er régiment de Hussards, je me souviens… Je n'aime pas trop ces déplacements hors de la capitale, mais vous savez, un bon administrateur des vivres doit connaître la réalité du terrain.

Darcourt toussota.

— Oui ? s'enquit Desmarest, suspicieux.

— Je dois vous avouer, avec tout mon respect, que l'intendance ne suit pas toujours. Avec mon régiment, nous avions souvent recours à des réquisitions forcées dans les fermes et…

— C'est le principe des réquisitions : elles sont toujours forcées ! claqua Desmarest.

Darcourt s'abstint de répondre et de continuer sur ce sujet pour le moins scabreux. Il se raidit :

— Puis-je savoir pourquoi vous m'avez mandé ?

— J'ai besoin d'un homme de terrain et je me suis souvenu de notre conversation ce soir-là, à Valvasone. Je me suis renseigné sur vous… La Préfecture de police se félicite d'avoir un si bon élément en son sein. Vous êtes, paraît-il, un excellent commissaire.

— Merci.

— Je me suis rappelé que vous veniez de Saint-Malo, vous m'aviez conté l'histoire navrante de vos parents…

— Si je puis me permettre, monsieur, je n'emploierai pas le mot « navrant » ! Ça a été très douloureux, je…

— Vous me plaisez, Darcourt : impulsif, fougueux… Un vrai coq de basse-cour ! Soit, je m'excuse pour avoir qualifié votre drame personnel de navrant.

Desmarest jeta un œil sur un cahier posé sur le bureau.

— Alors… Vous êtes bien né Louis Hervelin, à Saint-Malo, le 8 septembre 1776 ?

— C'est exact, répondit Louis, pratiquement au garde-à-vous.

— Vous êtes devenu orphelin le 24 thermidor an II ?

— Le 11 août 1794.

— C'est pareil !

Desmarest regarda Louis Darcourt avec curiosité.

— Vous avez du mal avec le calendrier républicain ?

Louis hésita :

— Oui.

— Moi aussi ! N'ayez pas peur, la Révolution est terminée et une ère nouvelle s'ouvre à nous. Le Consulat est fort, très fort, grâce à des hommes comme nous.

— Oui.

— Quand vous avez fui votre ville en cette année 94, vous n'avez pas pensé à rejoindre l'Angleterre ?

— Non. J'avais une adresse bienveillante fournie par le docteur Bonsecours, le médecin de ma mère, pour y aller me cacher… Cet homme m'a sauvé la vie. J'ai appris quelques semaines plus tard que malheureusement, il avait été arrêté et guillotiné.

— Cette adresse était celle du château de Longueville, près d'Épernon ?

— Oui, celle des Darcourt.

— Un grand militaire, ce Darcourt, dit Desmarest, admiratif. Mort pour la République sur le champ de bataille. Vous l'avez bien connu ?

— Par intermittence. Je me suis enrôlé en 95, à mes dix-neuf ans, dans la 2e armée de l'Intérieur commandée par Barras alors que le chevalier Darcourt était dans celle de Rhin-et-Moselle, où il a perdu la vie en 96.

— Je ne doute pas que ce fait d'armes a permis à la comtesse Darcourt de Longueville d'être dans les premières à voir ses biens restitués après qu'ils ont été saisis par la Révolution.

— Si vous le dites, lâcha laconiquement Louis Darcourt. Vous êtes bien renseigné.

— C'est un peu mon métier.

— J'aimais beaucoup cette femme, elle a été une seconde mère pour moi. Les Darcourt n'avaient pas d'enfants, ils ont formulé une demande d'adoption pour que je devienne leur fils. J'en suis très flatté et très heureux. C'étaient de bonnes gens.

— De quoi votre mère adoptive est-elle morte ?

— Elle avait une maladie des poumons, elle toussait beaucoup. Sûrement la tuberculose. Elle est partie rejoindre son mari.

— Vous avez hérité du domaine ?

— Oui, dit Darcourt en baissant la tête.

— Vous semblez gêné.

— Je n'ai rien fait pour mériter ça.

— Il est important cet héritage ?

Darcourt se racla la gorge :

— Le château, les terres, quelques fermes et un bout de forêt. Ainsi que le titre de chevalier qui est héréditaire.

— Mais aboli en 89.

— Oui… Mais les vieilles habitudes perdurent, sourit Darcourt.

— Les vieilles habitudes ne sont plus aussi dangereuses qu'il y a dix ans.

— Je m'en félicite.

— Comment gérez-vous ce domaine ?

— Les Darcourt avaient un régisseur, sorte de métayer général, je l'ai conservé… ainsi que les métayers principaux… En fait, j'ai conservé tout le personnel, toutes les maisonnées.

— Et vous ? fit Desmarest, malicieux. Vous traquez les brigands, les fripouilles et les malandrins… Vous pourriez tranquillement humer l'air de votre château. Au lieu de ça, vous voilà enquêteur au service du Consulat et de la France. Vous devez être un homme habile puisque vous voilà commissaire général…

— Commissaire principal, le coupa Louis Darcourt

— Je vous parlerai tout à l'heure du type de commissaire que vous serez… Je crois que vous avez une sœur ?

— J'avais ! Malheureusement, je ne sais pas si elle a été fusillée avec mes parents. D'après le docteur Bonsecours, c'est non. Mais les quelques recherches faites à la fin de la Révolution ne m'ont pas permis de la retrouver.

— Vous êtes retourné à Saint-Malo ?

— Oui. Après Marengo, j'ai quitté l'armée légèrement blessé, un collègue pouvait me faire rentrer à la Préfecture de police de Paris, j'ai saisi cette opportunité. Entre ces deux postes, je me suis reposé quelques jours à Longueville avant de retourner en Bretagne. Mes recherches sont restées vaines. Il y avait de nouveaux occupants dans la ferme de mes parents. Sans ma sœur, je n'ai aucune famille là-bas.

— La cicatrice que vous avez sur le visage est le résultat de cette blessure que vous évoquiez ?

— Oui, un coup de sabre qui m'a juste effleuré la joue… La chance !

— C'est bien ce qui me semblait. Vous ne l'aviez pas la première fois que je vous ai rencontré. Remarquez, avec vos favoris elle est à moitié dissimulée, vous ressemblez à Murat comme ça.

Louis ne réagit pas, ne sachant quelle contenance adopter.

— C'est un peu la mode les favoris, finit-il par lâcher.

Desmarest hocha la tête.

— Bien ! Commissaire Darcourt, si je vous ai fait venir ici, c'est pour vous confier une mission : vous allez travailler pour moi… Nous sommes tous les deux là pour défendre le Consulat et le Premier consul, n'est-ce pas ? Bonaparte a beaucoup d'ennemis : des royalistes, des jacobins rancuniers, des émigrés, des chouans, et j'en passe. Une vraie coalition de brigands et d'assassins en tout genre. Joseph Fouché, qui a créé ce ministère…

— Je croyais qu'il n'y avait plus de ministère de la Police ? l'interrompit Darcourt.

Desmarest toussota.

— Officiellement, c'est en partie vrai… dit-il en s'approchant de l'oreille de Louis. Fouché est dans l'ombre… pour mieux ressurgir… Je vais vous expliquer les fonctions de chacun d'entre nous ici.

Mais avant, je veux que vous sachiez que vous allez partir pour la Bretagne, plus précisément chez vous, à Saint-Malo. Votre région est administrée par le conseiller d'État Réal qui régente le Nord, l'Est et l'Ouest, soit une cinquantaine de départements. Vous dépendrez donc de lui. Moi, je dirige la division de la Sûreté, j'ai la haute main sur tous les agents secrets de France et de l'étranger, notamment sur les espions basés en Angleterre…

— Je n'ai rien d'un espion ! se récria Louis.

— Attendez, Darcourt, ne me fâchez pas… Je sais qu'en prononçant les mots Anglais ou Angleterre, tous les Malouins ont les poils qui se hérissent, mais n'en faites pas trop, je connais l'histoire de votre cité, vous savez.

— Excusez-moi.

— Je vous rassure, vos fonctions de police, pour le bien-être de vos concitoyens, ne souffriront d'aucune entrave, mais vous devrez être attentif à ce qui se passe autour de vous. L'Ouest est un repaire de chouans, d'émigrés revanchards, de royalistes en peine de fleur de lys et de complotistes de tout acabit.

— Qu'attendez-vous de moi ?

— Que vous ouvriez l'œil pour le bien de la Nation… Depuis trop longtemps, des agitateurs comme Georges Cadoudal en veulent à la vie du Premier consul. Nous avons des raisons de croire que ce Breton, comme vous, est actuellement à Paris en train de comploter quelques mauvais coups.

Louis Darcourt se raidit. Desmarest y vit un geste de réticence. Il poursuivit :

— Rassurez-vous, nous n'aurons pas besoin de vous pour le mettre hors d'état de nuire.

— Si j'accepte cette mission dans ma ville natale, ce n'est pas pour courir le chouan et autres conspirateurs à travers la campagne du Clos-Poulet, mais bien pour veiller à la sécurité de mes concitoyens.

Ce fut au tour de Desmarest de se raidir, exercice plus fâcheux pour lui que pour Darcourt en raison de son embonpoint. Il dilua sa dialectique sécuritaire, il voulait que le jeune commissaire de vingt-sept ans accepte le poste.

— Je n'ai jamais dit le contraire. Veiller sur la sécurité de vos concitoyens c'est veiller sur la sécurité du Consulat et de la Nation. Mais il faut voir plus loin, chevalier, je dois vous avouer que Fouché prépare actuellement une motion qu'il va proposer au Sénat…

Il s'arrêta, conscient du poids des mots. C'était grand, trop grand.

— Que voulez-vous dire? s'enquit Darcourt.

Desmarest tenta de minimiser ses propos; il le fit maladroitement:

— Eh bien… Cette motion tend à donner une immortalité à Napoléon Bonaparte en proposant ni plus ni moins la proclamation de l'Empire.

— Ce qui signifie?

— Rien! N'en parlons plus. Je ne vous ai rien dit et si je vous ai dit quelque chose, vous ne m'avez pas entendu. C'est clair?

Rien n'était plus abscons, mais Darcourt eut la présence d'esprit de l'avouer:

— Je n'ai rien compris.

— C'est exactement ce que je souhaitais. Maintenant, parlons de choses concrètes: votre nomination comme commissaire général de police du district de Saint-Malo… Pardon, je veux dire de l'arrondissement de Saint-Malo.

— Arrondissement ? s'étonna Darcourt.

— Oui, les districts ont disparu depuis belle lurette, ma langue a fourché.

— Ce n'est pas ce que je veux dire : pourquoi commissaire d'arrondissement ?

— Vous savez, ou pas, que la loi du 28 pluviôse an VIII instaure en province un commissaire de police dans chaque ville de plus de cinq mille habitants. Or, Saint-Malo est déjà pourvu d'un commissaire, et la ville voisine de Saint-Servan a également le sien. Et aucune de ces deux villes n'atteint les dix mille habitants pour que je puisse y caser un second commissaire. J'ai pensé à une troisième ville, Paramé, mais là, c'est carrément la steppe. J'ai donc imaginé, avec l'accord de Fouché, la création de ce poste de commissaire général d'arrondissement qui coiffera et supervisera les deux autres policiers.

— Un bon moyen pour me faire aimer de mes confrères…

— Ne soyez pas ironique, Darcourt… Chef de la police à vingt-sept ans dans une cité aussi prestigieuse que la vôtre… Que demande le peuple ?

— Bonaparte était bien général à vingt-quatre ans.

— C'est exact, mais je ne vais pas vous rajeunir, il fallait venir me voir avant… Maintenant, je dois vous parler de votre solde. Personnellement, je m'évertue à penser que c'est le point faible de la loi du 28 pluviôse an VIII…

— Parce que la solde est faible ? l'interrompit Darcourt.

— Non. Pas moins qu'à la Préfecture de police de Paris, ne soyez pas alarmiste. Le problème est d'ordre administratif, vous appartiendrez de plein droit au « gouvernement » puisque vous serez nommé et promu par le pouvoir central que je représente, mais vous serez payé par les municipalités de l'arrondissement de Saint-Malo. Soit neuf cantons, représentants soixante-deux communes avec Saint-Malo comme chef-lieu.

— Je pensais bien qu'il y avait un piège quelque part. Je serai donc astreint, à chaque fin de mois, à faire la tournée des popotes… enfin, je veux dire des mairies de l'arrière-pays ? Ça va être gai ! Ça ressemblera à de la mendicité pour certains, à de l'escroquerie pour d'autres.

— J'ajoute pour terminer que judiciairement, vous dépendrez du parquet. Par conséquent, vous devrez jongler entre les autorités du maire, du préfet et du procureur.

— C'est bien ce que je dis, ça va s'apparenter à la carmagnole. Aller demander ne serait-ce qu'un quart de sou à la mairie de Cancale ou de Tinténiac sera lunaire. C'est un peu comme vouloir arracher la couenne de l'échine d'un cochon vivant, pratiquement impossible. Ces gens-là n'auront qu'une idée en tête : m'étriper.

— Je vous rappelle que les commissaires de Saint-Malo et de Saint-Servan sont aussi redevables de leurs municipalités.

— Ils n'ont pas affaire à l'arrière-pays, aux chouans de La Boussac ou aux détrousseurs de grand chemin de Longaulnay. Je ne vous parle même pas de ceux du Clos-Poulet ni des pilleurs d'épaves de Saint-Énogat.

— Darcourt ?
— Oui ?
— Vous n'allez pas me décevoir ?
— Pourquoi, je le ferais ?
— Parce que je ne sens pas chez vous l'élan que j'aurais pu espérer à l'idée de retrouver votre ville. À toutes fins utiles, et si ça peut vous tranquilliser, votre solde sera collectée et centralisée à la mairie du plus gros contributeur, c'est-à-dire dans votre commune de Saint-Malo. Vous voilà rassuré ?

— Je ne suis pas rassuré mais libéré d'une tâche qui m'aurait pris les trois décades du mois républicain. Je n'avais pas envie de passer tous mes nonidis et mes décadis à compter les sous.

— Puisque vous parlez de calendrier, vous veillerez également à ce que les maires fassent appliquer la loi du 11 germinal an XI promulguant l'interdiction de prénommer les enfants avec la joyeuseté des noms républicains dont Fabre d'Églantine nous avait si gentiment gratifiés. Retour aux Saints et fini les Pierre à Plâtre, Chiendent et autre Traînasse !

— Il est vrai que c'était assez difficile à porter, avoua Darcourt.

— Pour revenir à votre solde, chevalier, entre nous, vous n'avez pas besoin de ça ?

— Non, mais c'est un principe. J'aime beaucoup le mot égalité dans notre devise, par conséquent, je veux ma solde à l'instar de tous mes collègues. Je ne demande pas plus, mais pas moins.

Desmarest sourit. Il ne s'était pas trompé en cochant le nom de Darcourt de Longueville quelques mois plus tôt. Il suffirait que ce nouvel aristocrate fasse preuve d'un peu plus de bonne volonté et ce serait parfait. Louis ignorait qu'il n'avait pas été choisi au hasard par le chef de la Sûreté.

Dans l'ombre, Fouché avait approuvé cette décision. Les deux hommes, depuis que Desmarest avait été embauché par le citoyen-ministre de la Police, se montraient d'une complicité absolue. Fouché, même écarté par Bonaparte, restait informé par le biais des yeux et des oreilles du citoyen Desmarest.

— Où je vais loger, là-bas ? se hasarda Darcourt, soucieux.

— Vous trouverez bien une pension ou un garni... Je vous rassure, je prends vos frais d'hébergement à ma charge, ainsi que les dépenses d'écurie pour votre cheval. En cas de besoin pour établir l'ordre, vous pourrez disposer d'hommes de la gendarmerie ainsi que de gardes champêtres des communes de votre arrondissement.

— C'est assez hétéroclite comme forces de l'ordre, non ?

— Écoutez, Darcourt, vous avez carte blanche pour tous ceux que vous jugerez bon d'embaucher et pour tout ce que vous jugerez bon de dépenser afin d'accomplir votre mission. Villiers, mon secrétaire, va vous expliquer notre façon de fonctionner. Pour vous donner une petite idée, j'ai déjà recruté depuis le 25 novembre 1799 plus de deux mille indicateurs sur toute la France : des corporations entières de balayeurs, de marchands de vin, de laquais, de cochers, de valets de pied, des gens tout à fait qualifiés pour écouter les propos de table et de voiture.

— Je suis désolé, citoyen Desmarest, mais je ne me sens pas l'âme d'un espion…

— Foutrebleu! le coupa le chef de la Sûreté, vous n'aurez rien à espionner, vous serez un enquêteur officiel, ce sont les espions qui viendront à vous. C'est clair?

— Oui, balança Louis, sceptique.

Il se demanda comment il reconnaîtrait un véritable espion de Desmarest.

— Si je vous envoie chez vous, chevalier Darcourt, c'est pour plusieurs raisons. Le préfet d'Ille-et-Vilaine est alarmé par le nombre de crimes non résolus, et par conséquent impunis, qui surviennent dans votre arrondissement depuis plusieurs années. Vous êtes chargé d'y mettre fin. La deuxième raison, vous connaissez bien votre pays, vous êtes un homme de terrain, c'est un atout, vous devrez débusquer les bandes de brigands qui font régner la terreur dans vos campagnes. Le tout en gardant un œil averti sur les activités des revanchards royalistes.

Louis Darcourt hocha la tête. Les années de guerre passées à parcourir l'Europe l'avaient endurci et fait mûrir. Devenu un homme au physique imposant, il dissimulait pourtant une vraie sensibilité, accompagnée d'une certaine candeur.

— Chevalier, continua Desmarest, votre intention est-elle de révéler votre véritable identité à vos concitoyens malouins quand vous serez sur place?

— Non.

— Je m'en doutais… C'est bien.

— Bien ou mal n'est pas la question. J'ai dit non parce que ma véritable identité est Louis Darcourt de Longueville. J'ai été adopté légalement au regard de l'administration républicaine et je n'ai rien à dissimuler.

— D'accord, d'accord! Mais je vous en prie, ne vous fâchez pas.

Chapitre 3
L'arrivée en Bretagne

Saint-Malo, 19 nivôse an XII (mardi 10 janvier 1804)

L'homme retournait la lettre dans tous les sens, au cas où il y ait eu quelque chose d'écrit au verso. Cette satanée administration parisienne! Il soupira :
— Ainsi, vous êtes le commissaire Darcourt de Longueville ?
— Oui, répondit Louis.
— Et vous souhaitez prendre vos fonctions maintenant ?
— Début d'année, c'est une bonne période pour commencer un nouvel exercice.
— Si c'est l'année républicaine, vous êtes en retard d'un trimestre.

Louis Darcourt, prudent, s'abstint de répondre. Il n'ignorait pas que le maire de Saint-Malo, Nicolas de Brecey, un aristocrate comme lui, avait été démissionné de son premier mandat en 1797 sous le Directoire et renommé en 1801 par Bonaparte comme premier magistrat de la ville. Leur caste respective aurait dû faciliter cet entretien, mais Louis savait d'où il venait.

— J'ai entendu parler des Longueville, poursuivit le maire, votre père est mort au combat, je crois ?

— Oui en 96. Il servait dans l'armée de Rhin-et-Moselle sous les ordres du général Moreau.

— Un vrai patriote, votre père.

— Oui.

— Qui s'occupe de votre domaine à présent ?

— Des gens.

De Brecey attendit un développement ou pour le moins un éclaircissement. En vain.

— Bien ! fit-il en soupirant. Vous savez que l'on a déjà un commissaire dans notre commune ?

— Je sais, c'est la loi.

— Si j'en crois ce courrier du conseiller Desmarest, vous arrivez ici comme commissaire d'arrondissement. Je n'avais jamais entendu parler d'un tel poste.

— Il y a un début à tout.

De Brecey regarda son interlocuteur, suspicieux. Ce commissaire, ce colosse au regard sombre, aux favoris fournis, à la chevelure courte et ondulée à la façon d'un empereur romain le mettait mal à l'aise. Louis avait jugé de bon aloi de revêtir son uniforme de commissaire ceint de son écharpe tricolore à franges noires. Il tenait serré sous le bras son bicorne noir dont le sommet était orné d'une grande plume rouge.

— Les autres commissaires n'ont pas de plume rouge à leur bicorne, avisa le maire après réflexion.

— J'espère que vous ne pensez pas que je suis un imposteur, les autres commissaires font ce qu'ils veulent, moi je porte une plume, une épée et deux pistolets dans mon ceinturon.

— Ce n'est pas la guerre, ici.

— Mieux vaut prévenir que guérir!

— Fichtre Dieu! Voilà un homme déterminé.

Le maire toussota, embarrassé. Il demanda:

— Où comptez-vous vous installer?

— J'hésite entre Saint-Malo et Saint-Servan… Je suis arrivé hier soir, j'ai passé la nuit à l'hôtel du Pélican…

— Le Vieux ou le Grand Pélican? l'interrompit de Brecey.

— Le Vieux Pélican, en face de la rue de Siam! J'ai d'ailleurs trouvé un garni pas très loin, rue Dauphine, près de l'auberge du Bigorneau Doré où je prendrai pension avec mon ordonnance.

De Brecey bafouilla:

— Pa… parce que vous avez une ordonnance?

— Oui, j'étais officier dans l'armée lors de mes campagnes avec Bonaparte. Joseph, l'ancienne ordonnance de mon père, s'est engagé à mes côtés à la mort de ce dernier et m'a suivi sur tous les champs de bataille. Il est devenu sergent.

— Mais pardon, commissaire, quand vous étiez à la Préfecture de police de Paris, vous n'aviez pas d'ordonnance…

— Non. À Paris, je n'en éprouvais pas la nécessité. Mais, ici, oui! Nous sommes en province et c'est un peu comme si j'étais en campagne. Joseph ne vous causera pas d'ennuis… Et d'ailleurs, qu'avez-vous comme force de police ici?

— Eh bien, il y a les gendarmes, vous pourrez compter sur eux, ainsi que les commissaires de nos deux villes.

— Bien ! Je m'en arrangerai.

— Excusez-moi, commissaire, mais qui va payer tout ça ?

— Vous !

— Ah non ! se récria de Brecey. Moi, je dois subvenir à votre solde, c'est tout.

— Vous me devez le gîte, le couvert et l'écurie, écrivez au citoyen chef de la Sûreté Desmarest, je suis sûr qu'il vous répondra en ce sens. Mais rassurez-vous, Joseph restera à ma charge. C'est un homme du domaine de Longueville.

— Vous avez combien de chevaux ?

— Trois.

— Ça va faire des frais tout ça… Vous comprendrez que nous ne les avions pas prévus et…

— En divisant l'ensemble par soixante-deux communes, le coupa Louis, ça reste une misère.

— Si vous le dites… Je tiens par des cousins d'Alençon que les Darcourt de Longueville ont récupéré toute leur fortune avec la restitution de leurs biens. Par conséquent, vous pouvez…

— Non, fit Louis en l'interrompant, ne m'entraînez pas sur ce terrain-là… Chemin mal pavé ! Je suis un officier de police qui doit recevoir sa solde et son entretien par la communauté qui l'emploie, en l'occurrence, l'arrondissement de Saint-Malo. Laissez le domaine de Longueville en dehors de tout ça. Personnellement, je remplirai ma mission en obéissant aux ordres du procureur et du préfet.

— Ici, ce sera son représentant, le sous-préfet, précisa le maire.

— Comme il lui plaira… Vous me demandiez où je voulais m'installer. Comme il n'y a pas de poste de police dévolu, vous me fournirez un bureau dans chacune des deux mairies de Saint-Malo et de Saint-Servan. Ainsi, selon l'affaire que j'aurai à traiter, je serai au plus près de l'action.

— Ici, on est déjà serré… Vous ne le savez peut-être pas mais nous sommes dans un vieux palais épiscopal qui prend l'eau de toute part. Nous vivons dans une promiscuité alarmante avec l'hôtel de ville, la sous-préfecture, le tribunal et maintenant la police…

— Et la prison dans tout ça ? persifla Darcourt.

— Elle n'est pas loin, juste derrière, rue de la Victoire.

— C'est parfait ! Le compte y est. Je vous remercie de votre accueil, monsieur le maire.

Il tendit la main.

— Tout le plaisir est pour moi, grommela de Brecey, le visage sombre, en lui tendant la sienne.

*

Une pluie glaciale s'abattait sur les jardins épiscopaux, en bas de l'hôtel de ville, devenus place Duguay-Trouin en l'honneur de l'intrépide corsaire du roi. Louis Darcourt, abrité par l'encoignure de la porte d'entrée de la mairie, se demandait où Joseph avait pu se réfugier avec les chevaux. Il regarda vers la cathédrale, il ne le vit point. Il se décida à affronter la pluie. Il se dirigea vers l'une des rangées d'arbres des anciens jardins pour se mettre à couvert et aperçut Joseph tenant les chevaux par la bride à l'autre bout de l'esplanade. Il s'était réfugié sous un porche qui, par des escaliers, reliait la place à la rue du Boyer. Plié en deux, Darcourt arriva près de lui et s'ébroua en se redressant. Joseph éclata de rire :

— C'est ça la Bretagne ? s'exclama-t-il.

— Non, ça, c'est l'été. L'hiver, il pleut quelquefois.

Il se joignit au rire de Joseph qui s'enquit :

— Ça s'est bien passé ?

— Le maire était fou de joie, il ne m'a pas embrassé mais je pense que ça le démangeait. Apparemment, le poste de police est dans le même bâtiment que la sous-préfecture et le tribunal. C'est un concentré administratif. J'ai demandé qu'on m'y adjoigne un local pour exercer mes fonctions. Je ne sais pas si le commissaire de police était là, je le rencontrerai plus tard. Maintenant, il faut que l'on fonce à Saint-Servan pour nous présenter à l'autre mairie.

— Tu as vu la plume de ton bicorne ? se moqua Joseph.

— Je vais l'arracher... Ça n'a pas l'air de les impressionner. À partir de demain, je travaillerai dans ma tenue de ville... Dis-moi, tu reconnais la cité ?

— Très peu, je n'y suis resté que quelques jours, c'était fin 92.

Joseph, mulâtre né sur l'île Bourbon, s'était embarqué la même année comme aide de cuisine sur une frégate corsaire qui rentrait à Saint-Malo. Il avait été affranchi trois ans avant l'abolition de l'esclavage de 1794. Malade pendant le voyage, fiévreux en arrivant au port, le capitaine corsaire l'avait confié aux bons soins du docteur Bonsecours. Guéri, Joseph exprima le désir de rejoindre la capitale en pleine tourmente révolutionnaire. Le bon médecin lui traça la marche à suivre avec une halte prévue au château de Longueville, à Épernon. Le comte Darcourt, séduit par la vitalité du jeune homme, l'enrôla dans l'armée pour en faire son ordonnance. C'est dans ce même château qu'un an et demi plus tard, Joseph vit arriver Louis Hervelin, fuyant la folie révolutionnaire de la cité corsaire. Les deux jeunes hommes se lièrent d'amitié et c'est tout naturellement qu'à la mort du comte Darcourt, Joseph devint l'ordonnance de Louis, promu officier. Dix ans après leur rencontre, leur amitié était plus forte que jamais. Cependant, personne ne savait que Joseph avait failli tuer Louis à Marengo, ce qui signa l'arrêt de la carrière militaire du jeune chevalier. Un jeu stupide, lors d'une pause près d'une cabane à l'abri des regards, durant lequel Joseph simula un combat à grands coups de sabre fendant l'air. Las, un geste maladroit et il faillit emporter la tête de Louis. C'était leur secret, une cicatrice gravée dans la chair.

L'averse avait cessé, les deux hommes enfourchèrent leurs montures en direction de la porte Saint-Vincent. Ils empruntèrent la rue pentue de la Vieille Boulangerie et ses pavés rendus glissants par la pluie. Les chevaux au pas évitèrent une charrette qui venait de se mettre en travers. Dans les caniveaux, l'eau en ruisseau charriait des immondices qui finiraient par rejoindre la mer, grande lessiveuse de la ville close. Par ce temps, peu digne d'un chrétien, les étalages restaient discrets. Même les poissonnières de la halle, pipelettes invétérées, avaient déserté l'endroit. Passé la porte Saint-Vincent, au niveau du calvaire du Sillon, ils talonnèrent leurs chevaux qui partirent au galop. Les vagues, alimentées par un vilain vent du nord, venaient creuser un peu plus le pied de dune, causant des dommages irréversibles à la chaussée en son faîte. Tout au long de l'année, des paveurs et des carriers s'escrimaient à maintenir la chaussée carrossable pour parer à l'insularité de la ville.

Louis Darcourt décida de poursuivre vers Paramé, il laissa les Mâts de Jan et La Hoguette à sa gauche pour arriver aux Hautes Portes. Il mit son cheval au pas sur la digue du même nom, imité en cela par Joseph.

— Nous allons faire le grand tour par la digue du marais Rabot. D'un côté c'est Saint-Malo et de l'autre Paramé. Je vais aussi te montrer la montagne qui porte ton nom, cria Louis.

— Une montagne ? s'étonna Joseph.

— Disons un petit mont, mais comme le Malouin est orgueilleux, il en a fait une montagne.

— C'est la bosse qu'on voit dans le fond, là-bas ?

— Oui.

— Ça ressemble plus à une colline !

— Alors appelons-la la colline Saint-Joseph ! dit Louis en s'esclaffant.

Au trot et en silence, ils cheminèrent sur les digues et les chemins pavés jusqu'au bas de La Guymovière. Le cœur de Louis se serra ; là-haut, c'était la ferme de la Ville-Lehoux. Et si sa sœur Justine était là ? Il n'y croyait pas vraiment.

Le raccourci qu'il connaissait par cœur était un sentier raide et boueux ; un claquement de langue et un coup sec du talon, son cheval se cabra et s'arc-bouta pour grimper la pente. Joseph le suivait avec aisance, sa redingote noire était maculée de boue. Il portait un antique tricorne anthracite enfoncé jusqu'aux oreilles, n'ayant jamais eu ni voulu d'autre coiffure. Avant son départ du château de Longueville, à Épernon, Darcourt avait envoyé une dépêche à Desmarest afin qu'il accorde à Joseph un statut officiel dans cette mission. Aux dernières nouvelles, les commissaires de police n'avaient pas d'ordonnance à leur service. Il attendait la réponse au bureau de poste de Saint-Servan, situé près de l'hôtel du Grand Pélican.

Les deux cavaliers arrivaient maintenant près de la ferme, Louis arrêta son cheval en bordure de la cour, une femme tirait sur la longe d'une vache pour la rentrer dans l'étable. Ce n'était pas sa sœur. Il s'enhardit et descendit de cheval, tendit la bride de sa monture à Joseph et s'avança vers la femme.

— Bonjour, citoyenne.

Elle le dévisagea, étonnée. Elle s'essuya les mains sur un torchon qu'elle portait comme un tablier.

— Je suis le commissaire Darcourt, de la police, poursuivit Louis.

Il vit de la crainte dans les yeux de la fermière.

— N'ayez pas peur, je veux juste un renseignement.

— Oui, balbutia-t-elle.

— Il y a longtemps que vous êtes dans cette ferme ?

— Y a bien huit neuf ans. Quand les biens ont été libres… Maintenant, le maître les a repris, ils nous ont gardés comme fermiers.

— Et les fermiers d'avant ?

— Ils ont été guillotinés à ce qui paraît, c'étaient des royalistes.

— Toute la famille ? s'étrangla Louis.

— Oui, à ce qui paraît… Après qui que vous en avez ? À eux ou à moi ?

— Je n'en veux à personne, rassurez-vous… Vous savez ce que sont devenus les enfants de ces fermiers ?

— Guillotinés, je vous ai dit.

— Vous êtes sûre ?

— À ce qui paraît.

Avec ce témoignage, Louis se dit que s'il était encore en vie, sa sœur l'était sûrement aussi. Il salua la paysanne et sauta sur son cheval, puis entraîna Joseph vers le hameau de La Hulotais. Les deux hommes prirent la direction de Riancourt afin de rejoindre les rues commerçantes de Saint-Servan. Les hauts murs qu'ils longeaient abritaient une vaste propriété dotée d'un joli manoir.

— Belle demeure, dit Joseph. Qui habite là ?

Louis haussa des épaules.

— Il y a dix ans, je crois que c'était à la famille de Claude-Marie Vincent, sieur des Bas-Sablons. J'ai appris qu'une dame de ce nom avait été guillotinée quelque temps avant la mort de mes parents. Je ne sais pas si elle habitait là.

Louis se rembrunit.

La nuit allait tomber rapidement, il ignorait s'il y avait assez de chandelles en réserve dans le garni qu'ils avaient loué. Ayant vu une boutique à l'angle de la rue de la Masse et de la rue de Siam, tout près de chez eux, ils iraient faire le plein. À Paris, il disposait de lampes à huile Quinquet, il se promit d'en faire venir, c'étaient les meilleures. Encore fallait-il disposer de la bonne huile, celle de baleine était convenable et un port d'importateurs comme Saint-Malo ne devait pas en manquer.

Alors que les deux cavaliers descendaient une voie tortueuse qui traversait les champs de la Ville-Pépin, un homme échevelé, passablement ivre, déboucha d'une ruelle en courant. Il se précipita vers Darcourt et empoigna son cheval.

— Vous êtes le maire? dit-il à bout de souffle.

Et sans attendre de réponse, il poursuivit :

— Venez vite !

— Je ne suis pas le maire, dit Louis.

— Vous avez l'écharpe pourtant.

Darcourt maudit sa ceinture tricolore.

— Pourquoi voulez-vous voir le maire? s'enquit-il.

— Parce qu'il y a une bagarre chez la mère Gilet.

— Et c'est qui la mère Gilet?

— Vous n'êtes pas du coin?

— Non.

— Ça se voit, sinon vous connaîtriez la mère Gilet !

— Comme je ne suis pas du coin, vous comprendrez que je ne suis pas le maire non plus.

— Et votre écharpe?

— C'est juste une reconnaissance patriotique pour services rendus.

— Patriotique ou pas, y vont s'tuer !

— Prévenez les gendarmes… Elle fait quoi la mère Gilet ?

— Cartomancienne et débitante de cidre. Je pense qu'elle est fin saoule. Elle a prédit des vilaines choses à des gars, des calfats qui rentraient des chantiers. Ça les a mis en colère et maintenant ils se foutent sur la gueule.

Darcourt lança un œil en direction de Joseph, celui-ci fit non de la tête.

— Alors, vous venez ? insista l'homme.

— Non, dit Louis.

Il talonna son cheval imité par Joseph.

— On ne va pas s'interposer dans une bagarre le jour de notre arrivée, fit ce dernier en secouant la tête. Nous savons comment ça se finirait… Si tu veux un conseil, ne mets plus cette écharpe.

— J'en avais l'intention. Bien, on arrive. On va s'arrêter au Grand Magasin acheter des chandelles.

Louis Darcourt mourrait d'envie de descendre un peu plus bas pour se retrouver dans la rue Royale, rentrer dans une boutique de mercerie et acheter des rubans. La mère d'Henri lui attacherait ses longs cheveux en catogan, il sentirait le poids de ses seins sur sa nuque et respirerait son odeur. S'il y avait une personne qui pouvait le reconnaître, c'était elle. Demain. Demain, il irait demander des nouvelles d'Henri. Parcourait-il les mers ? Était-il sur un corsaire ? Était-il vivant, tout simplement ?

La voix de Joseph lui parvint :

— Serre ton cheval, Louis, tu as l'air dans la lune.

— J'y suis, avoua-t-il en souriant.

Chapitre 4
Mise à l'épreuve

Saint-Servan, Les Bas-Sablons, 20 nivôse an XII (mercredi 11 janvier 1804)

Chaussé de bottes en cuir à revers, Louis Darcourt ajusta son pantalon à taille haute qui lui enserrait le mollet jusqu'au-dessus du genou et boutonna sa redingote noire garnie de deux rangées de boutons à l'anglaise. Il posa son chapeau sur sa tête, un haut-de-forme sans forme bien définie, gris anthracite. Il détailla sa silhouette dans le miroir de la chambre fixé au-dessus de la table de toilette, et même s'il fit une moue, se montra satisfait. Joseph était passé l'avertir qu'il descendait s'occuper des chevaux, logés provisoirement dans un appentis contigu au Bigorneau Doré.

Darcourt s'approcha de la fenêtre, la mer était basse dans l'anse des Bas-Sablons. En face de lui, sous la grisaille, se dessinait Alet, cette colline pelée qui surveillait l'entrée de la Rance, couronnée par son fort militaire. De l'autre côté de l'estuaire, seules une masse sombre, Saint-Énogat, et ses deux pointes rocheuses dessinaient la côte. Au large, le Cap Fréhel se fondait entre nuages et mer.

Il tâta sa poitrine, le pistolet était bien en place. Un sellier de Paris lui avait confectionné un fourreau en cuir qu'il suspendait à son épaule grâce à une lanière. Joseph l'attendait avec les deux chevaux dans la rue Dauphine que de vieux révolutionnaires appelaient encore de son nom officiel : rue de Thionville.

Alors qu'ils allaient se mettre en selle, un homme qui déboulait de la rue de Siam d'un pas leste malgré son allure ventripotente les héla :

— Hé ! Ne partez pas... Tout doux... Hé... Vous êtes le commissaire Darcourt ?

— Pour vous servir.

— Je savais que je vous trouverais là... Les nouvelles vont vite, le maire de Saint-Malo nous a prévenus de votre arrivée. Vous lui avez communiqué votre adresse... C'est pour ça que je suis là.

— Et vous êtes ?

— Commissaire principal Kerzannec, police de Saint-Servan.

— Ah ! Enchanté, je comptais vous rendre visite aujourd'hui même, ainsi qu'aux édiles de cette ville. Mais ne connaissant pas l'endroit, je devais avant tout trouver votre hôtel de ville.

— Oh vous savez, c'est simple, vous ne pouvez pas vous tromper : vous remontez la rue de la Masse jusqu'à la Promenade, aussitôt à gauche, après les travaux, vous avez le couvent des Capucins. C'est là que vous trouverez le maire. Je suis installé là moi aussi, tout comme la gendarmerie.

— Eh bien, pourquoi ne pas y aller tout de suite ? fit Darcourt, prêt à monter sur son cheval.

— Non, il y a un problème. Mon collègue, le citoyen-commissaire de Saint-Malo, est allé assister un parent malade à Rennes et il ne peut pas s'occuper du crime, tout au moins pour l'instant.

— Quel crime ?

— Rue du Pot d'Étain, devant l'auberge du Chat qui Pète, on a retrouvé un clampin tout estourbi ce matin.

— Estourbi, comment ça ?

— Eh bien, on ne peut pas être plus estourbi que lui puisqu'il est mort, souffla Kerzannec.

— Et vous ne voulez pas vous en occuper ?

— Ce n'est pas de mon ressort. Moi, c'est Saint-Servan.

— Et il y a eu un autre crime à Saint-Servan, cette nuit ?

— Non, je ne pense pas.

— Alors vous avez le temps de vous emparer de cette affaire.

— C'est le maire de Saint-Servan qui me paye, pas celui de Saint-Malo… Si mon maire apprenait que je m'occupe d'une affaire dans l'autre ville, il ne serait pas content. Et n'importe comment, ça ne serait pas légal. Vous êtes commissaire général de l'arrondissement, à ce que j'ai appris. En quelque sorte, vous nous chapeautez, non ?

— C'est vrai que j'aurai vocation à pas mal chapeauter dans l'avenir mais là, vous me prenez au dépourvu… Que savez-vous d'autre sur ce crime ?

— Eh bien, on a déjà le nom de l'estourbi.

Kerzannec s'arrêta, sortit un mouchoir de son habit et s'essuya le front. Il avait chaud malgré le vent glacial qui s'engouffrait dans la rue Dauphine, véritable boyau à courant d'air.

— Je suis censé deviner son nom ? s'impatienta Darcourt.

— Non, puisque vous ne le connaissez pas. Il s'agit du citoyen Lescousse, un meunier du Naye.

Louis Darcourt n'ignorait pas que les moulins du Naye étaient à proximité de l'endroit où ils se trouvaient mais il se devait de poser la question :

— C'est où le Naye ?

— Près d'ici, c'est la pointe de rochers qui s'avance vers Saint-Malo, là où il y a les bateliers qui assurent le passage entre les deux villes à marée haute.

— Et à marée basse, on traverse comment ? Hier, on a été obligés de faire le grand tour par le Sillon.

— À marée basse, je vous laisse le découvrir… Mes mots ne seraient pas assez forts.

— Bien, soupira Darcourt. Que voulez-vous que je fasse ?

— C'est vous le chef… Vous devez suppléer l'absence d'un de vos subordonnés.

— Foutre Dieu ! claqua Darcourt. Et vous ? Vous vous absentez souvent ?

— Ça sera le moins possible, à voir votre réaction, grimaça Kerzannec.

— Je dois aller voir le corps ?

— C'est préférable, vu les gens qui nous emploient…

— Les gens qui nous emploient sont là pour nous verser notre solde ! C'est le ministre de la police du Consulat notre employeur !

— Y a plus de ministre de la police en ce moment ! se plaignit Kerzannec.

Que répondre à ça ? se dit Louis.

— C'est exact, mais je peux vous assurer que les choses vont bientôt changer. Fouché va déposer une motion au Sénat afin de pourvoir à l'immortalité du Premier consul.

— Comment cet homme peut-il être immortel ?

— Par sa lignée !

— Il n'y a que les rois pour ça.

— Et les empereurs !

— Empereurs ?

— Oui ! Alors ce ne sont pas les maires de Saint-Malo et de Saint-Servan qui vont venir me chier dans les bottes !

— Ne vous énervez pas. Moi, ce que j'en dis… Enfin… Je suis plutôt de votre côté, citoyen-commissaire général… Avec vous, on sera plus fort pour toucher notre solde des mairies. Y z'auront pas intérêt à rechigner.

— Vous ne m'avez pas dit où était le corps de la victime… Toujours rue du Pot d'Étain ?

— Ah non, ils ont enlevé le cadavre vite fait et jeté de la sciure. Moins le peuple en voit, mieux on se porte.

— Dommage, il aurait pu y avoir des indices.

— Quel genre d'indice ?

— Je ne sais pas… L'arme du crime, des empreintes de pas sur le pavé…

— Comment savez-vous que la rue du Pot d'Étain est pavée puisque vous venez d'arriver ?

— Hum… Je le suppose. Hier, j'ai remarqué qu'à l'intérieur des murs de la citadelle, beaucoup de rues étaient pavées.

— C'est exact ! Et la rue du Pot d'Étain a intérêt à être bien pavée avec toutes les filles qui y traînent leurs savates et leurs cotillons.

— Rue chaude ?

— Brûlante !

— Merci, Kerzannec. Et l'auberge du Chat qui Pète, vous connaissez ?

— Non, pas très bien, vous demanderez à mon collègue. Cette auberge n'est pas très loin du cabaret Au Pot d'Étain, d'où le nom de la rue. Beaucoup de Malouins l'appellent toujours de son ancien nom, rue du Pélicot.

— Merci. Vous me dites qu'on a jeté de la sciure sur le pavé… Pour couvrir une flaque de sang, je suppose ?

— Vraisemblablement.

— C'est dommage parce que l'agresseur a peut-être été blessé et aura aussi perdu son sang.

— Ça changerait quoi ? Du sang, c'est du sang ! C'est le même pour Pierre, Paul et Jacques. Et le même pour un Servannais et un Malouin !

— Vous avez raison. Maintenant, dites-moi où se trouve le corps actuellement.

— À Saint-Yves.

— L'hôpital général ?

— Vous connaissez aussi ?

— Évitez de me poser trop de questions, Kerzannec… Y a-t-il eu d'autres crimes de ce genre dernièrement dans le coin ?

— Je trouve qu'il y en a beaucoup trop pour des villes comme les nôtres.

— Ces crimes ont-ils été résolus ?

Kerzannec baissa la tête, visiblement embarrassé.

— On travaille dessus, le commissaire Beaupain et moi.

— Beaupain ?

— Oui, c'est le commissaire de Saint-Malo, Alphonse Beaupain.

— Et vous avez des pistes ?

Kerzannec piqua à nouveau du nez et jugea que l'entretien était terminé.

— Bon, je rentre aux Capucins, il fait froid ici, je vais attraper du mal à mes bronches.

— Merci, commissaire, fit Darcourt, le pied à l'étrier pour enfourcher son cheval.

Kerzannec s'approcha de l'encolure du cheval et fit signe au cavalier de se pencher. Il dit à voix basse :

— Le citoyen noiraud qui est avec vous, il n'est pas d'ici ?

— À votre avis ? cria Louis en talonnant son cheval qui se mit au trot. Dites à votre maire que je vais passer le voir aujourd'hui.

*

En effectuant le grand tour pour gagner la cité emmurée, ils firent une halte à l'hôpital général, situé sur leur itinéraire. Ce dernier se trouvait en bordure des Grèves de Chasles qui, bien qu'implantées sur la commune de Saint-Servan, étaient la propriété de Saint-Malo et sous son autorité. L'histoire s'arrêtait là pour ceux qui ignoraient que les Malouins interdisaient aux Servannais de venir s'y soigner, d'où les conflits à répétition entre les deux cités. Et Louis en avait été témoin puisque sa mère s'y était vue refuser l'accès alors qu'elle développait une infection grave à une jambe.

Louis et Joseph parcoururent quelques couloirs avant de trouver la bonne Sœur qui s'occupait de l'arrivée des grabataires et des mourants.

— Aucune charrette n'a amené de cadavre ce matin. Ici, ce n'est pas comme à Paris, les gens emmènent leurs morts chez eux et pas à l'hôpital, sinon on n'en finirait plus. Alors si votre estourbi n'est pas à l'Hôtel-Dieu, à l'intérieur des remparts, c'est qu'il est rentré chez lui.

Darcourt hocha la tête. La bonne Sœur développait des arguments imparables. Les deux hommes firent demi-tour.

— C'est inquiétant, dit Louis à Joseph. Un homme a été assassiné, il a été vu allongé sur le pavé par une partie de la population, et nous, on ignore où il se trouve.

— Tu sais où est l'Hôtel-Dieu?

— Oui, il est à côté de l'église Saint-Sauveur, je sais où c'est.

— Tu n'as pas demandé au p'tit gros l'adresse de Lescousse.

Le visage de Louis s'assombrit.

— Non. C'est un reproche?

— Disons que ça aurait été plus facile pour le retrouver.

— On va se rendre rue du Pot d'Étain et on passera ensuite au bureau de paix, à l'hôtel de ville, voir le procureur

En sortant de l'hôpital, l'espoir renaquit: deux brancardiers transportaient un homme allongé sur une civière et venaient vers eux.

— C'est un mort ? demanda Louis.

— Non pas encore, heureusement, dit l'un d'eux.

— Qu'est-ce que c'est ?

— Un calfat des chantiers navals des Grèves d'à côté. Il est tombé de plus de vingt pieds de son échafaudage sur un rondin en chêne. Y va avoir du mal à s'en sortir.

Les deux amis secouèrent la tête, compréhensifs, et se dirigèrent vers leurs montures. Chemin faisant, Louis fit part de ses projets à Joseph :

— Ce grand tour de la mer intérieure, même si nous respirons du bon air, nous fait perdre du temps. Il doit y avoir pas loin de deux lieues. Désormais, quand on ira dans la ville close à marée haute, on passera avec les bateliers du Naye, et avec les chevaux à marée basse.

— Même si dans mon île, il n'y a pas de marée, je crois savoir comment ça fonctionne : une fois elle est haute, une fois elle est basse, c'est ça ?

— Exactement.

— Donc si tu pars à marée haute en bateau, sans les chevaux, et qu'au retour, c'est marée basse, tu passes comment ? À pied sec ?

— Surtout pas ! Cet endroit est un véritable chausse-trappe avec ses mares, ses trous de vase, ses ruisseaux et ses ponceaux glissants. Je crois me souvenir qu'il y a des bateaux qui passent aussi les chevaux. Ce soir, nous irons à la chasse aux renseignements en revenant par la grève.

— Elle sera basse ce soir ?

— J'espère… C'est assez immuable comme système, se moqua Darcourt.

À chaque fois que Louis franchissait la porte Saint-Vincent, un grand abattement mêlé de rage l'envahissait. Il se souvenait que dix ans plus tôt, sous un soleil de plomb, il avait emprunté cette même porte à la recherche de ses parents. Il s'en voulait terriblement de ne pas avoir pu assister à leurs derniers instants pour les aider à mourir en paix. Sans arrêt, il rejetait le sentiment de vengeance qui submergeait ses pensées. Il s'était cependant promis de retrouver le prêtre qu'il avait entraperçu en pleine discussion avec ses parents. Avait-il été fusillé ou guillotiné, lui aussi ?

Ils attachèrent les chevaux à des anneaux scellés dans le mur en bas de la rue Sainte. Celle-ci était en réalité une ruelle étroite et pentue qui ne permettait pas le passage d'une charrette. En haut, ils débouchèrent devant le cabaret Au Pot d'Étain. Un peu plus loin se trouvait l'auberge du Chat qui Pète. Devant l'établissement, ce n'était pas de la sciure qui avait été jetée sur la flaque de sang, mais des pelletées de sable. Louis et Joseph détaillèrent la scène. Il n'y avait pas grand-chose à voir si ce n'était un petit tas de pavés dans une brouette à proximité du lieu du crime. La rue en travaux était déchaussée sur quelques pieds et attendait ses nouveaux pavés. Darcourt sortit sa montre de son gilet : midi et demi, ce qui expliquait l'absence d'ouvriers sur place. Deux femmes emmitouflées dans des châles sortaient du Pot d'Étain et passèrent devant eux en étouffant des rires. « En v'la t'y des beaux coqs ! » C'est ce que crut comprendre Louis. Joseph, d'un signe de tête, lui confirma que c'était bien ça. Les deux hommes sourirent. L'aubergiste du Chat qui

Pète, intrigué par le manège de ces deux individus devant sa porte, sortit dans la rue. Ils étaient bien habillés mais avaient des têtes de rastaquouère, surtout l'un d'eux.

— Alors, messieurs, rentrez donc! Vous allez avoir froid, j'ai du bon vin chaud.

— Nous sommes de la police, nous venons pour l'homme qui était allongé ici ce matin. Vous l'avez vu?

— Pour sûr! C'est même moi qui l'ai découvert en ouvrant ma taverne. Au début, j'ai cru que c'était un traîne-savates qui s'était endormi, alors je suis sorti pour lui foutre mon pied au cul. C'est là que j'ai vu le sang.

— Vous avez une drôle de façon de réveiller les gens.

— Et pourquoi je me gênerais?

— Bien, d'accord, fit Louis. Entrons et allons boire ce vin chaud.

Il y avait peu de monde à l'intérieur, deux ou trois tablées d'ouvriers et de marins qui tiraient sur leurs bouffardes. Des restes de lard grillé et de haricots garnissaient leurs assiettes. Deux filles débarrassaient les tables. Une fumée épaisse sortait de la pièce du fond dans laquelle les serveuses s'engouffraient: la cuisine. Près de la cheminée, une mégère à l'air revêche reposa le tisonnier qu'elle avait à la main. Elle s'avança vers eux, Louis comprit que c'était la femme du patron.

— Ces messieurs sont de la police, dit l'aubergiste en direction de sa dulcinée qui manifestement venait à son secours comme si une menace planait sur lui.

— Commissaire Darcourt, fit Louis en adoptant une posture proche du garde-à-vous. Et voici le sergent Tocagombo.

— C'est pas un nom d'chez nous, ça !

— Non, dit Joseph. Je suis de l'île Bourbon.

— C'est où ça ?

— Laisse tomber, Simone… Tu sais, c'est la région où vont les corsaires, monsieur Surcouf et compagnie, dans les mers indiennes. Le sergent To… bo est sûrement un bon sergent.

— Je ne vous permets pas d'en douter, s'irrita Darcourt.

— Allons, allons, ne nous énervons pas, fit l'aubergiste en écartant les bras… Du lard, des haricots et un bon coup de cidre, ça va calmer tout le monde. C'est moi qui régale, en l'honneur de la police du Premier consul.

— Mais t'es un grand éventé, toi ! s'interposa Simone. En l'honneur de quoi ? Du Premier consul ? Alors que t'es un royaliste invétéré ? C'est n'importe quoi, mon pauvre Gaspard.

— Justement, il est consul à vie, comme un roi.

— C'est pas une raison pour payer la pitance à des gens qu'on ne connaît pas et qui ont l'air d'avoir les moyens de régler un bout de lard et une poignée de haricots. Pas vrai, messieurs ?

— Non ! fit Gaspard en tapant du poing sur la tablée voisine.

Ce qui eut l'effet immédiat de faire rebondir les assiettes et de projeter les haricots hors de celles-ci, devant les regards contrits des convives.

Louis Darcourt se dit qu'il était temps de calmer le jeu.

— Bien, monsieur Gaspard… Gaspard comment ?
— Leroy ! Gaspard Leroy, et ma femme, Simone Leroy… Nous avons dû changer de nom pendant la Révolution à cause de tous les excités à moitié dégénérés du Comité de surveillance.
— Monsieur Leroy, nous allons nous asseoir là-bas,

Darcourt désigna une table à l'écart.

— Votre femme va nous servir du lard et des haricots. Le sergent Tocagombo et moi allons vous poser quelques questions, d'accord ?
— Puisque vous insistez.

Chapitre 5
Paroles d'experts

Saint-Malo, 20 nivôse an XII (mercredi 11 janvier 1804)

Darcourt reposa sa bolée de cidre et s'essuya la commissure des lèvres, l'aubergiste avait sorti son linge blanc pour honorer les représentants de la République finissante. À la fin du repas, Gaspard Leroy vint s'asseoir à la table des policiers avec une bouteille d'eau-de-vie à la main et trois verres.

— Pas pour nous, dit Louis, merci. Nous devons ramener les chevaux à Saint-Servan.

Avant de passer à table, Joseph était allé chercher les bêtes au bas de la rue Sainte et les avait attachées aux anneaux de l'auberge. L'étroite rue du Pot d'Étain s'en retrouvait pratiquement obstruée.

— Alors il faudra apprendre à vos chevaux à vous ramener. Vous verrez qu'ici, les sollicitations sont nombreuses.

Louis avait posé un calepin sur la table et à l'aide de son couteau, il se mit à tailler la mine[6] de son crayon à papier.

— À quelle heure avez-vous découvert le corps, monsieur Leroy ?

— J'ouvre les volets à cinq heures et demie, c'est là que je l'ai vu. Je pensais à un arsouille qui cuvait sa cuite et je lui ai donné un coup de pied pour qu'il dégage, mais quand j'ai vu le sang sous lui, j'ai compris.

— Avant de lui donner un coup de pied en plein sommeil, vous n'avez pas songé à le réveiller plus délicatement ?

— Non, pourquoi ?

— Comme ça.

Louis Darcourt nota de sa belle écriture :

« Mercredi 11 janvier 1804 (20 nivôse an XII) découverte du corps du citoyen Lescousse, meunier de son état, dans la rue du Pot d'Étain, par Gaspard Leroy, l'aubergiste du Chat qui Pète. D'après les dires du citoyen Leroy, il était environ cinq heures et demie. »

Suspicieux, il demanda :

— Vous avez une montre, monsieur Leroy ?

— Non, une horloge, mais elle est en panne… La cloche de la cathédrale sonnait la demie de cinq heures, comme tous les matins.

— Ça aurait pu être la demie de six ou sept heures ?

— Non, impossible, je suis réglé comme une baïonnette dans son fourreau, je n'ai aucune latitude pour une erreur.

---

6. Mine composite révolutionnaire inventée dix ans plus tôt par le scientifique français Nicolas-Jacques Conté.

— Bien, si vous le dites… D'après vous, comment a-t-il été tué ?

— Il a été estourbi !

— À l'aide de quoi ?

— Les cantonniers qui refont la rue ont trouvé un pavé plein de sang frais dans leur brouette. Il a sûrement servi à estourbir le gars Lescousse.

— Où est ce pavé ?

— Ils l'ont chaussé dans la rue en prenant soin de mettre la partie ensanglantée en dessous, sur le sable, pour que ça ne se voie pas.

Darcourt se massa le front à plusieurs reprises avec son pouce et son index. « Mon Dieu », se dit-il.

— Vous connaissiez l'estourbi ?

— Non.

— Et pourtant, vous savez son nom.

— C'est l'un des cantonniers arrivés à sept heures et demie qui, en soulevant la couverture que j'avais étalée sur le citoyen estourbi, a dit : « C'est le gars Lescousse ! Bien fait pour sa gueule ! »

— On ne peut pas dire qu'avec une déclaration pareille, le citoyen Lescousse faisait l'unanimité, en conclut Louis.

— Non, on ne peut pas dire… Mais j'entends la demoiselle qui bat le pavé, les cantonniers sont revenus, vous pourrez leur demander.

— La demoiselle ?

— Oui, l'outil qui sert à enfoncer les pavés dans le sable.

— Bien, d'accord… Vous vivez au premier étage de votre auberge ?

— Oui.

— Vous n'avez rien entendu cette nuit ?

— Non, à part les braillards habituels qui sortent du Pot d'Étain, fins saouls.

— Il y a des femmes qui se vendent par ici ?

— Des putains ? Oui, il y en a plein, presque autant qu'il y a de pavés sur les remparts… Faut bien manger ! La Révolution nous a laissés à sec. Alors les citoyens vendent c'qu'ils peuvent.

Louis Darcourt, en tant que commissaire à la Préfecture de police de Paris, avait suivi une formation particulière pour lutter contre la prostitution. Il n'ignorait pas que cette dernière, tout comme le racolage, avait pratiquement disparu du Code pénal en 1791. Sans lois et incapables de légiférer les années suivantes, les députés déléguèrent à la police, en 1797, un pouvoir discrétionnaire absolu en matière de prostitution. En 1799, au début du Consulat, Paris recensait environ trente mille prostituées. Louis Darcourt affûta ses armes de jeune commissaire dans une capitale enfiévrée par un fléau vilipendé par la population. Il arrivait que des rues entières soient obstruées par les commerçantes du charme. Ce n'était pas encore le cas pour la rue du Pot d'Étain à Saint-Malo.

— Ce citoyen Lescousse était-il un habitué de cette rue ?

— Je n'en sais rien. En tout cas, je ne l'avais pas remarqué. Les habitués du Pot d'Étain ne sont pas les mêmes qui fréquentent mon auberge. Vous remarquerez qu'ici, commissaire, c'est une maison bien tenue.

Darcourt lança un regard périphérique dans la pièce, il ne partageait pas l'avis de Leroy et du bout des lèvres, il confessa :

— Si vous le dites…

— Merci.

— Il n'y a pas de quoi… Je suis intrigué par le nom de votre auberge…

— Le Chat qui Pète ?

— Oui.

— On voit bien que vous n'êtes pas de Saint-Malo, sinon vous connaîtriez l'histoire. En 1693, ces foutus Anglais voulurent lancer une machine infernale explosive à l'assaut des remparts, c'était un bateau rempli de poudre et de mitraille. Heureusement pour nous, un furieux coup de vent a dévié le navire vers des rochers près du Fort à la Reine. L'explosion s'est entendue à près de cinquante lieues à la ronde, jusqu'en Normandie. La machine n'a tué qu'un chat qui errait dans les rues cette nuit-là. Peut-être est-il mort de peur. En tout cas, l'ancêtre de ma femme, qui tenait déjà cette auberge, avait aussi un chat et d'après lui, en entendant l'explosion, son matou, apeuré, n'émit qu'un misérable pet. Pour fêter la défaite des Anglais, l'ancêtre décida de changer le nom de son auberge qui s'appelait auparavant…

— Ne me le dites pas, le coupa Louis, nous avons compris le cheminement de pensée de l'ancêtre de votre femme, c'est le principal… Nous allons en rester là et interroger les cantonniers en sortant. Nous vous devons combien ?

— C'est pour moi, commissaire, c'est un plaisir de vous inviter, vous et votre valet…

À la grande surprise de l'aubergiste, qui n'avait pas terminé sa phrase, Louis se leva prestement, le saisit par le torchon qu'il portait autour du cou et siffla à son oreille :

— Si vous dites encore une fois que Joseph est mon valet, je vous mets aux fers, entendu?

— Ne vous énervez pas, s'étrangla l'aubergiste, vous me faites mal… C'est pas des façons de faire.

— Laisse, Louis, dit Joseph. Il n'y a rien de méchant.

Les deux hommes sortirent de l'auberge. La demoiselle, aux mains d'un cantonnier, battait le pavé avec vigueur.

— Commissaire Darcourt! se présenta Louis pendant que Joseph détachait les chevaux.

— Oui? fit l'un d'eux en s'appuyant sur le manche de sa pioche.

— Lequel d'entre vous a reconnu le cadavre ce matin comme étant celui du citoyen Lescousse.

— Moi, continua celui qui tenait la pioche.

— Vous le connaissiez bien?

— Un peu. C'était un sacré numéro.

— Comment ça?

— C'était un meunier, quoi.

Étonné, Louis demanda:

— Qu'est-ce qu'ils ont les meuniers?

— Ben… Vous connaissez le dicton du coin…

— Non, je sens que vous allez me l'apprendre.

— Ben, je vais vous l'dire: « Tant du Naye que du Sillon, tous les meuniers sont des larrons. »

— Et Lescousse était un larron?

— Un sacré scélérat, oui! Mais ça dépend du côté où on se trouve… Il avait disparu de la ville fin 94 pour se faire oublier, si vous voyez ce que je veux dire. Il était revenu au pays depuis quelques mois et de temps en temps, il venait traîner dans les Murs.

— On m'a dit qu'il tenait un moulin au Naye.

— Non, c'était un commis meunier, un journalier qui allait d'un moulin à l'autre donner un coup de main, rentrer les sacs de blé, ensacher la farine et s'occuper du matériel. Il habite un bout de maison au Petit Talard, près du camp des romanichels.

— Il a une veuve ?

— Depuis ce matin, oui.

— Y avait-il un pavé ensanglanté dans votre brouette ?

— Oui.

— Celui qui a servi a tué Lescousse ?

— Sans doute, le sang était frais.

— Qu'en avez-vous fait ?

— Là, il est sous mes pieds. Ça ne sert à rien de laisser du sang traîner à la vue des mouflets. C'est pour ça aussi que j'ai jeté deux ou trois pelletées de sable sur la flaque de sang.

— Dans la police, on apprend que l'arme du crime est une pièce à conviction à la disposition de la justice, lui notifia Darcourt.

— Vous voulez que je déchausse le pavé ?

Le commissaire soupira :

— Non, laissez tomber. Vous emmènerez un pavé identique au bureau de la police de l'arrondissement, à l'hôtel de ville. Ça fera l'affaire.

— Il y a un bureau de la police de l'arrondissement à l'hôtel de ville ?

— Depuis hier, oui. Le mien.

— Et celui du commissaire Beaupain ?

— C'en est un autre : commissariat de la ville de Saint-Malo.

Louis Darcourt tourna les talons et dit à Joseph :
— Viens, on va au Pot d'Étain interroger le patron ou la patronne.

Le cabaret était à deux pas, Joseph attacha à nouveau les chevaux aux crochets qui saillaient du mur. Peu de clients consommaient en ce début d'après-midi, deux ou trois marins attablés buvaient des pintes de bière. Deux soldats debout discutaient avec une fille près du comptoir. Une femme entre deux âges, qui avait dû être belle, balayait le sol pavé de grandes dalles en pierre. Louis se dirigea vers elle.

— Vous pouvez dire au cabaretier que je voudrais le voir.

La femme se campa sur ses jambes, lâcha son balai et mit les mains sur les hanches.

— Il est devant vous, qu'est-ce que vous lui voulez ? lança-t-elle sur ses gardes.

— Nous sommes de la police et...

— J'vous connais pas et pourtant, y a que le bon Dieu qui peut en connaître plus que moi.

— Nous venons d'arriver et...

— Apparemment, vous venez de loin, lança-t-elle en fixant Joseph de son regard bleu délavé.

— Peu importe d'où l'on vient, renchérit Louis, l'important c'est de savoir où l'on va... Et nous, nous enquêtons sur le cadavre qui était dans la rue près de chez vous ce matin et qui, lui, ne se pose plus la question de savoir où il doit aller... Avez-vous vu le visage de cet homme étalé sur la chaussée ?

— Oui, et ce n'était pas beau à voir.

— Vous le connaissiez ?

— Malheureusement, oui. Il était chez moi hier soir.

— Que faisait-il ?

— Il essayait de faire le beau avec des demoiselles... Sans grand succès, car sans l'sou. Ça ne l'a pas empêché de s'enfiler de grands verres de vin de Gascogne, payés par son ami.

— Il était avec un ami ?

— Ça semblait l'cas.

— Vous le connaissiez cet ami ?

— Non, jamais vu.

— Et le mort ?

— Je vous ai dit que oui. C'était Lescousse, un meunier qui venait de temps en temps ici pour se saouler. Je ne l'aimais pas beaucoup.

— Il s'est querellé avec quelqu'un hier soir ?

— Non, pas à c'que j'sais... Dites donc, on dirait une visite domiciliaire, comme pendant la Révolution, votre interrogatoire. Le commissaire Beaupain est d'un tempérament plus charitable... Pourquoi que ce n'est pas lui qui enquête ?

— Il est parti au chevet d'un parent proche, à Rennes.

La cabaretière éclata de rire :

— Au chevet d'une poule, oui ! Vous ne connaissez pas Beaupain. Comme s'il n'y avait pas assez de belles cocottes à Saint-Malo.

— Pour l'instant, c'est Lescousse que je souhaiterais connaître... Il est sorti de votre cabaret à quelle heure ?

— Vous ne croyez pas que j'ai passé ma soirée à guetter l'heure de sortie du citoyen Lescousse ? Comme si c'était ma priorité ! J'avais plein de monde hier soir et faut avoir un œil sur tout et faire attention que les filles se tiennent bien. C'est un cabaret respectable ici et si vous me voyez faire du ménage, c'est qu'une bonniche m'a fait défaut ce matin. Maintenant, vous allez m'excuser, mais faut que je m'y remette... Vous dites que vous êtes de la police, mais vous êtes qui ?

— Commissaire général Darcourt de l'arrondissement de Saint-Malo.

— Et le beau jeune homme qui est avec vous ?

— Sergent Tocagombo, fit Joseph en accompagnant ses paroles d'un sourire éclatant.

— Revenez me voir quand vous ne serez pas de service, susurra la cabaretière, je vous offrirai à boire.

— Et votre mari ! lança Darcourt, vexé.

— Je suppose qu'il est toujours au fond de l'eau, au large d'Ouessant. C'est idiot de venir se noyer si près du pays natal après avoir traversé tous les océans. Il était second sur un corsaire qui revenait de l'Isle de France avec de bonnes prises. Il est passé par-dessus bord.

— C'était un accident ? s'enquit Louis.

— Je pense... Le principal c'est que j'ai touché sa part, qui est devenue la mienne... J'ai pu acheter ce cabaret grâce au sacrifice de mon cher époux.

Dubitatif, Darcourt décida de prendre congé.

— Nous reviendrons, dit-il à la patronne.

— Vous ne m'en trouverez pas surprise, sourit-elle.

— L'Isle de France n'est pas loin de la mienne, lança Joseph sur le pas de la porte. Je suis de l'île Bourbon.

— Ça ne m'étonne pas, j'ai toujours su que cette île me portait chance, gouailla la cabaretière.

Après avoir emprunté la rue des Cimetières en sortant de la rue du Pot d'Étain, les deux cavaliers arrivèrent sur la place de la Paroisse, devant la cathédrale. La concentration administrative avait son avantage, l'hôtel de ville, la sous-préfecture et le tribunal, jouxtaient l'église et les cimetières. La prison n'était pas loin. Les écoles et les bordels non plus. Avec tous les commerces environnants, la vie des dix mille habitants, sur ce rocher de dix-sept hectares ceinturé par sa muraille fortifiée, ressemblait à un jeu de piste et de cache-cache si l'on voulait éviter de rencontrer une personne indésirable. Certaines rues, comme celle des Orbettes, étaient tellement étroites que les derniers étages, perchés sur des maisons tassées par le temps, en arrivaient presque à se toucher. Ce qui était un avantage indéniable si l'on voulait emprunter du sel à son voisin sans sortir de chez soi.

À l'hôtel de ville, on fit savoir à Louis Darcourt que le maire, monsieur de Brecey, avait trouvé un arrangement avec le sous-préfet et le procureur pour installer le bureau du commissaire général de police de l'arrondissement de Saint-Malo dans les locaux de la sous-préfecture. Louis songea que le sous-préfet devait probablement être un espion de Desmarest, tout en sachant que le sous-préfet en question devait penser la même chose de lui. Il se demandait aussi s'il était le seul dans cette ville à savoir que la République révolutionnaire, qui devenait petit à petit une République embourgeoisée, vivait ses derniers jours sous ce Consulat qui se voulait être l'antichambre de l'Empire. Que de changements en perspective… Si au moins Bonaparte avait la bonne idée de foutre en l'air le calendrier révolutionnaire, qui embarrassait tout le monde et n'était plus utilisé que par les administrations, il lui en saurait gré toute sa vie. Quel jour était-on déjà, aujourd'hui ? Ah oui, mercredi 11 janvier 1804, soit le 20 nivôse an XII. Évidemment, pour obtenir nivôse il fallait penser à neige en janvier ! L'accent circonflexe sur le ô avait été rajouté par Fabre d'Églantine pour que les Méridionaux n'altèrent pas la prononciation du o. Quant à l'an XII, une fois le premier mois passé, l'année s'imprimait toute seule dans le cerveau.

En grimpant les marches du perron de la sous-préfecture, Louis se dit que pour une fois, il était là au bon moment et au bon endroit.

Chapitre 6
Visite à l'Hôtel-Dieu

Saint-Malo, le 20 nivôse an XII (mercredi 11 janvier 1804)

Le sous-préfet absent, Louis Darcourt et Joseph Tocagombo s'assirent dans de grands fauteuils tapissés de velours vert. Ils s'y sentaient bien. Le maire et le sous-préfet avaient bien fait les choses en libérant au jeune commissaire un magnifique bureau orienté plein sud et donnant sur l'ancienne cour de l'Évêché, devenue place de l'hôtel de ville.

Les deux hommes n'y restèrent pas très longtemps, un scribouillard sans vergogne vint leur signifier qu'ils s'étaient installés dans le bureau du sous-préfet et que ce dernier n'avait pas émis le vœu de se séparer, tout au moins dans l'immédiat, de son lieu de travail qui avait quand même demandé un effort de décoration assez conséquent.

Le gratte-papier indiqua que le bureau du commissaire général de police de l'arrondissement de Saint-Malo se trouvait au rez-de-chaussée, à gauche de l'escalier monumental en bois sculpté qui montait au premier étage. Par conséquent, à gauche de cet escalier, il suffisait d'emprunter le petit couloir qui menait tout droit au bureau du commissaire.

Ce nouveau bureau, siège de la police de l'arrondissement, avait vue sur une invraisemblable cour intérieure exposée nord, néanmoins pourvue de latrines, ce qui était un moindre mal.

— Le bureau qu'on nous réserve à Saint-Servan ne pourra pas être pire que celui-là, dit Louis à Joseph, nous séjournerons dans l'autre. Celui-ci ne sera qu'un petit pied-à-terre lorsque nous viendrons dans les remparts.

Un homme toqua à la porte entrouverte :

— Je peux entrer ?

— Si vous avez de bonnes intentions, c'est possible, dit Darcourt.

— Un procureur n'a pas vocation de toujours vouloir mettre des têtes dans le panier, il peut aussi les envoyer au bagne. Je suis comme vous, un sans-abri du tribunal voisin. Je dois attendre la mort d'un juge pour avoir le droit à son bureau qui deviendrait le mien. Je me présente, citoyen Étienne Mourron, procureur de la République. Je loue un bureau place du Pilori, à quelques pas d'ici.

— En tant que procureur, vous ne pouviez pas choisir un meilleur lieu.

— Je le pense aussi.

— Je suis le commissaire Darcourt, vous pouvez aussi m'appeler chevalier Darcourt, mais je doute que ce titre vous ravisse.

— Il y a quelques années, vous ne vous en seriez pas vanté, railla le procureur Mourron.

— Vous avez sévi dans la région ?

— Non, j'arrive de Rennes où j'étais jeune avocat.

— Et vous voilà jeune procureur.

— Qu'à Dieu ne plaise.

— Que me vaut l'honneur de votre visite dans mon magnifique bureau ? s'enquit Louis en désignant de ses bras écartés les quatre coins de la pièce miteuse… Mais auparavant, je vous présente le sergent Joseph Tocagombo.

— Sergent ?

— J'avais Joseph comme ordonnance quand nous suivions le petit Caporal[7] sur tous les champs de bataille à travers l'Europe. Joseph avait le grade de sergent dans le 1er régiment de Hussards, j'ai estimé qu'il pouvait conserver cette gradation dans la police.

— Vous avez estimé ? Ce n'est pas officiel ?

— Pour moi, si !

Le visage de Darcourt se ferma, le procureur estima à son tour qu'il se devait d'éluder ce point de détail relatif à cette nouvelle police consulaire.

— À vrai dire, nous ne connaissions pas cette police d'arrondissement qui…

— Maintenant, vous la connaissez ! le coupa Darcourt. Si vous voulez de plus amples renseignements, je vous conseille d'écrire au citoyen

---

7. *Napoléon Bonaparte.*

Desmarest, le chef de la Sûreté, ou au conseiller d'État Réal qui dirige la police dans notre département ainsi que dans cinquante autres départements français. Mais vous dépendez de monsieur Régnier, le ministre de la Justice qui est aussi accessoirement ministre de la police pour quelque temps encore. Lui vous renseignera.

— Comment ça, pour quelque temps encore ? questionna le procureur, surpris.

Louis regretta ses paroles et se reprit :

— Il est difficile de cumuler deux ministères... Surtout ces deux-là.

— On se demande pourquoi Bonaparte a laissé vacant ce poste de ministre de la Police depuis le départ de Fouché !

Darcourt brûla de répondre : « Pour mieux le faire revenir », mais il dit :

— Avec Réal et Desmarest, le travail est bien fait. D'ailleurs, les deux ministères sont dans le même bâtiment, quai Voltaire. J'étais il y a quelques jours encore dans cet endroit avec le chef de la Sûreté.

Mourron se demanda quelle engeance de police on lui avait envoyée. Des mouches, des indicateurs, des espions ? Il soupira et en vint à l'affaire qui le préoccupait.

— J'ai appris en fin de matinée que deux policiers étaient sur place, rue du Pot d'Étain, là où a été tué cet homme. Dès que j'ai pu me libérer, j'ai accouru ici en espérant vous y trouver.

— Vous aviez raison d'espérer, car nous-même ignorions notre future présence dans ce bureau.

Bien que ce Darcourt commençât à lui chauffer les oreilles, le cerveau de Mourron considéra inconsciemment de tirer le frein de la charrette pour ne pas se laisser aller à des paroles regrettables. Peut-être était-ce le physique imposant de Darcourt – ce dernier le dépassait d'une tête, même de deux têtes si on tenait compte de son invraisemblable chapeau haut de forme tout cabossé – qui freinait sa rhétorique. Et l'autre, l'espèce d'indigène, avec son petit tricorne en cuir d'un autre temps enfoncé jusqu'aux oreilles, qui le fixait de ses yeux noirs sans broncher d'un cil, comme s'il ne respirait pas ; un fauve guettant sa proie. Vraiment, deux personnages inquiétants. C'était simple, ils lui foutaient les venettes.

— Nous allons dire que c'est la chance qui nous a fait nous rencontrer...

— On va dire ça, fit Louis en reboutonnant sa redingote comme s'il allait prendre congé. Excusez-moi de ne pas vous proposer une chaise mais vous voyez comme moi qu'il n'y en a pas. Si la ville de Saint-Malo croit que c'est la porte de prison que je vois là, posée sur deux tréteaux, qui va me servir de bureau, elle se trompe !

— Elle se met le doigt dans l'œil, surenchérit Joseph.

— Ne vous inquiétez pas, je vais faire le nécessaire pour meubler dignement cet endroit.

— Ça aura intérêt à être très digne. Plus digne que digne.

Étonné, Louis regarda Joseph qui continuait de déblatérer :

— Digne de citoyens policiers de l'arrondissement de Saint-Malo.

— Merci, sergent, fit Darcourt avec un geste apaisant envers son ordonnance. Je crois, monsieur le procureur, que vous vouliez nous parler de notre enquête, que vous ne nous avez pas encore confiée d'ailleurs, mais que nous avons déjà commencée, suite à la défection du commissaire Beaupain.

— Pour vous la confier, il eut d'abord fallu que je vous voie... Et je précise que Beaupain ne s'est pas désisté, il a été appelé au chevet d'un parent proche à Rennes...

— Mon œil! le coupa Joseph.

— Pardon?

— Rien! Continuez, dit Louis en se glissant face au procureur, laissant Joseph dans son dos.

— Puisque vous avez commencé à enquêter, dites-moi plutôt ce que vous savez.

— Un cantonnier a reconnu le corps qui correspond à un individu du nom de Lescousse... Cet homme a vraisemblablement été tué à coups de pavé, le cantonnier en a retrouvé un ensanglanté dans sa brouette...

— Vous avez saisi ce pavé?

— Pour quoi faire? fit la voix du sergent dans le dos de Darcourt.

— Le procureur a raison, Joseph, dit Louis en se retournant, c'est une pièce à conviction.

— Alors pourquoi ne l'avez-vous pas ramené?

— Le cantonnier a jugé qu'il était sans doute mieux dans son environnement naturel, au milieu de la rue avec ses congénères.

— Ce n'est quand même pas un cantonnier qui va faire la loi, foutre bleu!

— Celui-là a l'air de prendre ça à cœur... Mais bon, rassurez-vous, nous partons voir le corps à l'Hôtel-Dieu. Si c'est un pavé qui l'a tué, je le saurai tout de suite… Vous avez demandé une autopsie, monsieur le procureur ?

— Pas encore, si la blessure de la victime confirme qu'il s'agit bien d'un coup de pavé, ce ne sera pas nécessaire. On ne va pas perdre l'argent des citoyens à rechercher les traces d'un empoisonnement ou calembredaines de ce genre.

— L'heure de la mort nous aurait été précieuse, dit Louis à demi consterné.

— Demander l'heure de la mort de cet individu à un médecin, c'est comme demander l'heure de l'arrivée de la diligence de Paris au curé de Saint-Malo… Il vous répondra : « À une journée près, je dirai que… »

— C'est avoir peu de foi dans les progrès de la médecine, monsieur le procureur…

— Commissaire Darcourt, n'insistez pas, il n'y aura point d'autopsie.

— Bien, nous allons nous en accommoder… Excusez-nous, il faut qu'on y aille… Savez-vous si la mer sera basse avant la tombée de la nuit ? On doit retourner à Saint-Servan…

— Oui, elle est en train de baisser… Ce sont vos chevaux, attachés, près du perron de la sous-préfecture ?

— Oui.

— J'espère qu'ils sont bien ferrés, les petits ponts dans la grève sont pleins de traîtrise.

— Si vous saviez où on a emmené nos chevaux pendant la campagne d'Italie, vous ne vous feriez pas de soucis pour nous.

Ils quittèrent la sous-préfecture et son nouveau siège de la police de l'arrondissement de Saint-

Malo en longeant l'ancien couvent des Ursulines afin de rejoindre la rue Sainte-Anne. Pour gagner l'Hôtel-Dieu, ils se devaient de traverser le quartier des bouchers, coincé entre la rue de la Crosse et les remparts. Un aveugle ne pouvait pas ignorer qu'il y avait de la viande dans les parages. Odeur du sang et de la charogne. Chaque boucher avait son petit abattoir personnel et des carcasses entières de bœuf et de porc pendaient aux crochets des étals. La rue étant en pente, la moindre averse était la bienvenue pour nettoyer les rigoles. Les bouchers de Saint-Malo n'avaient pas la chance de ceux de Saint-Servan dont l'abattoir du Val était nettoyé par la mer à chaque marée. Devant les étals, des barriques remplies de sang, vendues à des cultivateurs du Clos-Poulet, attendaient leur enlèvement afin de servir d'engrais. À l'arrière des abattoirs, des demi-tonneaux en chêne, pleins d'un mélange d'intestins et de fumier de cheval, dégageaient une odeur pestilentielle. Ces derniers déchets n'étaient ramassés que tous les quinze jours, pour le plus grand bonheur des habitants du quartier.

— Ça pue ici, se plaignit Joseph.

— Et encore, on est en hiver, se moqua Darcourt.

Ils croisèrent un paysan qui tirait par une corde trois vaches attachées ensemble. Une commande livrée sur pattes. Ils débouchèrent au bout de la rue Saint-Sauveur par l'étroite ruelle de la Clouterie. Arrivés devant l'Hôtel-Dieu, Joseph se chargea d'attacher les chevaux tandis que Darcourt tentait de décabosser son haut-de-forme à l'aide de ses poings.

— Tu devrais acheter un chapeau anglais, lança Joseph. J'en ai vu en peau de castor à Paris, ils sont faciles à porter et beaucoup moins hauts que ceux-ci. À quoi ça sert d'avoir la place de mettre une dinde à couver dans son chapeau? Tu veux bien me dire? Regarde mon tricorne, c'est un londonien, plus petit que le français; bien enfoncé, il ne s'envole jamais.

— Tu fais peur avec.

— Ne sois pas désagréable… Si tu veux, j'ai une filière à Paris pour accéder à la mode anglaise, je peux te faire venir des chapeaux de là-bas.

Louis fit la moue:

— Bon, si tu veux, on en reparlera.

L'Hôtel-Dieu jouxtait l'église Saint-Sauveur dans la rue du même nom. L'entrée faisait face à un terre-plein fortifié, appelé autrefois le bastion des Pendus en raison de la potence qui y était dressée.

Une bonne Sœur les guida à travers les couloirs puis un escalier étroit en pierre les mena au sous-sol, ils arrivèrent dans une grande salle souterraine aux murs de granit, l'eau suintait par le retrait des joints. Des chandelles éclairaient vaguement la pièce.

— C'est la salle d'autopsie? demanda Louis, amusé.

La Sœur, le visage pincé, ne répondit pas. Elle quitta la pièce en refermant la porte sur elle.

— Eh! Ne nous abandonnez pas, fit Joseph, inquiet. C'est lugubre ici!

Des petites portes en bois numérotées ressemblant à celles des cachots se révélaient sur deux des murs. Un soupirail vitré laissait apercevoir la lumière du jour.

— Il est certainement derrière une de ces portes, expliqua Louis. Ça doit être l'endroit le plus frais de l'hôpital.

— On lance des paris, s'enflamma Joseph. Moi, je prends la deux !

— Moi, la quatre !

— Perdu ! fit un grand gaillard en ouvrant la porte de la salle. C'est la trois ! On ne s'ennuie pas dans la police, à ce que je vois. Je suis le docteur Jabot, comme un jabot de poulet, ça vous servira à orthographier mon nom.

L'homme était revêtu d'une grande blouse blanche qui tombait jusqu'aux chevilles, un tablier bleu complétait son uniforme. Il continua :

— Je suppose que vous venez voir le citoyen Lescousse… Enfin, c'est sous ce nom-là qu'on me l'a présenté ce matin.

— Si on a les mêmes informations, ça doit être ce nom-là.

— Je ne vous connais pas, vous êtes des nouveaux ?

— Oui, commissaire Louis Darcourt et le sergent Joseph Tocagombo, de la police de l'arrondissement.

— Quel arrondissement ?

— Celui de Saint-Malo.

— C'est nouveau, cette police ? On vit dans une drôle d'époque, tout change à une vitesse incroyable.

— Et ça n'a pas fini de changer ! Vous étiez là pendant la Révolution ? questionna Darcourt.

Le visage du médecin se ferma et il se dirigea vers la porte numéro trois. Il l'ouvrit et en tira un chariot aux roues en bois cerclées de fer. Un corps recouvert d'un drap blanc y reposait.

— Voilà votre client, dit Jabot en enlevant le drap.

Le cadavre était nu, de corpulence moyenne, avec une calvitie prononcée.

— Deux coups violents d'un objet contondant lui ont enfoncé une partie du pariétal et du temporal. Voyez les deux renfoncements, je pense qu'il est mort sur le coup.

— Vous n'allez pas faire d'autopsie ?

— Le procureur ne l'a pas demandé. À vrai dire, ça ne servirait pas à grand-chose.

— On pourrait savoir s'il était ivre, s'il s'est défendu… Vous avez regardé ses ongles ?

— Pas besoin d'autopsie pour regarder ses mains. Non, il n'y a pas de sang sous les ongles. Pas d'hématomes hormis ceux de la chute.

— Heure de la mort ?

Le médecin tâta le corps, exerça des pressions sur les membres.

— Je pense que le corps en est à sa rigidité maximum, il va rester comme ça encore au moins une vingtaine d'heures. Pour en arriver à cette rigidité maximum, il s'est passé au moins douze heures, peut-être un peu plus comme il fait froid sur Saint-Malo aujourd'hui. Quelle heure est-il en ce moment ?

Louis déboutonna sa redingote et sortit sa montre de son gilet. Le médecin remarqua l'arme fixée sous l'aisselle.

— Il est trois heures et demie.

— Eh bien, dans l'idéal, ça nous ferait une mort à trois heures et demie du matin, mais avec le froid il faut rajouter un peu de temps. Je dirais donc que ce citoyen est mort entre une heure et quatre heures.

Prudent, il ajouta :

— … Environ. Ça correspond à ce que vous saviez ?

— Oui, nous pensions qu'il était sorti du cabaret Au Pot d'Étain vers minuit, mais la patronne n'était pas sûre, ça peut aussi bien être à une heure. Ce qui signifie qu'il a rencontré son assassin en sortant de ce cabaret ou un peu après. Soit ce dernier l'attendait, soit il est sorti en même temps que lui de l'établissement. Pour une raison que nous ignorons, cet homme a saisi un pavé dans une brouette et…

— C'était un pavé? le coupa Jabot.

— Oui.

— Fallait le ramener, nous aurions comparé le pavé avec les empreintes en relief laissées dans le crâne.

Louis se mit à maudire le cantonnier, il regrettait sa négligence avec l'arme du crime. C'est vrai que sur les champs de bataille, on ne s'embarrassait pas de ces petits détails.

— Non, nous ne l'avons pas ramené, le cantonnier l'avait utilisé pour repaver la rue.

— Quel con! lança Jabot. Il devait y avoir du sang dessus?

— Oui, vraisemblablement.

— Remarquez, ce n'est pas grave. Pavé ou non, ce Lescousse ne reviendra pas à la vie!

Jabot parti d'un rire tonitruant qui résonna dans la salle souterraine. Il recouvrit le corps à l'aide du drap et rentra le chariot dans la stalle numéro trois.

*

Il était quatre heures et demie quand les deux cavaliers franchirent la Grand' Porte, dans la partie est des remparts. Ils traversèrent la cour pavée du

Ravelin, fortification en forme d'éperon, qui défendait l'entrée principale de la ville. Une charrette remplie de fagots, tirée par un âne, encombrait le porche de sortie du fortin. Louis fit un signe à Joseph, celui-ci répondit par un sourire. Les chevaux se cabrèrent et sautèrent le parapet pour se retrouver deux mètres plus bas sur la grève, sous les « oh! » « ah! » des quelques badauds présents dans le Ravelin. Au loin, les nuages noirs et le crépuscule envahissaient le ciel de Saint-Servan, l'ancien faubourg de la cité corsaire. Les sabots des chevaux s'enfoncèrent dans le sol meuble et humide de la grève. Ils suivirent une allée caillouteé plus ou moins bien dessinée dans le sable et la vase, recouverte par endroits de grandes flaques d'eau. Les deux premiers ponceaux qui se présentaient, le pont de la Grève et le pont de l'Ancre, recouvraient deux ruisseaux venus tout droit des anciens marais de Rocabey et des hauteurs de Paramé. En pierre et voûte surbaissée pour ne pas être endommagés à marée haute par la coque des navires à fort tirant d'eau, ces petits ponts se franchissaient aisément à cheval, bien que la pierre fût glissante. Il en était tout autre des piétons et diverses carrioles pour qui ce chemin de la grève devenait un chemin de croix. Enlisement, gadins, bains forcés, écorchures, demi-noyades ou tout simplement l'occasion d'être couverts de boue de la tête aux pieds. La diligence de Rennes en avait fait l'amère expérience quelques années auparavant en voulant prendre ce raccourci pour gagner les remparts. Enlisés jusqu'aux essieux, les cochers, les passagers et les chevaux détélés ne durent leur salut qu'à l'abandon de leur carrosse au milieu de la grève.

Mû par une promptitude à nulle autre pareille, tout l'équipage se retrouva sur le Ravelin, crotté, trempé et recouvert de vase. Cela aurait été risible s'ils n'avaient pas été en habit du dimanche, car cet épisode se passa le jour du Seigneur, bien avant la Révolution. Quelques minutes plus tard, la mer pénétrait à grande eau dans la carriole abandonnée aux flots, charriant bagages et cartons à chapeaux.

Les deux cavaliers franchirent le pont du Naye qui enjambait le Routhouan, la petite rivière de Saint-Malo, c'était le dernier ponceau avant d'arriver à la cale du même nom.

Sur la terre ferme, Darcourt jeta un œil sur les ailes des moulins situés sur la pointe rocheuse du Naye, sentinelles impassibles remplies d'obscurs secrets, en face de la vieille cité corsaire.

Chapitre 7
Démarches administratives et commerciales

Saint-Servan, le 22 nivôse an XII (vendredi 13 janvier 1804)

Affairé devant sa table de travail, Louis déchiffrait les différents courriers qu'il avait reçus la veille au bureau de poste de Saint-Servan. Trois lettres de Desmarest et une du notaire du domaine de Longueville, à Épernon. Il avait deux bonnes nouvelles à communiquer à Joseph, il s'en félicitait. Ce dernier était descendu s'occuper des chevaux et aussi, sûrement, boire une bolée de cidre au Bigorneau Doré. Louis le soupçonnait de vouloir batifoler avec une des jeunes serveuses de l'auberge. Le jour était maintenant complètement levé sur l'anse des Bas-Sablons. L'arrière des maisons de la rue Dauphine donnait directement sur la grève. Le garni se situait en arrière-cour, il fallait passer sous un porche et pénétrer dans ce qu'on appelait la cour des Bars, nom venu de l'emblème – trois poissons, trois bars – du Sieur Desbars, constructeur de l'immeuble quelques décennies auparavant. Le vent avait chassé les nuages et les rayons de soleil allaient bientôt pénétrer par la grande fenêtre de la chambre de Louis, donnant sur la mer.

Joseph toqua à la porte.

— Je peux entrer ?

— Oui… Elle s'appelle comment ?

— Angèle, fit Joseph en refermant la porte. Tu es jaloux ?

Louis éclata de rire.

— Non, pas du tout… Si c'est celle que je pense, elle est jolie.

— Je trouve aussi.

— Mais je vais calmer tes ardeurs… Il va falloir que tu te consacres davantage à ton nouveau travail.

— Quel travail ?

— Avant de quitter Paris, j'avais fait parvenir un courrier à Desmarest lui demandant de m'adjoindre du renfort dans cette mission dont je ne sais si elle est réellement de police ou d'espionnage. En tout cas, moi je l'envisage, de par ma fonction, uniquement de police. Ce n'est pas à mon âge que je vais commencer à cafarder.

— Tu n'as pas encore vingt-huit ans !

— Et toutes mes dents, je sais… Donc, ce cher Desmarest m'octroie, pour aider le commissaire général de l'arrondissement dans sa tâche, deux inspecteurs de police. Je te nomme donc inspecteur de premier rang…

— Je vais avoir droit à un uniforme ?

— Non, l'uniforme d'apparat est réservé au commissaire. Nous travaillerons tous les deux en civil. Nous abandonnons de fait les culottes et les bas pour travailler avec des pantalons serrés, des bottes en cuir de chevreau, et, suivant la saison, une veste ou une redingote. Chapeau à discrétion de son porteur.

— Qui va payer mes bottes ?

— C'est là que ça se corse, comme dirait Bonaparte... J'ai reçu ma lettre de mission avec mes émargements futurs et je ne suis pas content du tout. Quand j'étais commissaire à la Préfecture de police de Paris, je gagnais 4 000 francs germinal. Je n'ose même pas te dire ce qu'on me propose. En fait, il s'agit du barème consulaire des émoluments des commissaires. Paris : 4 000 francs. Bordeaux, Lyon, Marseille : 2 400 francs. Ensuite, 1 800 francs pour les villes de plus de 40 000 habitants et 1 500 francs pour les villes de plus de 25 000 habitants. En dessous : 1 000 francs, ça peut même atteindre 800 francs pour les petites villes comme Saint-Malo. Il a fumé du tabac frelaté des Indes dans sa pipe, Desmarest ou quoi ? Tu comprendras que je n'ose même pas t'affranchir de ta solde d'inspecteur. Quand tu es arrivé, j'étais en train de lui exprimer mes doléances dans un courrier qui doit partir par la prochaine diligence. Je le mets en demeure de revenir à mon ancien traitement, sinon la police de l'arrondissement de Saint-Malo démissionnera en bloc et retournera dans son château de Longueville à Épernon.

— Je n'ai même pas eu le temps de commencer, se plaignit Joseph.

— Ne t'inquiète pas, il va céder... C'est lui qui m'a demandé de venir ici, ce n'est pas le contraire... Idem pour les frais de bureau, 2 000 francs par an à Paris, 200 francs à Saint-Malo. C'est honteux !

— Tu as raison, c'est honteux, quel pingre ce Desmarest !

— Le problème c'est que ce n'est pas lui qui paye, mais les mairies. Et je suis sûr qu'ils ont en leur possession le barème plus bas que bas qu'on puisse trouver.

Louis Darcourt resta pensif et continua :

— Je sens que ça va chier des ronds de chapeaux dans les jours qui viennent si les maires font la sourde oreille... Je n'en ai pas fini avec toi, Joseph. Après ta nomination au rang d'inspecteur, j'ai une autre bonne nouvelle à t'annoncer, tu es prêt ?

— Oui.

— Prends quand même une chaise.

— D'accord, je m'assois.

— Tu sais qu'on est comme des frères tous les deux... Ça va faire dix ans qu'on vit ensemble chez les Darcourt, ils nous aimaient autant l'un que l'autre et pourtant, c'est moi qu'ils ont adopté, tu sais pourquoi... Ils étaient progressistes, acceptaient même certaines idées de la Révolution, mais ont reculé et hésité à adopter un ancien esclave affranchi. Quand notre mère est morte prématurément, tout le monde a été pris au dépourvu et j'ai hérité de l'ensemble du domaine. Depuis quelque temps, j'étudie avec le notaire s'il y a une possibilité pour moi d'effectuer une sorte de legs, de donation, ou quelque chose dans ce genre-là.

Louis se saisit d'une grosse enveloppe posée sur sa table et la brandit au bout de son bras.

— La réponse est là-dedans. Officiellement, tu es propriétaire de la ferme du Grand-Gué du domaine de Longueville.

— Le Grand-Gué ? balbutia Joseph au bord des larmes. Mais c'est la plus belle, la plus grande du domaine, je ne sais pas quoi dire, Louis !

— Alors ne dis rien et viens m'embrasser, grand dadais.

Les deux hommes s'étreignirent.

— C'était assez désobligeant pour moi, continua Louis, de t'entretenir, j'étais gêné. Maintenant, la ferme du Grand-Gué subviendra à tes besoins, même si je venais à disparaître. Je te conseille de garder les fermiers qui sont dedans, ce sont des gens honnêtes et travailleurs qui méritent quelques faveurs en plus de temps en temps, si tes revenus le permettent, évidemment. C'est toi qui jugeras… Bon, on se met au travail, ça fait quatre jours que nous sommes ici et nous n'avons toujours pas vu le maire de Saint-Servan.

Un passage, sorte d'arrière-cour pratiquement en face de chez eux, permettait de rejoindre la rue Royale. Ils traversèrent cette ruelle à pied, bride à la main. De l'autre côté se trouvait la boutique de mercerie de la mère d'Henri, son ami d'enfance. Trois fois déjà, au moment d'entrer, Louis s'était résolu à faire demi-tour devant la porte. Dix ans qu'il n'avait plus de nouvelles. Comment elle et son fils avaient-ils vécu la fin des jours sombres de Saint-Malo ? Étaient-ils seulement en vie avec la folie sanguinaire de Le Carpentier et de ses émissaires ?

— Tu m'attends là, dit Louis en tendant la bride de son cheval à Joseph.

Le verre des carreaux de la fenêtre n'était pas de très bonne qualité. Il distinguait à peine la silhouette féminine derrière le comptoir. Louis retint sa respiration, inspira et poussa la porte. Une clochette placée sur l'huis tintinnabula, la femme releva la tête, laissant son ouvrage en suspens.

— Bonjour, monsieur, lança-t-elle.
— Bonjour, bredouilla Louis.

Rares étaient les hommes qui franchissaient le seuil de son magasin presque exclusivement réservé aux dames de Saint-Servan. Louis Darcourt restait planté devant la porte qu'il venait de refermer. C'était elle, toujours aussi belle. Il aimait l'odeur de la boutique, des tissus, des rideaux, des rubans…

— Vous désirez, monsieur ? dit-elle à l'homme qui ne s'approchait pas.

Par précaution, elle se saisit d'une paire de ciseaux qu'elle garda dans sa main, cachée derrière le comptoir.

— Je… Je voudrais changer les boutons de ma redingote et…
— Et votre femme ne veut pas le faire ? dit en riant la mercière. C'est ça ? Approchez.

Louis s'avança vers le comptoir, raide comme une perche à gauler les pommes à cidre. Cet homme-là était d'une timidité maladive, songea la commerçante. Les cheveux courts, de larges favoris, c'était un bel inconnu, pourtant son visage lui rappelait quelque chose ou quelqu'un. Elle frissonna.

— Vous… Vous n'êtes pas du coin ? bégaya-t-elle.
— Non… et, oui, déglutit Louis.

— Oui et non c'est nulle part, articula-t-elle avec difficulté.

Des larmes se mirent à couler sur son visage.

— Mon Dieu, Louis... Ce n'est pas possible. Louis... C'est bien toi, mon grand ?

Louis écarta les bras, elle vint s'y blottir. L'étreinte dura plusieurs secondes. Cette femme l'enivrait depuis qu'il était enfant et la magie ressuscitait. Ses seins lourds, protecteurs, qui s'écrasaient sur son torse, la douceur de sa peau, l'odeur de ses cheveux, la chaleur rocailleuse de sa voix... Depuis qu'il avait quitté Saint-Malo, Louis Hervelin, devenu Louis Darcourt, pouvait se targuer de nombreuses conquêtes féminines à travers l'Europe, aucune ne lui avait procuré une telle émotion, une telle envie secrète, rageuse, de la posséder. Mais jamais il n'oserait, c'était la mère d'Henri, son ami. Il la repoussa gentiment, lentement...

— Oui, c'est moi, Madeleine.

Toute sa vie d'avant, il l'avait appelée madame Girard, et là, instinctivement, son prénom sortait de sa bouche naturellement, comme un murmure amoureux. Madeleine sécha ses larmes et retourna derrière le comptoir.

— Raconte-moi, Louis.

— Un autre jour... Si tu... Si vous voulez bien. Ce serait trop long... Je suis le nouveau commissaire général de la police de l'arrondissement de Saint-Malo.

— En voilà un grand titre... Mais il te va bien... Je ne veux même pas te demander comment tu en es arrivé là... Alors tu souhaites changer les boutons de ta redingote ?

— Pas vraiment, sourit-il… J'avais… J'avais peur de venir vous voir…

— Tu ne voulais pas voir une vieille femme ? C'est vrai que j'ai déjà quarante-six ans…

— Vous n'êtes pas vieille, vous êtes magnifique.

Il allait ajouter : sensuelle, désirable. Dans son pantalon il sentit qu'il aurait pu aller gauler les pommes à cidre sans l'aide d'aucune perche… Se ressaisir, il fallait qu'il pense à Lescousse, le macchabée aux empreintes de pavé. Efficace pour mettre tout un régiment en berne. Changer de sujet.

— Et Henri ? Il… Il va bien ?

Intuitivement il imaginait le pire. Avait-il survécu à la Révolution ?

— Oui et non… Quand il ne boit pas.

— Henri boit ? On avait du mal à lui faire avaler une bolée de cidre à la ferme.

— C'est peut-être là qu'il a appris.

C'était dit sur un ton de reproche.

— Enfin, depuis quelque temps, ça a l'air d'aller mieux, poursuivit-elle. Il va être content de te voir.

— Il n'est pas en mer ? Il rêvait d'être corsaire.

— Non, il n'est pas corsaire, mais il navigue quand même, de la petite navigation, je vais te dire. Il est batelier au Naye. Tu imagines la traversée de son océan : Saint-Malo – Saint-Servan et Saint-Servan – Saint-Malo, et quel que soit le sens de la traversée, ça fera toujours moins d'un quart de lieue. C'est pour ça qu'il boit : quand tu fréquentes les canailles des bateliers du Naye et les vauriens d'ouvriers des moulins d'à côté, tu ne peux pas garder le nez propre.

— Il n'a pas essayé d'embarquer sur un corsaire ?

— Si, il a fait du cabotage du côté de Bréhat et de l'Aber Wrac'h, ils ont même capturé un Anglais… Il était mousse ou novice, je ne sais plus… Tu connais Henri, il n'était pas fait pour ça, pas assez méchant, je crois que ça s'est mal passé… Après, il a travaillé à la poudrière des Talards, avant d'embarquer sur une gabare de Pleudihen qui, de Dinan à Solidor, faisait le trafic sur la Rance, remplie de matériaux de construction pour les chantiers du coin. C'est là qu'il s'est fait les mains sur les rames, godilles et voiles et qu'il a pu se mettre à son compte sur le Naye. Tu sais que les bateaux sont limités et numérotés, devant et derrière, et qu'il n'y en a que quarante-cinq à faire le passage entre les deux villes, il faut attendre un décès ou acheter une charge libérée par son propriétaire. Jean Larezec avait la n° 29, il s'est noyé dans le port de Dinan, l'imbécile. Je connaissais sa veuve, on a pu négocier un bon prix… Et voilà, Henri assure les traversées tous les jours que Dieu fait.

— Ça lui plaît ?

— Ça va, mais il faut s'affirmer avec les autres passeurs, de vrais gibiers de potence ! Il y a beaucoup d'anciens équipages de corsaires dans la profession. Ils ne peuvent ou ne veulent plus aller à la course et ils se vengent sur les pauvres voyageurs en essayant de les détrousser de leurs économies par tous les moyens : taxes, surtaxes, et resurtaxes. Les deux municipalités ont fort à faire avec cette engeance de fripouilles. Mon Henri n'est pas de ce genre-là.

— J'en suis sûr, dit Louis en souriant. Et si je veux le voir, je le trouve où ?

— À la cale du Naye, ou chez lui, rue de Trichet, l'avant-dernière maison avant le port. Tu connais ?

— Oui… Je dois vous laisser, Ma… madame Gi…

— Non, appelle-moi Madeleine, si tu veux bien… Louis ?

— Oui ?

— Tu voudras bien me rendre visite de temps en temps ?

— Je crois que je vais avoir beaucoup de boutons à recoudre, dit-il, le sourire aux lèvres. Vous accepteriez cette tâche ?

— Oui, et beaucoup d'autres, lança-t-elle de sa voix rauque et sensuelle.

Louis ressentit la manifestation grandissante des pommes à cidre dans son pantalon.

— Madeleine ?

— Je t'écoute.

— Je suis le commissaire de police Louis Darcourt… Vous ignorez ce qu'est devenu le jeune Louis Hervelin, âgé de dix-sept ans à l'époque et ami de votre fils. Ça fait dix ans que vous n'en avez plus jamais entendu parler. Ce garçon doit être certainement mort… Madeleine ?

— Oui ?

— C'est mieux ainsi pour tout le monde.

— Je comprends, commissaire Darcourt.

Chapitre 8
Démarches administratives, suite…

Saint-Servan, le 22 nivôse an XII (vendredi 13 janvier 1804)

Les écuries du Vieux Pélican n'étaient qu'à quelques centaines de pas de l'ancien couvent des Capucins, transformé en mairie pendant la Révolution. Louis Darcourt et Joseph Tocagombo remontèrent la rue de la Masse pour s'y rendre.

La promenade de l'Étoile, l'ancien jardin extérieur au couvent, était en jachère ; les deux cavaliers le traversèrent impunément, ainsi que la rue Laurent, pour déboucher sur un espace en chantier. Deux gendarmes qui sortaient de l'édifice leur indiquèrent l'endroit où siégeait la mairie. « Juste avant le cloître, insista l'un d'eux, après c'est notre casernement ! » Les chevaux attachés aux fers de l'entrée, ils croisèrent le commissaire Kerzannec en pleine discussion avec un maréchal des logis.

— Ah vous voilà! On n'a pas de nouvelles de vous depuis mercredi, leur reprocha-t-il. Beaupain est revenu de Rennes et le maire de Saint-Servan, monsieur Pointel, veut vous voir.

— On est là pour ça, dit Darcourt. Quant à Beaupain, j'espère que sa jeune malade de Rennes s'est remise de ses émotions et que la veillée à son chevet n'a pas été trop difficile.

— Qui… Qui vous a dit ça?

— Je ne suis pas un délateur, commissaire Kerzannec. N'oubliez pas que vous êtes à mon service, trouvez-moi tout ce que vous pourrez sur le sieur Lescousse, notre estourbi de la rue du Pot d'Étain, j'espère que le procureur vous en a parlé.

— Oui, mais Saint-Malo, ce n'est pas ma juridiction, je ne veux pas empiéter sur…

— Kerzannec?

— Oui?

— Je m'en fous!

— Bien, monsieur.

— Desmarest, le chef de la Sûreté, et bientôt Fouché, sont en train de mettre en place une nouvelle police qui se veut sans barrières au service de la vérité et de la sécurité des citoyens.

— Bien sûr, je partage leur point de vue, citoyen-commissaire-général, dit Kerzannec au garde à vous.

— Maréchal des logis, fit Darcourt en s'adressant au gendarme, l'enquête en cours est également pour vous et vos collègues, collaborez avec les commissaires Kerzannec et Beaupain et renseignez-les de tout ce que vous allez trouver sur Lescousse, l'estourbi.

— Ça fait beaucoup de monde sur l'affaire, s'avança prudemment Kerzannec.

— Vous voulez en être exclu ?

— Ah non, je prends ça à cœur, c'était juste une constatation.

— Alors gardez-la pour vous.

— Bien, monsieur… Je peux vous dire un mot de ce qu'il se passe dans votre arrondissement ?

— Je suis là pour ça.

— La diligence de Rennes à Saint-Malo a été attaquée et les passagers dépouillés, hier vers quatre heures, entre Tinténiac et Hédé.

— Des blessés ?

— Non. Devant la bande au Corbeau Blanc, il vaut mieux se rendre et lever les bras.

— Qui c'est le Corbeau Blanc ?

— Un éborgné ! Il dirige une bande de brigands, mi-chauffeurs, mi-chouans… De la vermine royaliste ! Sûrement un noble ruiné ou un ancien émigré.

— Et comment sait-on que c'est sa bande qui a attaqué la diligence ? Ils avancent le visage découvert ?

— Non, mais ils ont des gilets reconnaissables en peau de renard et des plumes de corbeau blanchies à leur chapeau.

— D'où il tire son nom ?

— On ne sait pas… Il se présente en disant qu'il est le Corbeau Blanc, un pistolet dans chaque main, et tout le monde se rend. L'année dernière, un régiment de Dinan et un de Saint-Servan l'ont coursé dans les forêts du coin, Tanouarn, Coëtquen et d'autres… Pfft… Il disparaît comme l'Esprit Saint.

— Ça va être dur de rivaliser !

— Avec le Corbeau ?

— Non, avec l'Esprit Saint ! Je n'ai pas les armes pour ça… Bien ! Vous avez déjà aperçu Joseph à mes côtés l'autre jour, je vous apprends qu'il vient d'être nommé inspecteur de police par le conseiller d'État Réal sur une suggestion du citoyen Desmarest. Si vous avez des tâches qui relèvent de sa fonction, n'hésitez pas à le solliciter, il se mettra à votre service… N'est-ce pas, inspecteur Tocagombo ?

— Ça dépend…

— Non, Joseph, ça ne dépend pas, c'est sûr !

— Bien, monsieur le commissaire.

— Maintenant, Kerzannec, montrez-moi les installations de la police de l'arrondissement avec mon futur bureau qui, j'espère, ne donne pas sur une cour intérieure avec vue sur les latrines.

Kerzannec se gratta le nez, embêté.

— Si vous voulez attendre un peu, bafouilla-t-il en faisant demi-tour. On va changer tout ça, je vais vous laisser le mien qui a une vue et un accès direct sur le cloître, ça vous va ?

— C'est ce que j'avais imaginé. J'ai un faible pour les cloîtres. Trouvez un bureau à Joseph, également.

— Il y a quelques locaux, près de l'ancienne prison où des malheureuses femmes ont été enfermées pendant la Révolution.

— Vous voulez mettre Joseph dans une cellule ?

— Non, loin de moi l'idée ! De ces locaux, vous pourrez directement communiquer avec lui par le cloître.

— Je loue vos efforts, Kerzannec… Nous tenons à être bien installés, il ne faut pas oublier que ce sera le bureau principal de la police de l'arrondissement. Celui de Saint-Malo, dans les Murs, ne sera qu'une annexe.

— Saint-Servan s'en voit tout honoré, commissaire.

— N'en faites pas trop, quand même, Kerzannec… Bien! Maintenant, dites-moi où se trouve le maire.

— Chez lui.

— Comment ça, chez lui?

— Enfin… Je veux dire à son chantier. Il a une fabrique de cordage, il y passe de temps en temps…

— Je sais qu'il a été maire de Saint-Servan sous la Révolution, j'aurais aimé évoquer avec lui ses souvenirs des jours sombres de la Terreur. N'a-t-il pas été révoqué par le proconsul Le Carpentier en 1794?

Le commissaire Kerzannec marqua un temps d'hésitation et lança :

— Comment vous savez ça?

— Je lis! Je lis beaucoup et j'écoute beaucoup. Notamment les archives conservées au ministère de la Police et celui de l'Intérieur concernant cette triste époque.

— Ce n'est pas être mauvais républicain que de dire que Le Carpentier était un infâme personnage.

— Je pense qu'il est toujours un infâme personnage.

— Où est-il?

— Condamné pour ses crimes, il a bénéficié de la loi d'amnistie du 26 octobre 1795 concernant les prisonniers politiques. Il a été libéré après avoir fait cinq mois de prison au château du Taureau en baie de Morlaix et au château de Brest. Entre républicains purs et durs, il faut bien s'entraider… À l'heure actuelle, il doit être dans ses terres natales du côté de Valognes, en Normandie.

— Heureusement pour lui que les chouans et les royalistes n'ont pas gagné, il aurait dû répondre de ses actes.

— Je crois qu'il n'aurait pas eu le temps de répondre longtemps, dit Louis, le regard sombre, perdu dans ses souvenirs… Dites-moi, Kerzannec, je change de sujet mais Desmarest m'octroie un deuxième inspecteur de police, vous ne connaîtriez pas quelqu'un qui pourrait s'acquitter de cette tâche ?

Kerzannec réfléchit vite, il avait déjà un nom à proposer.

— Y a bien mon beau-frère…

— Non ! le coupa Darcourt. On ne travaille pas en famille !

— Bien… Je vais voir si je trouve quelqu'un d'autre… Qui c'est qui va payer tout ça ? s'inquiéta Kerzannec. Les mairies ?

— C'est ce qui est prévu, c'est la loi. Nous sommes nommés par Paris et c'est la province qui solde.

— Ça va hucher dans les conseils municipaux !

— Ça huchera tant que ça veut, je m'en secoue les pans de ma redingote.

— Si vous le dites…

— Y a-t-il un bon négociant en armes dans le coin ? Avec de la bonne poudre et des bonnes balles ?

— Pour la poudre, vous ne pouvez pas trouver mieux qu'à Saint-Malo. Avec tous ces corsaires armés jusqu'aux dents, la ville est une vraie poudrière. À mon avis, elle n'a pas besoin de la machine infernale des Anglais pour exploser un de ces jours… Celui qui pourrait vous donner de bons tuyaux, c'est un des frères Surcouf, pas Nicolas mais Robert ! Il vient de temps en temps à la mairie, il cherche une propriété à acheter sur Saint-Servan, je vous le présenterai.

— Je vous remercie, commissaire Kerzannec, préparez nos locaux pour demain. Je vais aux Talards avec l'inspecteur Joseph, au domicile de Lescousse voir sa veuve. Vous n'avez pas besoin de l'inspecteur ?

— Non.

— Très bien. Dites au maire que je repasserai le voir.

— Il sera ravi.

— Je n'en doute pas.

Quand Louis passa devant la ferme de Tourville, son cœur se serra, il se souvenait de cette dernière journée durant laquelle il avait rencontré la petite Marie dans la cour. Qu'était-elle devenue ? Elle avait quatorze ans en 94, dix ans plus tard, le temps l'avait sûrement transformée en une belle jeune femme. Il se souvint qu'elle devait être amoureuse de lui, il sourit : sacrée petite Marie ! À présent, dans son souvenir, cette journée lui semblait interminable, elle avait duré des siècles. Des siècles de douleur, de chagrin et de haine. Quand ce jour funeste revenait à sa mémoire, avec sa course folle autour de la mer intérieure, ses mâchoires se serraient si fort qu'elles en devenaient douloureuses.

Une vraie cour des Miracles s'était installée sur les remblais du petit Talard, pas très loin de la ferme de Tourville, avec son camp de romanichels et ses cabanes de planches disjointes. Les deux cavaliers traversèrent le champ de débris et de crasse sous les quolibets. Des feux brûlaient aux quatre coins de la parcelle, alimentés par des résidus de bois provenant des chantiers navals à proximité et des déchets des corderies. Des femmes et des enfants emmitouflés venaient s'y réchauffer. La pauvreté et la misère s'étaient abattues sur Saint-Malo, l'opulente. La Révolution avait rongé l'âme des Malouins, balayé leurs certitudes et anémié leurs ambitions. Heureusement, il subsistait quelques hardis corsaires, des armateurs entreprenants, des constructeurs de bateaux, des hommes fiers qui se dressaient pour porter haut l'étendard de la ville, mais jusqu'à quand ?

Ils retrouvèrent un chemin praticable près d'une rangée de vieilles bâtisses en bordure de grève. Louis demanda à un vieillard chenu, tirant un âne qui se montrait récalcitrant pour avancer un pas de plus, où se trouvait la maison du sieur Lescousse.

— Vous voulez parler du citoyen révolutionnaire qui a fait chier tout le monde dans l'coin pendant les évènements ?

— Sans doute, dit Louis.

— Vous ne pouvez pas vous tromper, c'est la maison du bout. Là où y a une guillotine de peinte sur la porte du poulailler, badigeonnée au sang de poulet.

— C'est lui qui l'a peinte ?

— Non ! Sûrement un émigré ou un prêtre réfractaire ou un chouan ou un royaliste… Vous voulez que je continue la liste ? Il lui arrivera des bricoles à ce citoyen un de ces jours, il se prendrait un pavé dans la gueule que je ne serais même pas étonné !

Louis regarda Joseph qui ébaucha un sourire. Les deux hommes descendirent de cheval.

— Vous le connaissez bien ? s'enquit Louis.

— Pas beaucoup… Mais vous êtes qui ?

— Je suis le commissaire Darcourt et voici l'inspecteur Joseph, nous sommes de la police et…

— Je ne savais pas qu'un nègre pouvait être inspecteur.

— Et moi je ne savais pas qu'un vieux con était incapable de faire avancer un âne, lança Joseph.

— Allons, messieurs, s'interposa Louis. Calmons-nous et revenons au citoyen Lescousse… Que savez-vous de lui ?

— Pas grand-chose, grommela l'ancêtre. Moi, je suis dans le coin depuis cinq ans et ça fait à peine quelques mois que ce citoyen a réapparu. Dans le voisinage, on m'a dit qu'il avait quitté la ville y a au moins dix ans.

— Après les heures sombres de la Grande Peur ?

— À c'qui paraît.

— Vous connaissez sa femme ?

— Bonjour, bonsoir, c'est tout… Moi, j'vends des ânes, je viens de Saint-Suliac avec celui-là.

Il désigna le bourricot qui se montra belliqueux en tentant une ruade vers l'ancien.

— Tu vas arrêter, maudit bourrique ! gueula le marchand d'ânes. C'est-y pas malheureux de voir ça !

— Si vous êtes de Saint-Suliac, qu'est-ce que vous faites dans le coin ?

— V'la t'y pas que ma fille s'est entichée d'un Romano qu'elle a rencontré dans une foire. Ils vivent dans une roulotte pas loin d'ici. Je fais un peu le commerce des ânes avec lui. Il me trouve des clients… C'est malin cette race-là !

— Les ânes ?

— Non, les Romanos.

Ils s'éloignèrent du vieux et de son bourricot ; arrivés devant la maison, ils attachèrent les chevaux au bras d'une charrette de goémonier abandonnée et délabrée. Du poing, Louis Darcourt tambourina le lourd vantail d'entrée. La porte s'ouvrit et une silhouette féminine apparut. Après les présentations, la femme confirma aux policiers qu'elle était bien madame Lescousse et s'effaça pour les laisser entrer. La pièce, en terre battue, était sombre, éclairée par le feu de cheminée et deux chandelles posées sur la table.

— Ça manque d'éclairage, dit la veuve. La fenêtre est petite.

Darcourt fut surpris par l'ordre et la propreté de la pièce. Même la femme, mince et sobrement vêtue d'une robe noire et d'un tablier en gros coton gris, arborait une allure altière derrière un visage résigné.

— Vous avez compris que nous venons pour votre mari... Êtes-vous allée le voir à l'Hôtel-Dieu ? lui demanda Darcourt.

— Oui, hier, le garde champêtre est venu me chercher pour que je reconnaisse le corps de Maximilien.

— Maximilien ? s'étonna Louis... Comme l'Incorruptible ?

— Oui, c'est peut-être ça qui lui est monté à la tête pendant la triste période... et qu'il est devenu...

Elle arrêta sa phrase.

— Je vois, dit Louis. Vous ne partagiez pas ses idées ?

Elle s'assit sur la bancelle devant la grande table en chêne et leur fit signe de s'asseoir.

— Je reviens, dit-elle en se relevant, je vais aller tirer un pichet de cidre au cellier, vous prendrez bien une bolée ?

— Oui, acquiesça Joseph.

Elle revint une minute plus tard avec une cruche en terre cuite et deux verres. Louis la remercia et trinqua avec Joseph. Madame Lescousse tira la bancelle de l'autre côté de la table et s'assit en face d'eux.

— C'était bien le corps de votre mari à l'Hôtel-Dieu ?

— Oui.

— Vous n'avez pas répondu à ma première question : partagez-vous les idées de votre mari ?

— Quelles idées ?

— Celles de la Révolution ?

— Celles de la Révolution, oui ! Celles de la Terreur qui s'en est ensuivie, non ! Vous avez enquêté sur lui ?

— C'est un peu notre métier, s'incrusta Joseph.

— En quelle année Maximilien Lescousse a-t-il quitté Saint-Malo ? s'enquit Darcourt.

— En 95, début d'année, je crois.

Louis calculait, déchiffrait, évaluait les dates, les correspondances. Il avait recopié et rempli, au mot près, plusieurs cahiers des archives du ministère de l'Intérieur, celles qui avaient réussi à s'échapper des mairies de Port-Solidor et de Port-Malo. Archives incomplètes car souvent détériorées, avec des pages arrachées, tachées, volées par des complices ou des membres de la famille des délateurs et accusateurs de la période sombre. « Les âmes noires de Saint-Malo », lui avait dit le docteur Bonsecours sur le chemin du retour lorsqu'il l'avait ramené chez lui après sa course folle à la recherche de ses parents.

— Et il est revenu quand ?

— Il y a six mois.

— Presque dix ans plus tard ! Vous saviez où il était ?

— Il a vadrouillé dans toute la France comme colporteur et commis meunier. Je recevais une lettre de temps en temps. Il a même été deux ans à Jersey, à travailler dans une ferme.

— Pourquoi est-il rentré à Saint-Malo ?

— Dix ans, c'est long, il pensait qu'on l'avait oublié.

— Apparemment, non. Vous avez un soupçon quelconque sur une personne en particulier ?

— Non. Il s'est fait pas mal d'ennemis, comme tous ceux du Comité de surveillance à l'époque. À vouloir malmener les gens, voilà ce qu'il arrive.

— Malmener, c'est gentil : enfermés dans des cachots, fusillés, guillotinés, ce n'est pas gentil du tout !

— Ce n'était pas lui qui jugeait au tribunal révolutionnaire.

— Bien sûr que non, il ne faisait que l'alimenter avec son Comité.

— Qu'est-ce que vous voulez que je vous dise ? C'est fait, c'est fait. Il est mort ! Paix à son âme, s'il en a une !

— Il ne vous a parlé d'aucune menace ?

— Quand il était à Jersey, il pensait avoir été reconnu par des émigrés, c'est pour cela qu'il est rentré en France.

— À sa place, c'est le dernier endroit où je me serais réfugié. Jersey était bourrée d'émigrés royalistes, de négociants, de fédéralistes et de chouans partis se cacher… Il savait où il mettait les pieds votre Maximilien ?

— Il n'était pas toujours très malin.

— D'après notre enquête, il allait donner un coup de main dans les moulins de la région, notamment ceux du Naye.

— C'est vrai. Depuis son enfance, il a toujours plus ou moins travaillé dans la meunerie, il ne savait pas faire grand-chose d'autre.

— Il a eu des mots avec les meuniers qui l'embauchaient ?

— Sûrement, oui. C'était une grande gueule le Maximilien. Les meuniers sont des coquins, ils tueraient pour un quignon de pain.

Darcourt jeta un coup d'œil à Joseph qui hochait lentement la tête en signe d'approbation. Il se demanda pourquoi.

— Nous avons rencontré des témoins qui le connaissaient, dans la rue du Pot d'Étain. Il avait la réputation de boire un bon coup et de traîner dans les tavernes. C'est vrai ?

— Malheureusement, oui.

— Quel âge avait-il ?

— Quarante-cinq ans.

— Il allait voir les filles ? Il fréquentait les bordels ?

— Peut-être, je ne voulais plus qu'il me touche.

— Il avait de quoi payer les filles ?

— Je ne pense pas, à moins qu'elles ne soldent très à la baisse leurs prestations.

— Vous avez un amant, madame Lescousse ?

La question surprit la veuve qui resta la bouche ouverte, lançant un regard étonné vers Darcourt.

— Pourquoi, vous me demandez ça ? finit-elle par lâcher. Ça n'a rien à voir avec le meurtre de mon mari.

— Admettons que vous ayez un amant... Vous étiez pratiquement seule depuis dix ans, ça se justifierait : abandon de domicile, tout ça... L'amant jaloux veut se débarrasser du gênant mari de retour... Hop ! Deux coups de pavé et plus de gêneur ! C'est ça ?

— J'ai un homme que je vois régulièrement depuis des années, c'est vrai, mais ce n'est pas un assassin.

— Mon œil ! lança Joseph.

— Mais...

— Laissez, madame, nous vérifierons tout ça...

— Je n'ai rien à cacher.

— Vous savez écrire ?

— Oui. Et compter aussi ! lança-t-elle sèchement.

— Bien, vous allez nous écrire une lettre que nous viendrons chercher demain. Vous nous indiquerez le nom et l'adresse de votre amant et tout ce que vous savez sur les activités révolutionnaires de votre mari. Les dates auxquelles il a participé au Comité de surveillance. En 1794, celui-ci était renouvelable tous les quinze jours, je pense qu'il a dû en être membre à plusieurs reprises. Ainsi que les noms de ses acolytes du Comité.

— Mais même si je l'avais su, je ne me souviens pas de tout ça !

— Faites un effort, écrivez ce qu'il vous revient en mémoire, même par bribes, même un seul mot, un seul nom... C'est la raison pour laquelle nous vous laissons seule pour rédiger cette lettre… Vous verrez, les souvenirs vont remonter à la surface sans aucun effort… Au revoir, madame… Vous venez, inspecteur ?

Chapitre 9
Les tribulations nocturnes
d'un commissaire de police

Saint-Servan, le 27 nivôse an XII (mercredi 18 janvier 1804)

En ce début de soirée, un bruit au rez-de-chaussée les fit sursauter. Louis leva la tête de l'oreiller et regarda sa montre posée sur le chevet. À la lueur de la chandelle, il vit qu'il était huit heures et demie.

— Bon sang, on est en train de s'endormir, souffla-t-il. Tu attends quelqu'un ?

— Non, répondit Madeleine, c'est peut-être Henri.

— Sacrebleu, il ne faut pas qu'il me voie.

Ils étaient nus et lovés l'un contre l'autre, Madeleine se dégagea et se saisit d'une chemise de nuit pendue à un chevalet. Louis sauta sur son paquet de vêtements.

— Qu'est-ce qu'il vient faire à cette heure-là ?

— Quand il rentre le soir de ses traversées, souvent il se rend compte qu'il n'a rien à manger, alors il vient me voir.

— M'man! fit une voix dans la boutique en dessous. Tu es déjà couchée?

Une voix que Louis ne reconnut pas, le gamin avait mué. Quel âge avait-il maintenant? Il était de deux ans son cadet. Ça lui faisait vingt-six ans.

— J'arrive, mon garçon! cria Madeleine. Va dans la cuisine!

— Non, il faut que je monte chercher un livre.

La panique se lut dans les yeux de Darcourt alors qu'il enfilait son caleçon long.

— Tu vas sortir par la fenêtre, Louis, lui souffla Madeleine. Elle donne sur le toit du cellier. Arrivé dans la cour, tu prendras la première porte près de la citerne à eau. Elle ouvre sur le couloir commun qui mène à l'entrée de la rue Royale.

Elle s'approcha du jeune commissaire, tandis qu'il s'acharnait sur une manche récalcitrante de sa chemise. De ses bras, elle entoura la taille parfaite de son amant et lui offrit ses lèvres, Louis aurait succombé pour moins que ça. Il l'embrassa presque goulûment.

— Tu reviens quand tu veux, susurra Madeleine. Il y a longtemps que je n'ai pas été aussi heureuse.

Il était passé à la boutique en fin d'après-midi pour une sordide histoire de bouton décousu, le prétexte ne variait guère. Il avait patienté devant le comptoir en attendant que la dernière cliente s'en aille. Madeleine Girard avait verrouillé la porte du magasin et fermé les rideaux. Et naturellement, sans qu'ils ne se disent un mot, ils s'étaient enlacés en se couvrant de baisers. C'était dans l'ordre des choses depuis très longtemps. Cela aurait pu avoir lieu il y a dix ans quand elle le coiffait de son catogan, cela arrivait maintenant. Une attirance et une sensualité exacerbée les unissaient depuis toujours. Madeleine, un peu gênée par leurs dix-huit ans d'écart, se dit qu'ils n'avaient qu'une vie. Et une vie sous la Révolution valait cent vies.

On toqua à la porte de la chambre.

— J'arrive, Henri, je suis en train de m'habiller.

— Tu peux rester en chemise, le livre que je veux est dans ta chambre.

« Ça ne m'étonne pas, toujours aussi emmerdant, songea Louis, il n'a pas changé. »

Il ouvrit la fenêtre. La lune sans nuages illuminait la cour et le toit d'ardoises luisait sous son rayonnement. « Pourvu que ce ne soit pas gelé, sinon je vais me casser la margoulette. »

Madeleine ouvrit la porte à son fils qui ressentit un courant d'air frais.

— Tu dormais la fenêtre ouverte ?

— Non, je viens de m'apercevoir qu'elle était mal fermée. Ça y est, le mal est réparé. À part le livre… Tu veux autre chose ?

— Oui, j'ai faim.

Bien que suffisamment éclairée, la cour dissimulait des zones d'ombre traîtresses. Il buta dans un madrier qui le déséquilibra, il émit un juron et se rattrapa à la paroi de la citerne. Une voix enfantine venue de nulle part lui demanda :

— Tu viens de chez madame Girard ?

— Heu… Pas vraiment, non.

— Menteur, je t'ai vu.
— Où tu es ?
— Là.

Une petite fille, proche d'un tonneau plus grand qu'elle, s'avança dans un rai de lumière. Elle avait un chat dans les bras.

— Qu'est-ce que tu fais dehors à cette heure-là et par un froid pareil ?

— Je cherchais mon chat. Il s'appelle Riri, comme Henri, le fils de madame Girard. C'est un rigolard, Henri.

— Pas tous les jours, dit Louis.

— Tu dois bien le connaître, Henri, puisque tu sors de la chambre de madame Girard.

Louis Darcourt se mordit les lèvres.

— Tu t'appelles comment ?

— Liberté ! C'est mon père qui m'a donné ce nom-là, il n'aimait ni les saints ni les rois pendant la Révolution.

— Écoute-moi, Liberté : si je te donne beaucoup d'argent, disons un franc, tu oublieras qu'on s'est rencontrés ?

— C'est pas beaucoup, un franc.

— Comment ça, c'est pas beaucoup un franc ? À ce prix-là, tu peux faire au moins une centaine de traversées entre le Naye et les remparts !

— Ça ne me coûte rien d'aller aux remparts, j'y vais à marée basse. Et si je veux y aller à marée haute, Henri ne me fait pas payer. Et je ne vais pas souvent à Saint-Malo parce que mon père a dit que les Malouins étaient des couilles pelées.

— Il est servannais, ton père ?

— Oui.

— Ça ne me surprend pas.
— Tu fais quoi, comme métier ? Marin, capitaine, corsaire ?
— Non, je suis dans la po...

Il s'arrêta net, ça ne faisait pas sérieux d'être de la police dans une telle situation.

— Et si je te donne deux francs, là, ça devient énorme, tu pourras acheter plein de boutons chez madame Girard.

— Je préfère les bonbons.

— Eh bien, tu iras t'acheter des bonbons, plein de bonbons, s'impatienta Louis.

— Je ne dis pas non... Tu n'as pas glissé sur le toit ?

— Non, tu vois bien.

— Eh bien, désormais, je sais que c'était toi qui sortais de la chambre de madame Girard. Dans l'ombre, je te voyais mal.

Liberté commençait à lui chauffer le carafon.

— Maintenant que je suis sûre, poursuivit la gamine, ce sera trois francs... Et je te raconterai comment un autre homme a glissé sur le toit en sortant par la fenêtre de la chambre de madame Girard.

— Un autre homme ? s'estomaqua Louis.

— Plusieurs !

— Tu as déjà vu plusieurs hommes glisser sur le toit ? dit-il, incrédule.

— Oui. Au moins deux... Tu es jaloux ?

— Non, répondit-il en constatant la naissance d'une boule au ventre.

— Faut pas être jaloux ! C'étaient des gendarmes qui poursuivaient Henri... Ils se sont cassé la margoulette en voulant le suivre sur le toit.

Louis poussa un soupir de soulagement. Il chercha un coin plus lumineux pour fouiller dans sa bourse.

— Tiens, voilà trois francs Bonaparte avec la bonne tête du Premier consul, ça te va ?

— Ça me va. Tu reviens quand tu veux… La rue Royale est par là, fit la gamine en désignant la porte d'accès au couloir commun.

— Merci.

Il traversa le corridor. Dans l'obscurité, il vit Henri sortir de la boutique. Il enfonça son chapeau et courba l'échine.

— B'soir m'sieur, dit Henri qui descendait la rue un paquet sous le bras et un panier à la main.

— M'sieur, répondit Louis en portant la main à son chapeau. Il se dirigea vers le passage qui le menait à la rue Dauphine.

Il dîna rapidement en compagnie de Joseph au Bigorneau Doré. Souper terminé, les deux hommes remontèrent au garni de la cour des Bars. Installés à la table de la grande pièce qui donnait sur l'anse des Bas-Sablons, devant une pile de feuilles, de cahiers et de gazettes, Darcourt demanda à Joseph :

— Tu devais nous trouver quelqu'un pour le ménage, non ?

— C'est fait, Marie-Jeanne, la sœur de la bonne du tapissier d'en face, commence demain matin. Je l'ai rencontrée, elle est avenante. Pas très belle, mais avenante.

— Je préfère qu'elle ne soit pas très belle, avec toi on ne sait jamais. Encore qu'il ne faudrait pas qu'elle soit trop avenante non plus… Notre cuisine semble vide sans cuisinière, on pourrait peut-être l'embaucher comme bonne à tout faire… Ménage, cuisine, lessive, ravaudage, repassage, commissions. Ça nous soulagerait de toutes ces contraintes.

— Je suis partant mais qui va payer ?

— La ville de Saint-Malo ! Et Saint-Servan évidemment ! En fait, les soixante-deux communes qui nous doivent le gîte et le couvert.

— Ça va hucher… Ils vont vouloir nous mettre en casernement dans les régiments de la ville.

— Ce ne sont pas les émoluments d'une bonne à tout faire qui vont causer la banqueroute des soixante-deux communes, ou alors, ils n'ont vraiment pas les reins solides. On est quand même dans une ville qui fut la plus riche de France, merde ! On prêtait même de l'argent au Roi ! C'est vrai que la Course[8] et le commerce périclitaient bien avant la Révolution et que cette dernière a fini par les rincer… Mais on y est pour rien. On vote pour la bonne à tout faire ?

Louis leva le bras et Joseph le suivit.

— Bonne à tout faire, accordée ! On passe à la suite.

— Un palefrenier, comme au château, ce serait pas mal ? lança Joseph. Maintenant que je suis inspecteur de police, j'ai moins de temps pour…

— Tu as raison ! Allez hop, un palefrenier !

— Pour l'instant, je loue les écuries du Vieux Pélican en face de la rue de Siam, mais si on avait nos propres écuries, ça serait moins cher.

— On est pas là pour faire des économies… On conserve les écuries du Vieux Pélican, le palefrenier

---

8. Expédition des corsaires et des navires que l'on arme pour courir sus à l'ennemi. (En temps de guerre).

sera très bien là-bas… Est-ce que tu penses que nos chevaux feraient de belles bêtes d'attelage ?

— Ça dépend de ce que tu attelles ?

— Une chaise de poste. J'en ai marre d'arriver toujours trempé partout où on se rend. Et une chaise de poste découverte par beau temps, c'est agréable.

— Dans ce cas-là, il faudrait chacune la nôtre…

— Attends, Joseph, on commence par une, il ne faut pas trop exagérer.

— C'est la ville qui paye ?

— Non ! Là, ça va être Desmarest ! C'est une voiture de police… Il faut répartir les dépenses. Et comme c'est le conseiller d'État Réal qui recevra les traces de nos frasques, moi je ne connais pas les réactions de ce zèbre. Réal, c'est la clique à Fouché et à Bonaparte, Desmarest demeure notre chef spirituel. Lui, ce qui l'intéresse, c'est de dénicher les espions et les conspirateurs.

Louis fouilla dans le tas de papiers devant lui.

— Tiens ! Lettre reçue de Desmarest hier par la diligence de Paris et arrivée au relais poste de Saint-Servan, je lis : *Cher citoyen commissaire de l'arrondissement de Saint-Malo – ci-devant chevalier Darcourt. Vous n'êtes pas sans savoir… bla-bla-bla… de nous tenir informés des allées et venues des complotistes et autres émigrés royalistes venant d'Angleterre et transitant par Jersey… Bla-bla… Nous pensons que le général Georges[9] prépare un attentat contre le Premier consul… Bla-bla… Votre attention et restez vigilant… Bla-bla…* Je reçois une lettre comme ça pratiquement tous les jours.

---

9. *Georges Cadoudal.*

— Et il est où ce Georges Cadoudal ? demanda Joseph.

— Je n'en sais rien.

— Et si tu le savais ?

Le visage de Louis se ferma. Il marmonna :

— Je ne suis pas pour la mort du Premier consul ni pour un changement du régime actuel. La Révolution n'est pas née de la bienveillance de la monarchie qui ne peut s'en prendre qu'à elle-même... Je pense que Desmarest a raison... Mais je ne suis pas non plus un délateur, qui plus est d'un citoyen breton, comme moi. Si par malheur il venait à débarquer ici, je lui dirais de retourner en Angleterre et que nous ne nous sommes jamais rencontrés... Mais son fief c'est le Morbihan, il ne mettra jamais pied à terre sur la côte nord de la Bretagne.

Louis continua de ranger son tas de papier en mettant de côté *Le Moniteur* et *La Gazette nationale de France* qu'il recevait quotidiennement de Paris, avec un décalage de cinq jours par rapport à la parution. C'était le temps nécessaire à la diligence des Messageries générales, qui transportait courrier et voyageurs, pour arriver jusqu'à la cité corsaire. Elle partait de la rue Notre-Dame-des-Victoires, en plein centre de la capitale, et si tout se passait bien, arrivait à Rennes, rue Reverdiais[10], quatre jours plus tard. Puis, le lendemain, une voiture passant par Combourg et Dol déchargeait dépêches et passagers à la Licorne, place Saint-Thomas, à Saint-Malo en fin de journée. Dans la foulée, un coursier ramenait le courrier des habitants de Saint-Servan à la poste,

---

10. *Actuelle rue d'Antrain.*

près du Grand Pélican. C'est ainsi que tous les soirs, Louis récupérait ses dépêches prépayées par les services de Desmarest, contrairement à la coutume qui voulait que ce soit le destinataire qui s'affranchisse de son courrier reçu.

La Gazette nationale de France voguait avec l'air du temps. D'origine royaliste, elle s'appelait alors *La Gazette de France*, nom qu'elle porta jusqu'à la mort de Louis XVI. Elle s'adaptait avec bonheur aux différents régimes. Lisse, modérée, sa qualité première était l'anticipation. Aucune gazette n'était plus apte et prompte qu'elle à anticiper le prochain régime. « Prudence est mère de sûreté » aurait pu être sa devise. Peut-être attendait-elle le retour d'un roi pour exprimer sa pleine mesure.

— Il y a du nouveau dans les journaux ? demanda Joseph.

— Rien de mordant. J'ai un mot de Desmarest qui me confirme que Fouché continue à s'agiter en coulisses pour nourrir son grand dessein : voir Bonaparte devenir Empereur... Et pourtant, ces deux-là ne s'aiment pas, c'est de notoriété publique.

— Alors pourquoi il fait ça ?

— Fouché a toujours un plan d'avance... Mais il ne faut pas oublier que c'est un ignoble assassin. Pendant la Révolution, lorsque la Convention l'a envoyé dans le Rhône comme proconsul pour régénérer les ardeurs du peuple, à l'instar de Le Carpentier à Saint-Malo, on l'a vite appelé le « Mitrailleur de Lyon ». Deux mille victimes seraient mortes par sa faute, fusillées, noyées, pendues, guillotinées... Il a aussi voté la mort du roi.

— Un triste individu.

— Qui va devenir notre grand patron... Bien, revenons à l'affaire qui nous préoccupe : Lescousse ! La lettre que tu es allé chercher chez sa veuve ne nous apprend pas grand-chose. Aucune date sur ses participations aux différents Comités de surveillance, et pour le défendre elle nous cite les noms de deux ou trois citoyens qui l'auraient « embobiné » : un dénommé Mahé, l'accusateur public, qui mentait comme un arracheur de dents qu'il était... et aussi Moullin, l'ancien maire de la ville, ainsi que le sieur Renoul, agent national du district de Saint-Malo, qui n'était pas arracheur de dents mais qui mentait quand même... Bon, on vérifiera tout ça. Je crois que Moullin était maire de Saint-Malo quand mes parents ont été assassinés.

— Je peux te dire quelque chose, Louis ?

— Vas-y !

— J'ai peur que tu fasses de ce crime une affaire personnelle. Ce n'est pas parce qu'un citoyen au passé plus ou moins trouble est assassiné dix ans après la mort de tes parents qu'il est mêlé à l'exécution de ceux-ci...

— Tu viens de le dire toi-même, le coupa Louis.

— Quoi ?

— Au passé plus ou moins trouble.

— Oui, et alors ?

— Le passé plus ou moins trouble, ce sont les noms du dernier Comité de surveillance qui siégeait avant le 11 août 1794, date où mes parents ont été fusillés pour la futile raison d'avoir caché un prêtre réfractaire ! s'emporta Louis. Et tous ces agitateurs régénérés de Saint-Malo ont dû bénéficier de la loi d'amnistie du 26 octobre 1795 libérant les condamnés politiques. Foutre Dieu!

— Ton village, La Ville-Lehoux, fait-il partie de Saint-Servan?

— Oui.

— Donc il y avait ici aussi, dans la ville où nous sommes, un autre Comité de surveillance?

— Oui.

— Lequel des deux a envoyé tes parents à l'échafaud?

Louis ferma les yeux. Bien sûr qu'il y avait songé.

— La guillotine était à Saint-Malo.

— En panne.

— Si c'est de l'humour, Joseph, c'est mal venu… Il y avait aussi un Comité de surveillance à Paramé. Ajoute à cela le Comité de sûreté générale chargé de surveiller les étrangers, et la Commission militaire chargée, elle, de traquer les terroristes comme les chouans.

— Ça fait beaucoup de monde… Je plains les tribunaux révolutionnaires.

— Pas moi.

— Ils ne devaient plus savoir qui envoyait qui à l'échafaud.

Louis referma un cahier.

— Bon, on en reste là pour ce soir. Demain, on va prendre nos fonctions aux Capucins et rencontrer le maire de Saint-Servan, notre employeur, et un de nos débiteurs… Il faut les caresser dans le sens du poil.

— Tu veux te venger de tous ces gens?

— Non.

— Tu veux les faire payer?

Louis sourit :
— Au sens propre du terme, oui.
— Il y aura beaucoup de travail.
— Je sais, mais on n'est pas des fainéants.
— Où tu étais, ce soir, avant de venir souper au Bigorneau ?
— Ça ne te regarde pas.
Louis se ravisa :
— En fait, je suis allé à la mercerie tenue par la mère d'Henri, mon ami d'enfance. J'avais un bouton à recoudre.
— À la braguette ?
Louis éclata de rire :
— Non ! Pas du tout. Mais une idée m'est venue là-bas. J'ai pensé à nommer Henri comme deuxième inspecteur de police que m'accorde généreusement Desmarest. Quel est ton avis ?
— Ton choix sera le mien. Totale confiance, frère d'armes !
— Il faudra lui demander son accord. Il n'a peut-être pas envie de quitter la corporation des bateliers du Naye.

Chapitre 10
La police de l'arrondissement recrute

Saint-Servan, le 28 nivôse an XII (jeudi 19 janvier 1804)

Une cohue sans nom envahissait l'embarcadère de la cale du Naye dans cette aube hivernale. À l'heure de la pleine mer, les Servannais désireux de se rendre à leur travail dans la ville close voisine se bousculaient pour être aux bonnes places afin d'embarquer en priorité. C'était une population bigarrée composée d'équipages de corsaires, de couturières, de vendeuses en boutique, de jeunes commis, de charrons, d'ouvriers de chantiers navals, calfats et autres. Sans oublier les écoliers, qui payaient demi-tarif comme les militaires, sauf si ces derniers étaient en mission. Dans ce cas, la gratuité s'imposait, au grand dam des bateliers du Naye. Les gendarmes bénéficiaient également de cet avantage. Les jours de grande affluence, plus de deux mille personnes effectuaient la traversée, tant par bateaux à marée haute que par la grève à marée basse, dans des conditions de transport épouvantables. Les passagers, trinqueballés dans des chariots tirés par des chevaux efflanqués, carrioles sans confort ouvertes à tout vent, bénissaient le ciel quand la pluie ne venait pas s'ajouter à leur infortune.

Venus à pied de leur domicile, à proximité, le commissaire Darcourt et l'inspecteur de police Joseph (Louis avait choisi de présenter l'inspecteur sous le patronyme de Joseph plutôt que celui de Tocagombo, nom qui semblait ajouter un souci supplémentaire à celui de la couleur de sa peau, bien qu'il fût mulâtre) descendirent la rue du Pouget qui tirait son nom d'un tas de rochers du coin. Ils laissèrent à leur droite l'un des moulins du Naye et se dirigèrent directement vers l'embarcadère où régnait la foire d'empoigne. D'habitude, en journée, les bateliers attendaient une batelée d'au moins six personnes minimum pour effectuer la traversée, c'était le règlement. Si un citoyen seul voulait passer, il devait s'acquitter d'une batelée de six, même s'il y avait des militaires ou des petits écoliers dans la barque.

Ce matin-là, les bateliers n'attendaient pas. Ils étaient submergés et devaient se défendre pratiquement à coups de rames de la foule. Les vents venus du sud-ouest gonflaient rapidement la voile pour mener les embarcations jusque sous les remparts, à proximité du Ravelin. Certaines choisissaient le quai de la porte de Dinan qui, derrière les remparts au sud, abritait les beaux quartiers.

Darcourt chercha du regard la barque numéro 29. Elle arrivait justement d'une traversée avec quelques personnes à bord, vraisemblablement des habitants des Murs puisque c'était le trajet inverse. Le marin à la barre portait une grande casquette tombante qui lui dissimulait le visage. Il lança un bout à un autre batelier qui amarra le cordage et débarqua les passagers. À terre, l'homme enleva sa coiffure pour se passer la main dans les cheveux. Louis reconnut la blondeur de la tignasse qui tirait maintenant sur le roux. Il sourit, c'était bien Henri. Il s'approcha :

— Combien pour aller de l'autre côté ? s'enquit Louis.

— Un sol, répondit Henri sans relever la tête, affairé à démêler un bout.

— Ce n'est pas cher.

— C'est ce que je dis tous les jours… Y a trop de règlements.

— Et pour la police, c'est combien ?

— Ah, nom de Dieu ! Allez voir à côté, ma voile est en panne !

— J'ai l'impression de vous connaître, dit Louis.

— Pas moi… Qu'est-ce que j'ai encore fait ? Y a pas assez des gendarmes, il faut des policiers maintenant ! Vous voulez vérifier ma licence ?

— Dernier jour. Château du Bois-Martin. Saint-Père. La Ville-Lehoux.

Henri stoppa son démêlage et releva la tête. Incrédule.

— Oh, c'est pas vrai ?

La stupeur passée, il se jeta dans les bras de Louis et se mit à sangloter.

— Louis, mon Louis, répétait-il sous le regard étonné des badauds.

Louis se dégagea et l'entraîna à l'écart.

— C'est maintenant que tu reviens ? Je te croyais mort, maudit gibier de potence, bredouilla Henri en sanglotant.

Ils s'éloignèrent près d'une cabane en bois, Louis l'étreignit à son tour.

— On est bien vivants, mon Henri. Ils ne nous ont pas eus.

— Tous les jours, j'entends les cloches de Château-Malo dans ma tête, comme ce dernier jour. Ça me rend fou... Je suis obligé de boire pour ne plus y penser.

Louis lui enleva sa casquette et lui caressa les cheveux.

— C'est fini, Henri... Tout sera comme avant, maintenant... Mieux qu'avant.

— Non... Je ne crois pas... Tes parents ne seront plus jamais là... J'ai appris le lendemain qu'ils avaient été tués... Je pensais qu'ils t'avaient tué toi aussi et que tu étais dans une fosse commune, ainsi que ta sœur... Elle est vivante, Justine ?

— Je ne sais pas. Je ne l'ai pas retrouvée. Mon cœur me dit que oui. Je pense que quelqu'un l'a aidée à passer en Angleterre. Elle reviendra un jour, tu verras.

— C'est maman qui va être surprise, on a pleuré pendant des jours après ta disparition.

Gêné, Louis avoua :

— Je suis allé lui rendre visite. Elle est au courant, et je suis heureux de voir qu'elle ne t'a rien dit.

— Dit quoi ?

— Que Louis Hervelin n'existait plus et que j'étais un autre.

— Mais t'es qui alors, maintenant ?

Henri décida d'interrompre ses traversées et de prendre sa journée pour fêter leurs retrouvailles. Attablés au Petit Lançon, une taverne de la rue Dauphine, les trois hommes savouraient ce moment. Pendant que Louis et Joseph buvaient une tasse de café avec une larme de riquiqui, Henri s'empiffrait d'une assiette de patates cuites à l'eau, écrasées à la fourchette et recouvertes de lait baratté.

— Je n'ai rien avalé ce matin, se justifia-t-il. Mon garde-manger était vide.

Louis Darcourt narra à son ami les dates importantes des dix dernières années de sa vie en omettant les détails qui viendraient plus tard. Henri était fasciné, subjugué d'apprendre que Louis, son camarade de toujours, était le chef de la police de l'arrondissement de Saint-Malo et qu'un nègre était son second. Que de changements ! Pourchassé hier par des révolutionnaires haineux et aujourd'hui, il les avait à sa botte. Peut-être que ses propres mouscailles allaient disparaître et qu'il pourrait vivre sans la crainte des gendarmes. Ces gens-là étaient déraisonnables, ils l'avaient dans l'œil de la lunette. Tout ça pour de menus larcins.

— Les gendarmes font rien que de m'emmouscailler, lâcha-t-il entre deux cuillerées de patates au lait de beurre.

— C'est moi qui donne des ordres aux gendarmes, le rassura Louis.

Une immense gratitude parcourut l'échine d'Henri. En moins de deux heures, il était passé du statut d'éternel vaincu à celui de vainqueur. Il allait pouvoir foutre les venettes à la maréchaussée. Quel changement !

— Sur quel champ de bataille que tu as eu ta cicatrice, mon Louis ?

— Tu demanderas à Joseph, sourit Louis. Il te racontera.

Le nègre que Louis appelait Joseph lui faisait de moins en moins peur, il semblait bien éduqué, et puis c'était l'ami de son ami, donc, par conséquent, son ami aussi. Ça devait être son petit tricorne en cuir, enfoncé jusqu'aux oreilles, qui lui donnait cet air peu engageant. Sans savoir qui il était, il n'aurait pas aimé le rencontrer le soir dans la rue Dauphine à la sortie du Petit Lançon.

— Ça te plaît ce que tu fais ? lui demanda Louis.

— Batelier du Naye ?

— Oui.

— On ne gagne pas bien sa vie, mais je suis libre, même s'il faut faire acte de présence à tour de rôle. Tous les bateaux ne naviguent pas en même temps… Tu te souviens, je voulais embarquer sur un corsaire.

— Oui, je me souviens… Ta maman m'en a parlé.

— Pas brillant, hein !

— On fait ce qu'on peut, Henri. Pas toujours ce que l'on veut… Ça te dirait de travailler avec nous ?

La cuillerée de patates et de lait dégoulinant resta en suspension entre la bouche et l'assiette.

— Travailler, comment ça ? Vous passer de l'autre côté ? Sûr ! Et je le fais gratuitement.

— Non, Henri. Pas travailler « pour » nous mais « avec » nous.

— Comme domestique ? Écuyer, quelque chose comme ça ?

Louis sourit.

— Non, comme policier. Joseph est un inspecteur de police de premier rang, tu seras, si tu acceptes, un inspecteur de police de deuxième rang… Enfin, le temps que tu sois bien formé. Après, tu passeras au premier rang. Ce ne sont pas des balivernes, Henri, ce pouvoir de te nommer me vient de Desmarest, le chef de la Sûreté à Paris.

Henri reposa lentement sa cuillère dans l'assiette, ses yeux pétillaient.

— Je te crois, Louis. Je n'ai pas de doutes sur toi, mais… sur moi. Je ne sais pas monter à cheval, j'ai peur sur un bourricot et…

— Et Joseph et moi, on ne sait pas naviguer. Et s'il fallait apprendre, tu nous apprendrais… Joseph te fera monter à cheval et t'exercera au tir dans l'arrière-pays du Clos-Poulet, et moi je t'apprendrai les rudiments du métier de policier, s'il y en a… Les deux meilleures vertus étant le flair et l'intuition. Avec Joseph, il faut ajouter l'intimidation, qui n'est pas une vertu mais un argument.

— Je serai armé ?

— Oui, comme nous.

Louis écarta le revers de sa redingote et montra son pistolet. Joseph l'imita, son éternel sourire aux lèvres et son regard fixe dépourvu de cillement.

— Je t'apprendrai à tirer, lui dit Joseph… À tuer une chèvre à vingt pas.

— Je n'ai pas envie de tuer de chèvre… C'est obligatoire ? s'inquiéta Henri.

« On est bien avec ça », songea Joseph.

— Non, fit Louis. Alors tu acceptes ?

— J'ai peur de ne pas être à la hauteur.

— Tu le seras.

— Si tu le dis, je suis d'accord. Maman va être folle de joie de me savoir avec toi. Je commence quand?

— Demain matin.

— Et la solde?

— C'est la seule chose négative de notre métier, brocarda Louis Darcourt. Ce n'est pas tant le montant de la solde, mais le problème vient de ceux qui la versent.

— C'est qui?

— La mairie!

— De Saint-Servan?

— Oui, entre autres, et aussi celle de Saint-Malo ainsi que les soixante-deux communes que compte l'arrondissement.

— Soixante-deux communes? C'est le bordel!

— Un peu.

— Et y a pas moyen d'échapper à ça?

— Toutes les solutions sont les bienvenues. Si tu veux changer la loi, tu peux aussi. En attendant, l'État nomme, les mairies payent.

— Et si l'État nomme un ennemi de la mairie?

— La mairie devrait payer quand même… Sûrement la margoulette de travers, mais elle devrait payer.

— Ça me rassure.

— Si ça peut finir de te rassurer, nous non plus, on n'est pas les bienvenus dans ces deux villes.

— Et Cancale?

— Quoi, Cancale?

— Tu connais les Cancalais, y voudront jamais payer.

— On se fera payer en huîtres…

Louis sourit et ajouta :

— Rassure-toi, nos soldes seront centralisées à Saint-Malo et crois-moi, je n'accepterai aucun retard de paiement… Dis-moi, tu connais les commissaires de police Beaupain et Kerzannec ?

— Oui, ils m'ont parfois interrogé pour des petites nigauderies.

— Ah bon ! se navra Louis.

— Rien de grave. Un passager qui se plaignait d'avoir été poussé à la baille par votre serviteur… Alors que c'était juste un peu… faux.

— Alors si c'était faux, n'en parlons plus.

— Maintenant que j'y pense… réagit Henri, ils vont être surpris, ces deux-là, de me voir inspecteur de police, même de deuxième rang.

Louis fit la grimace.

— Bon, au début, Henri, tu feras profil bas… En tant que commissaires, ils seront quand même tes supérieurs, même si hiérarchiquement tu dépendras de moi. D'accord ?

— Pas de soucis… Bon, les gars, faut que j'aille voir mon bateau, qu'il ne reste pas pendu à la cale avec la marée qui descend… Ce soir, à mer haute, j'irai l'échouer à Trichet ou aux Grèves de Chasles. Ça tombe bien, c'est une bonne marée, il sera à sec presque tout le temps. Comme ça, pendant mes permissions, je pourrai aller travailler dessus.

— C'est ça, dit Louis. Tu pourras aller travailler dessus.

— Le jour de repos, dans la police, c'est le dimanche ou le décadi ?

Joseph lança un regard décontenancé en direction de Louis, qui était lui-même déconcerté.

— Officiellement, c'est toujours le décadi, mais si tu veux te reposer le dimanche, tu pourras aussi.

— C'est le problème du calendrier républicain, on ne se repose que tous les dix jours, alors que le dimanche c'est tous les…

— Sept jours! Est-ce que tu vas à la messe, Henri?

— Ça m'arrive.

— Et tu y vas le dimanche?

— Oui, bien sûr.

— Ça veut dire que la tradition a repris ses droits à Saint-Servan comme à peu près partout dans notre pays?

— Sans doute.

— Alors, continue comme ça. Il n'y a plus guère que l'administration à utiliser le calendrier républicain. Mais justement, pour être un bon fonctionnaire, il faut quand même connaître les jours de la décade pour dresser les assignations et autres procès-verbaux. Ôte-moi d'un doute, récite-moi les jours de la décade, Henri.

— Tu le veux vraiment?

— Vraiment.

— Ça commence par primidi, c'est ça?

— Tu ne vas pas me demander la confirmation pour chaque jour. Continue!

Henri ânonna:

— Primidi, duodi, tridi, quartidi, quintidi, septidi, sextidi, octidi, nonidi, décadi…

— Personnellement, j'aurais placé sextidi entre quintidi et septidi… On va dire que tu les as dans le désordre… C'est pas mal.

— Merci, Louis.

— Rassure-moi, on n'allait pas beaucoup à l'école tous les deux… Mais tu savais lire à l'époque, si je me souviens bien… Tu sais toujours lire ?

— Bien sûr, j'ai des livres chez moi. Je suis allé en chercher un nouveau chez ma mère hier soir, c'est…

— Ah oui, c'est vrai ! dit Louis en se tapant le front.

— Pardon ?

— Rien ! Finis tes patates !

— Ça y est, je cale… J'ai bien mangé… Heu, Louis ?

— Oui ?

— Je dois de l'argent au Petit Lançon, je ne…

— Ça tombe bien, ils m'en doivent aussi, comme ça, tu n'auras rien à payer.

— Je ne sais pas comment te remercier, Louis… Je n'en revenais pas qu'ils me laissent manger sans rien dire.

— Ne me remercie pas, Henri, tu es mon frère… Continuons de parler de ta future fonction. Tu vois, moi et Joseph, on est plutôt bien habillés… Les policiers en tenue de ville doivent bien présenter devant les citoyens, comme nous. Il y a déjà un bon moment qu'on a abandonné la culotte et les bas. La mode est au pantalon près du corps et à la redingote coupée à l'anglaise… Quand on est à cheval, nous mettons nos bottes en cuir de chevreau…

— Je demanderai à m'man de me faire un pantalon…

— Non, Henri, tu ne lui demanderas rien du tout. Laisse ta maman hors de tout ça. Elle a assez de travail avec ses clients… Demain matin, tu iras chez le tailleur avec Joseph, il te confectionnera deux pantalons. Pour la redingote, la chemise et le gilet, nous avons vu une boutique près du drapier de la rue de la Corne de Cerf qui nous a l'air bien achalandée…

— Ça va être cher, tout ça… À moins que tous ces boutiquiers te doivent de l'argent aussi ?

— Oui, Henri, tu comprends vite.

— Je ne suis pas aussi idiot que ça.

— Mon Henri… se désola Louis, est-ce que tu ne ferais pas tout pour moi ?

— Pour sûr !

— Eh bien moi, c'est la même chose… Je vais même t'avouer que Joseph et moi, nous ne travaillons pas pour gagner de l'argent, nous en avons d'une autre façon, beaucoup. Alors ne t'inquiète pas d'où ça vient. C'est honnête, c'est tout. Je te fournirai les explications plus tard ; pensons déjà à t'incorporer de la meilleure façon parmi nous. Demain, tu iras aussi chez le barbier, il faudra changer un peu la façon de te coiffer.

— Comment ça ?

— Fini les cheveux longs en broussaille… Une petite coupe à la romaine, des favoris bien dessinés, et tu te sentiras un autre homme, mon Henri.

— Je n'ai pas beaucoup de barbe, les favoris, ils vont avoir du mal à pousser.

— Tu es contrariant, Henri… Bon, tu laisseras pousser les poils qui le voudront bien… On a fait le tour de la question, inspecteur Girard ?

Le visage d'Henri s'éclaira :

— Ouah, inspecteur Girard, ça sonne bien !

— Je trouve aussi… La police de l'arrondissement de Saint-Malo, représentée ici par l'inspecteur Joseph et le commissaire Darcourt, est heureuse de t'accueillir en son sein.
— Ouah !

Chapitre 11
La police de l'arrondissement s'installe

Saint-Servan, le duodi 2 pluviôse an XII (lundi 23 janvier 1804)

Après trois jours de formation intense, le commissaire Darcourt jugea que l'inspecteur Girard était raisonnablement prêt pour être lancé sur le terrain. Il lui fut dévolu une mission bon enfant qui consistait à un contrôle visuel des octrois des trois villes, Paramé, Saint-Servan et Saint-Malo. Les fraudes y étaient fréquentes et les mauvais payeurs aussi. En aucun cas il ne devait intervenir sur les litiges, juste observer et prendre des notes, ce qui était l'essentiel de la police de Desmarest. En allant ainsi aux quatre coins des trois villes, Darcourt estima qu'Henri en aurait pour une bonne journée à parcourir tout le territoire à pied, l'usage du cheval étant encore trop aléatoire. Il put ainsi rendre visite de bon matin à Madeleine Girard, la maman de l'inspecteur, en toute quiétude, avant de se rendre aux Capucins, siège de la police et de la mairie, parmi d'autres entités.

Les parterres du cloître étaient gelés, Louis et Joseph se réchauffaient les mains autour du poêle dans le bureau du commissaire. Ils avaient conservé leurs redingotes et leurs couvre-chefs. Deux verres de vin chaud fumaient sur la table. Ils attendaient la venue du maire de Saint-Servan, Luc-François Pointel, pour enfin être présentés à leur débiteur. L'édile arriva quelques minutes plus tard, accompagné de Georges Farloup, adjoint aux comptes de la commune.

— Excusez-moi, commissaire, de vous rencontrer si tardivement, mais comme je le dis à chaque fois, j'avais un sac de nœuds à démêler à ma corderie, ce qui prend toujours beaucoup de temps, vous me l'accorderez… Je vous présente monsieur Farloup, l'adjoint aux comptes.

Il s'était avancé sans hésitation vers Darcourt, jugeant que le plus blanc devait être le commissaire. Il donna une vigoureuse poignée de main aux deux hommes. Celle de Farloup se voulait plus molle, plus évanescente. Poignée de main du désespoir, le conseiller aux comptes pressentait que les registres financiers de la commune allaient souffrir de la présence de cette nouvelle police inquisitrice.

— Je vous présente l'inspecteur Tocagombo, plus communément appelé inspecteur Joseph.

— Enchanté, inspecteur.

— Moi de même.

— J'ai appris par le commissaire Kerzannec, enchaîna Pointel à l'attention de Darcourt, que vous étiez sur une affaire de meurtre chez nos amis malouins. Bigre, il ne faudrait pas que ça arrive chez nous. Vous avez une piste ?

— La victime est un dénommé Lescousse… Ce nom vous parle ?

Le maire ferma les yeux pour mieux réfléchir :

— Vaguement… Le nom me revient comme étant assimilé aux jours sombres de Port-Malo et Port-Solidor. J'ai été nommé maire en décembre 1794 par le nouveau représentant du peuple Boursault et…

— Vous n'étiez pas maire de Saint-Servan en août 1794 ?

— Pourquoi l'aurais-je été en août 1794 ?

— Nous relevons des dates en rapport avec notre affaire, esquiva Darcourt.

— Non, je n'étais pas maire. J'ai occupé plusieurs fonctions avant cette date, mais Le Carpentier, le proconsul d'alors que vous ne pouvez pas connaître, m'avait démis de toutes mes charges en janvier de la même année. Un sinistre personnage que ce proconsul.

— Par conséquent, vous avez été écarté de toutes responsabilités pendant l'année 94 ?

— Bigre, on dirait un interrogatoire. Je vous assure, commissaire, que je n'ai exercé aucune charge cette année-là, qui fut d'ailleurs aux yeux de beaucoup la plus noire que la cité corsaire et son ex-faubourg, Saint-Servan aient connue.

— Je confirme, dit Darcourt.

— Vous confirmez ?

— Je me passionne pour les vieilles choses et les anciens registres des mairies me captivent. D'ailleurs si vous en avez, je suis preneur.

— Je n'y vois pas d'inconvénients, vous verrez ça avec monsieur Farloup.

— Alors, ce Lescousse ?

— Il n'était pas dans un Comité sur Saint-Servan, ça, j'en suis sûr. J'étais écarté des affaires mais j'observais ce qui se passait dans ma ville d'un œil, je l'espère, avisé. Vous avez fouillé dans les registres de Saint-Malo ?

— Oui. Beaucoup de pages arrachées ou illisibles, recouvertes de taches d'encre. On retrouve quelques cahiers non endommagés, mais c'est très insuffisant.

— Je crois me souvenir que cet homme participait à l'organisation des fêtes, des deux villes, d'ailleurs.

— Quelles fêtes ?

— Les fêtes du proconsul ! Les fêtes de la Décade. Celles de l'Être suprême, de la déesse Raison et du dieu Progrès.

Joseph leva les yeux au ciel, ce que remarqua le maire.

— Je dois vous avouer que je suis un peu comme vous, inspecteur. Autre époque, autres mœurs. En parlant de mœurs, vous devriez aller arpenter la rue des Mœurs, à Saint-Malo. Elle est très colorée et peuplée de femmes que la pudeur m'impose d'appeler légères. Vous verrez, inspecteur, vous ne serez pas dépaysé, je vais vous dire pourquoi : elle est connue également comme étant la rue Saint-Joseph. Votre saint patron, je crois.

Le maire éclata de rire. Louis songea que Joseph ne serait pas dépaysé, non pas tant par la faute de son Saint Patron que par la grâce des seins vagabonds qui la fréquentaient.

— Messieurs, enchaîna le maire, je vais vous laisser en compagnie de mon expert aux comptes, monsieur Farloup. Nous avons reçu des directives émanant de la Préfecture concernant les gages de la police d'arrondissement. Notre sous-préfecture paraît aussi surprise que nous mais les ordres venant directement du quai Voltaire, nous nous soumettrons à ces directives… Une dernière chose concernant votre enquête : à votre place, j'irais voir le citoyen Meneau-Rivière, il a bien connu la période qui a l'air de vous intéresser… Je ne vous en dis pas plus… Il habite dans les remparts, rue de la Vicairerie.

Il salua les deux policiers et sortit par le cloître en laissant un afflux d'air frais pénétrer dans la pièce. Farloup hésita à poser son cahier de comptabilité sur le bureau de Darcourt. D'un coup d'œil, ce dernier lui donna la permission. Toujours près du poêle, Louis et Joseph attendaient, impassibles, les arguties dont était capable ce genre de personnage attaché à la comptabilité. Il toussota et se lança :

— Comme vous l'a dit monsieur le maire, c'est une grande joie et un grand honneur pour notre municipalité d'accueillir…

— Allez aux faits, monsieur Farloup ! le coupa Darcourt.

— Votre nomination soudaine n'était pas prévue dans nos comptes… Nous ne l'avions pas anticipée non plus… Hum… Vous comprendrez que… Voilà… Nous avons reçu un billet de comptes de la part de l'hôtel du Vieux Pélican concernant la location de leurs écuries pour trois…

— Vous ne voulez pas que nos chevaux couchent dehors par un temps pareil ? l'interrompit Joseph.

— Non, bien sûr que non…

— L'été, nous louerons des herbages… De grands herbages, s'entêta l'inspecteur.

— Bien, on verra… Mais pourquoi trois chevaux ?

— S'il y en a un qui se met à boiter, il nous en faut bien un de rechange.

— D'ailleurs, s'immisça Darcourt, prochainement, nous en aurons quatre. Je viens d'enrôler un nouvel inspecteur qui a pris ses fonctions ce matin.

— Et… Et où est-il ?

— Aux entrées des trois villes, il jette un œil sur les octrois… Vous voyez, il travaille pour vous, les pépètes vont rentrer.

— Et la Préfecture est au courant de cet enrôlement ?

— Oui… Voulez-vous voir la lettre du chef de la Sûreté Desmarest, contresignée par le conseiller d'État Réal, qui m'informe de la nomination de mes deux inspecteurs : Joseph Tocagombo et Henri Girard ?

— Henri Girard ? Le fils de la mercière de la rue Royale ? s'étouffa Farloup.

— Oui.

— Mon Dieu !

— Qu'est-ce qui ne va pas ?

— Rien… Il ne va pas être dépaysé ici, il connaît déjà les lieux… Surtout les cellules d'à côté.

— Ah bon ?

— Il ne s'en est pas vanté, je suppose… Mais pourquoi lui ?

Louis Darcourt lâcha le poêle et s'approcha de l'adjoint aux comptes qu'il dépassait de la tête et d'une partie des épaules.

— Écoutez-moi, citoyen Farloup... Est-ce que vous m'avez vu gribouiller des chiffres dans les colonnes de votre foutu cahier ?

— Non.

— Et pourquoi, d'après vous ?

— Je... Je ne sais pas...

— Tout simplement parce que ça ne me regarde pas... Alors quand j'enrôle un inspecteur, quel qu'il soit, vous détournez les yeux et vous vous occupez de vos additions. C'est clair ce que je dis ?

— Très clair... Je... J'abandonne les autres sujets que je voulais aborder ?

— Oui... Enfin, par curiosité, quels étaient-ils ?

— La solde !

— Oui ?

— Le commissaire Kerzannec gagne huit cents francs et...

— Je me fous de ce que gagne Kerzannec, vous entendez, Farloup ? S'il veut vivre dans la misère, c'est son droit. J'étais commissaire à la Préfecture de police de Paris, je gagnais quatre mille francs et...

— Les loyers sont plus chers à Paris qu'à Saint-Servan, monsieur le com...

— On s'en fout des loyers, Farloup ! vociféra Darcourt. Et pour votre gouverne, la police de l'arrondissement va investir dans deux chaises de poste dernier cri avec siège cuir en peau de testicules de taureau catalan... Dans un premier temps, je voulais les mettre sur le compte à Desmarest... J'ai réfléchi, désormais ce sera sur le compte des communes.

— Oh non ! Commissaire, ne faites pas ça.

— Si ! Et il me faudra un abri ou une grange pour les préserver du temps et des vols.

— Mon Dieu !

Darcourt se retourna vers son inspecteur.

— Allez, viens, Joseph, on prend les chevaux au Vieux Pélican, et direction Saint-Malo par le grand tour du Sillon… Farloup ?

— Oui ?

— Vous connaissez ce citoyen Meneau-Rivière dont parlait le maire ?

— Par ouï-dire seulement, je n'étais pas dans la région pendant les jours sombres.

Chapitre 12
Un tour dans les Murs

Saint-Malo, le duodi 2 pluviôse an XII (lundi 23 janvier 1804)

Les deux policiers chevauchaient maintenant sur la chaussée du Sillon rendue glissante par des lambeaux de goémon. La marée haute du matin avait poussé des rangées compactes d'algue tout le long du cordon dunaire. Les paysans du Clos-Poulet pouvaient venir de plus de deux lieues à la ronde pour s'approvisionner d'engrais à bon marché. Les charrettes, chargées à ras bord et tirées par des bourriquets ou des chevaux de labour, dégueulaient par-dessus les ridelles des gerbes de varech gluant sur la chaussée, au grand dam des passants.

Après la visite des bureaux de la police de Saint-Servan, Louis Darcourt jugea équitable d'organiser une visite à l'hôtel de ville de Saint-Malo, leur lieu de travail secondaire. Dans les maisons comme dans les boutiques et échoppes, on commençait à écarter les rideaux pour observer ces deux hommes en redingotes noires qui chevauchaient leurs montures comme des militaires, droits comme des I. Depuis quelques jours, ils ne cessaient de passer et repasser. Ils ne portaient pas l'uniforme des gendarmes, qui étaient-ils ?

Joseph attacha les chevaux, Louis abaissa le col de sa redingote et tapa ses mains gantées l'une contre l'autre pour se réchauffer. Le bureau annexe de la police de l'arrondissement était vide, ce qui relevait de la normalité puisque ses principaux occupants avaient choisi de le déserter.

— Il va falloir que l'on convoque quelqu'un, dit Louis.

— Qui ?

— Je ne sais pas, mais il faut leur montrer que ce bureau a une utilité… Tiens, essaie de trouver le commissaire Beaupain, il ne doit pas être loin puisque son bureau est à l'hôtel de ville voisin. Si tu croises le procureur, convoque-le aussi.

— Pour quelle raison ?

— Lui seul nous le dira.

Joseph s'éclipsa. La table sur tréteaux avait été remplacée par un massif et antique bureau en chêne très usagé. Le plateau, couvert de taches d'encre et de traces de brûlé, révélait un passé laborieux. « Au moins, ce meuble a des tiroirs », songea Louis. Il ouvrit le premier qui était vide. Le suivant également, ainsi que tous les autres. Ni feuilles de papier, ni encre, ni plumes. Louis sortit son petit carnet de notes, en déchira une page, et de son crayon à mine de charbon, établit une liste de fournitures qui lui semblaient indispensables.

Joseph revint quelques instants plus tard, suivi par un homme élégant, de taille moyenne, les tempes grisonnantes. Il devait avoir un peu plus de quarante ans.

— J'ai trouvé le commissaire Beaupain, lança Joseph.

Louis se leva et alla à la rencontre du commissaire.

— Enchanté! Louis Darcourt, commissaire général de la police de l'arrondissement de Saint-Malo.

Beaupain pensa que la présentation péremptoire de ce jeune homme, à la compétence aussi longue qu'un tour de remparts, se voulait intimidante… Il ne connaissait pas le commissaire, ce freluquet parisien.

— Enchanté également, marmonna-t-il.

« Quel enthousiasme », songea Louis.

— Vous êtes sans doute au courant que nous nous sommes saisis d'une affaire sur votre territoire pendant votre absence.

— Oui, le procureur m'a informé.

— Vous voulez la récupérer?

— Non, merci… Je suis très absorbé par la vie nocturne de cette ville.

— Et vous n'avez pas d'inspecteurs pour vous aider?

— Non.

— La police de l'arrondissement en a deux, se vanta Louis. Voici l'inspecteur Joseph, originaire de l'île Bourbon…

— Vous voulez parler de l'île de la Réunion ? le coupa Beaupain.

— Oui. Joseph est né sur Bourbon, d'où ma méprise… Donc Joseph est mon premier inspecteur, et depuis trois jours nous avons reçu le renfort de l'inspecteur Girard qui est actuellement en mission sur les octrois.

— Sur les octrois ?

— Oui. Il faut bien surveiller les marchandises qui rentrent dans la ville, ainsi que les fraudeurs qui vont avec… Non ?

— Oui, sûrement… Quand je vais à Saint-Servan, je passe quelquefois sur un bateau piloté par un dénommé Girard. Henri Girard !

— C'est ça. C'est le même !

— Par quelle opération du Saint-Esprit est-il devenu inspecteur de police ?

— Seulement de deuxième rang, précisa Darcourt, méfiant… Je l'ai choisi pour ses qualités de navigation.

— Navigation ? s'interloqua Beaupain.

— Une ville comme Saint-Malo, qui est presque une île, avec une importante activité liée à la mer se doit d'avoir une police éclectique et maritime… Hum… Capable de naviguer du Naye jusqu'au Ravelin, et de l'Hôpital ou des Talards jusqu'à la porte de Dinan, sans contraintes… Hum… Avec un bateau à sa disposition… Celui de l'inspecteur Henri Girard… En enrôlant cet homme, nous avons aussi enrôlé son bateau… Vous y voyez une objection ?

— Vu comme ça, un peu moins, mais… Mais c'est quand même Henri Girard.

— Merci, commissaire ! Vous étiez à Rennes au chevet d'un parent, je crois ?

— Oui.

— Et comment va-t-elle ?

— Qui ? Quoi ? bafouilla Beaupain.

— Votre patiente ! Votre parente était bien une femme ?

— Oui… Mais… Comment le savez-vous ?

— J'avais une chance sur deux de me tromper… Ce n'est pas la première fois que vous vous déplacez à son chevet, je crois ?

— Oui… Non… Je ne comprends pas où…

— Écoutez, Beaupain, si vous voulez tirer la godillette, il y a des filles rue du Pot d'Étain et rue des Mœurs, pas loin d'ici, qui ne demandent que ça. Vous pourriez y aller à pied, ça ne vous prendrait pas trois jours, comme pour aller à Rennes jouer au coq de basse-cour… Le Malouin est prisé là-bas ?

Beaupain esquiva :

— Dois-je comprendre, commissaire Darcourt, que je suis sous votre autorité ?

— Vous en doutiez ?

— Non… Ce n'était pas…

— Clair ?

— Le procureur m'en a parlé, je n'ai pas eu d'instructions précises qui…

— Maintenant, vous le savez… Si vos doutes persistent, allez voir le sous-préfet. Encore mieux, allez jusqu'à Rennes voir le préfet, vous en profiterez pour vous rendre au chevet de votre parente malade… Maintenant, revenons à l'enquête qui nous intéresse. En votre absence, un dénommé Lescousse a été assassiné à deux rues d'ici, vous êtes au courant au moins ?

— Le procureur m'a informé de ce crime.

— Vous connaissiez cet homme ?

— Non. Même si le caillou n'est pas grand, la populace grouille ici, je ne peux pas connaître tout le monde.

— Meneau-Rivière, ça vous dit quelque chose ?

— Oui, il habite rue de la Vicairerie, c'est un gros commerçant qui, paraît-il, s'est enrichi sous la Révolution. Ce qui à Saint-Malo est plutôt le contraire de ce qui est arrivé aux autres.

— Vous n'étiez pas là à cette époque ?

— Non, j'ai été nommé ici il y a quatre ans.

— Vous venez d'où ?

— J'étais inspecteur à Rennes.

— Vous êtes originaire de là-bas ?

— Non, ma famille est à Hédé.

— Ah ! Juste hors limite de la juridiction de mon arrondissement, qui s'arrête à Tinténiac.

— C'est vrai, dit timidement Beaupain qui ne voyait pas où Darcourt voulait en venir. Pourquoi ?

— Juste une remarque comme ça… J'ai été obligé d'apprendre par cœur le nom des soixante-deux communes qui forment ma juridiction. Je ne me vois pas commettre une bévue, par ignorance, devant le maire d'une de ces communes… D'autant que ce sont elles qui nous versent notre solde, à vous et moi.

— Ah ! Vous aussi ?

— Vous ne voudriez pas que je travaille gratuitement pour la République ?

— Non. Mais je pensais que la police de l'arrondissement avait une source de revenus différente de la mienne.

— Eh bien, non, nous sommes dans le même bateau.

— Du moment que ce n'est pas celui de l'inspecteur Girard.

— Pourquoi ?

— Il a… Enfin, il avait l'art de faire peur à ses passagers pour grappiller deux ou trois sous de plus.

— Comment ça ?

— Parfois, il simulait des voies d'eau et faisait l'aumône auprès de passagers crédules pour lui permettre de colmater sa coque. Quand ce n'était pas une défaillance de son gouvernail qui, sans réparation, entraînerait sa barque vers Saint-Enogat, voire le Cap Fréhel ou la pointe du Décollé, au grand dam des occupants liquéfiés par la peur. Il faisait déjà le coup quand il était gabarier sur la Rance. Au lieu de Solidor, prétextant un risque d'échouage, il menaçait de débarquer les gens à Saint-Jouan, en plein dans la vase, si ces derniers ne l'aidaient pas par la force de quelques sous à lui donner la puissance de guider son bateau. Voilà qui est l'inspecteur Girard… J'ai en ma possession quelques plaintes de ces usagers.

— Bien, bien, fit Darcourt, embarrassé, les mains derrière le dos. Tout enfant de la République doit avoir une seconde chance et je la lui donne… N'oubliez pas que je le mets également à votre disposition si vous en éprouvez le besoin.

— Merci, commissaire. Mais permettez-moi de rester suspicieux.

— Comme il vous plaira… Qui pourrait me fournir des renseignements sur le citoyen Meneau-Rivière ? Quelqu'un qui le connaîtrait depuis au moins dix ans.

— Sûrement le maire, je ne sais pas s'il est là. Je pense que Gaspard Leroy, le patron de l'auberge du Chat qui Pète, doit en savoir un brin sur cet homme, il tenait déjà son établissement pendant les jours sombres.

— On l'a déjà interrogé lors de la découverte du cadavre... Nous allons y retourner. Tu viens, Joseph?

Darcourt tendit un feuillet de papier à Beaupain.

— Tenez! C'est une liste de fournitures qu'il me faut pour remplir les tiroirs de mon bureau. Vous pouvez vous occuper de ça?

— Heu... Oui... Mais qui va payer?

— La mairie!

Ils laissèrent les chevaux attachés à l'entrée de la sous-préfecture et allèrent, à pied, boire un vin chaud dans une taverne de la rue du Boyer. Ils croisèrent dans cette rue des hommes et des femmes empressés, des habitants de la cité qui allaient faire leurs besoins derrière les rochers, sur la grève de Bon-Secours. On les reconnaissait aux feuilles de gazette coincées sous leurs bras. Les latrines et les cabinets de fortune des cours intérieures s'engorgeaient plus rapidement que les tonneaux de ramassage ne passaient. L'ensemble des déjections finissant de toute façon à la mer, un bon citoyen malouin se devait de soulager la tâche des épurateurs en la devançant. Les rochers propices à cette besogne étaient moins nombreux que la populace, chaque individu devait donc à peu près respecter son heure afin de ne pas créer un bouchon aux portes des remparts, les marées n'aidant pas à la fluidité du trafic avec leurs horaires changeants. Et bien qu'ayant l'avantage de nettoyer les plages, elles pouvaient surprendre un citoyen en pleine action, alors obligé de se réfugier sur le haut du rocher. Quelques gazettes relataient le sauvetage de ces malheureux par les bateliers du Naye venus en renfort. La municipalité punissait désormais les parents qui envoyaient leurs enfants faire leurs déjections dans le caniveau, ainsi que ceux qui jetaient leurs immondices et leurs ordures par les fenêtres, mais les pavés restaient glissants et dangereux à longueur d'année. L'été, avec les chaleurs, les riches négociants et armateurs fuyaient les Murs et regagnaient leurs grandes maisons de campagne pendant que le peuple vaquait à ses occupations en se pinçant le nez. Beaucoup d'entre eux n'auraient changé leur vie pour rien au monde. Saint-Malo c'était l'aventure à chaque coin de rue, à chaque angle de remparts, à chaque grève. Plus loin, pour les plus hardis, il y avait la mer, le large et les bateaux anglais. Et ça, ça n'avait pas de prix.

Revigorés après leur vin chaud, les deux policiers traversèrent la place de la Paroisse, longèrent les cimetières avant de pénétrer dans la rue du Pot d'Étain. La porte du Chat qui Pète était grande ouverte malgré le froid. Les odeurs de graillon et de tabac hollandais se mélangeaient en exhalant un fumet peu engageant dans la petite rue.

Gaspard Leroy, l'aubergiste, les reconnut et leur tendit les bras.

— Messieurs de la police, entrez ! Venez vous réchauffer près de la cheminée. Vous êtes les bienvenus. Qu'est-ce que je vous sers ?

— Un vin chaud, dit Joseph, avec une goutte de rhum.

— Ça tombe bien, j'ai le meilleur rhum de Saint-Malo, il vient de Saint-Domingue, ramené par un navigateur de ma connaissance qui fait le voyage de Guinée aux Antilles.

— Il traverse des esclaves ? demanda Joseph.

L'aubergiste jeta un œil au mulâtre.

— Ben, je sais pas trop… Je lui demanderai…

— C'est ça ! Bon, amène ton rhum. On en parlera une autre fois. Le commissaire Darcourt veut te poser des questions.

— Allons, Joseph, dit Louis sur un ton de reproche, il ne faut pas tutoyer monsieur Leroy.

— Mais si, mais si, s'empressa l'aubergiste, il n'y a pas de mal à ça. Ça rapproche les peuples. C'est ma tournée.

— Connaîtriez-vous un citoyen du nom de Meneau-Rivière, monsieur Leroy ? s'enquit Darcourt.

— Il ne fréquente pas mon établissement mais c'est un négociant-armateur dont on parle en ville. Qu'est-ce qu'il a fait ?

— Je viens vous le demander. Un édile de Saint-Servan nous a suggéré son nom sachant que ce citoyen a vécu les jours sombres de la cité. Et nous sommes en droit de penser que le meurtre de Maximilien Lescousse a à voir avec ces jours sombres.

— Pourquoi ?

— Parce que Lescousse a fui ou s'est caché pendant près de dix ans après les évènements tragiques de la Terreur, pour en définitive être assassiné dès son retour à Saint-Malo.

— Et ce citoyen Meneau-Rivière serait dans le coup ?

— Monsieur Leroy, gronda Darcourt, je n'ai jamais dit ça. Avant de lui rendre une visite, je veux savoir ce qu'on pense de lui en ville.

— Je vais vous dire : pendant cette triste période qui va à peu près de 93 à 94, il est arrivé des gars de partout, que personne ne connaissait, qui se faisaient nommer dans des Comités plus ou moins officiels, passant de l'un à l'autre. Ces hors-venus étaient les plus acharnés pour dénoncer et effectuer les visites domiciliaires. Toujours à vouloir traîner les citoyens à la lunette à raccourcir. C'était celui qui gueulait le plus fort qui avait raison.

— Et Meneau-Rivière était de ceux-là ?

— Non... Sinon il ne serait plus en vie actuellement... Au début de la Révolution, c'était un petit commerçant assez discret mais il s'est mis à fréquenter la clique à Le Carpentier quand celui-ci est arrivé en ville. Il a été chargé de remplir les caisses du district et je pense qu'il a rempli les siennes en même temps.

— De quelle façon ?

— Le mieux c'est de lui demander, je n'étais pas dans le secret... Moi, j'ai donné un peu pour être tranquille.

— Vous avez donné quoi ?

— De l'argent, tiens ! Ils appelaient ça le don civique. Ça rejoignait les biens saisis des émigrés et les séquestres des guillotinés. Ils ont ruiné des négociants, des armateurs, des commerçants, tous ceux qui avaient un peu de fortune... pour donner à qui ?

— Aux pauvres ?

— Non, à la Convention ! Et maintenant, qu'est-ce qui reste ?

— Vous voulez dire dix ans après ?

— Si vous voulez.

— Je ne sais pas.

— Que des gueux ! Quand on déshabille les riches, ce n'est pas pour autant qu'on habille les misérables. Le peuple crève de faim... Comme avant la Révolution. Rien n'a changé... Heureusement que Bonaparte a l'air de mettre un peu d'ordre... Vous avez vu l'état des chemins ? Je me souviens des belles routes du royaume, c'était quelque chose... Et maintenant ?

— Vous me posez la question ?

— Oui.

— Elles sont un peu chaotiques, avoua Darcourt.

— Vous êtes plaisant, vous... Allez à Rennes avec la diligence ! Vous allez voir le mal au cul que vous allez ramasser. Y a des trous de quatre pieds de large et de deux pieds de profondeur en plein milieu des routes. Si la roue va d'dans, c'est foutu... Et je ne parle pas des bandes de brigands qui nous attaquent.

Louis remarqua que l'inspecteur Joseph s'impatientait :

— Si on revenait au citoyen Meneau-Rivière ? Le collecteur du don civique ! Comment a-t-il pu s'en tirer après la chute de Robespierre et le rappel prudent de Le Carpentier à Paris par la Convention ?

— Ça reste un mystère. Des émigrés et des négociants ont plaidé en sa faveur, il aurait, semble-t-il, sauvé des vies en les prévenant de visites domiciliaires dont on connaissait l'issue. De braves gens ont émigré juste à temps, avertis par Meneau-Rivière d'une arrestation imminente. Toujours est-il que maintenant, il vit dans son hôtel de la rue de la Vicairerie, semble-t-il à l'abri du besoin.

— Vous le voyez vaquer dans les Murs ?

— Jamais ! Il ne sort que pour aller dans son manoir du Vaux-Marais, près du Routhouan. C'est en campagne.

« Ainsi c'est à lui ce manoir du Vaux-Marais », songea Darcourt.

Louis connaissait la demeure alors qu'il s'appelait encore Louis Hervelin. Quand il était jeune, il passait à proximité lorsqu'il descendait de la Ville-Lehoux rejoindre le Routhouan, ce gros ruisseau, ou cette petite rivière, qui se jetait dans la mer près du Naye après avoir serpenté dans les grèves de Chasles et longé les berges de Trichet.

À l'époque, c'était un gentilhomme, le sieur Lemmonier du Marais, qui vivait dans cette demeure avec sa famille. Louis se souvint qu'un jour, ça devait être au milieu de l'année 93, il avait remarqué que les ouvertures, portes et fenêtres, avaient été calfeutrées par des planches. Personne ne savait trop ce qui s'était passé. Il faut dire que l'endroit était désert, avec peu de voisins si ce n'était un autre manoir, celui du Vaupinel, qui se trouvait non loin de là.

« Et maintenant, le Vaux-Marais appartient à Meneau-Rivière. C'est curieux », pensa Louis.

— Qu'est-ce qu'ils veulent ? grogna Simone, l'épouse Leroy, qui avait rejoint son mari. Elle avait le menton luisant des cuisinières qui s'essuient avec le torchon à tout faire, torchon imbibé, en fin de journée, de toutes les graisses étalées sur le fourneau.

— Voyons, Simone… Ce sont les citoyens de la police…

— Je sais, j'les ai r'connus… Y viennent pas quémander tout'même ?

— Mais non, c'est juste une visite amicale.

— Bonjour, madame, dit Louis. Heureux de vous revoir.

— B'jour… Pas moi ! Quand ça sent la police, ça sent la mouscaille !

— Dis donc, la grosse, là, tu vas fermer ton clapet ? s'immisça Joseph.

— Il a raison. Laisse-nous, Simone. Va t'essuyer le menton, s'énerva Gaspard.

La tenancière tourna le dos et regagna la cuisine.

— Faut pas lui en vouloir… Elle n'aime pas les républicains, justifia Gaspard.

— C'est vrai qu'elle a un côté vieille France… Celle d'avant ! dit Louis. Mais à quoi voit-elle que nous sommes des républicains ? Nous le sommes tous, nous sommes en République.

— Laissez tomber, commissaire… Ce n'est pas important. Ça doit être votre tenue et vos coupes de cheveux. Pour elle, c'est pas de l'Ancien Monde. C'est une grande nostalgique ma Simone. Son rêve c'est de voir Versailles et les glaces, si les brigands n'ont pas tout cassé.

— Dites-moi, monsieur Leroy, vous m'avez dit avoir changé de nom pendant la Révolution. Vous aviez peur que votre patronyme vous porte préjudice. Quel nom aviez-vous choisi ?

— Corday ! Ma femme avait des cousins en Normandie, du côté de Mortain : la famille Corday… Ça nous allait bien mais quand on est poursuivi par le malheur, on peut dire qu'on est poursuivi... Quand Marat, l'ami du peuple, a été assassiné, vous savez par qui... on a été obligé de rechanger de nom.

— Ne me dites pas.

— Si... On a choisi Lafleur... Et là, aucun Lafleur ne s'est fait remarquer pendant cette triste époque... Du moins, pas à Saint-Malo. Dès que ça a commencé à aller mieux, on a repris notre nom... Leroy, un si beau nom.

Chapitre 13
Un tour au pays des limbes

Saint-Malo, le quartidi 4 pluviôse an XII (mercredi 25 janvier 1804)

« ... *asperges me, domine, hyssopo et mundabo, lavabis me, et super nivem dealbabor...* »

— Hé! Attendez une seconde, là! Qu'est-ce qu'il se passe? On est en train de m'asperger. Arrêtez! C'est du latin que j'entends là, ce n'est pas bon signe!

Louis se sentait impuissant dans ce carcan de limbes. Aucun son ne sortait de sa bouche. On appuyait sur ses paupières à présent, on traçait des signes... Des croix! Foutre dieu! L'extrême-onction!

— Mais arrêtez, bon sang! Je suis vivant!

— Mon Père, on dirait qu'il a bougé.

Louis reconnut la voix de Joseph qui semblait sortir d'outre-tombe.

— Vous croyez?

— Oui, il a remué les lèvres.

Cette fois-ci, c'était la voix d'Henri qui se manifestait.

— C'est curieux, je viens de les oindre, je n'ai rien remarqué, répondit le prêtre. Je vais recommencer… *Per istam sanctam Unctiónem, et suam piíssimam misericórdiam, indulgeat tibi Dóminus quidquid per gustum et locutiónem deliquísti. Amen*… Ah, effectivement, on dirait qu'il veut parler, le bougre. J'aime mieux ça, je n'aime pas donner l'extrême-onction à un mort, c'est un peu une perte de temps. Je crois que vous pouvez appeler le médecin.

Le prêtre approcha son oreille des lèvres de Louis.

— Vous voulez vous confesser, mon fils ?

Louis articula difficilement et montra sa désapprobation : « Non ! » Sa bouche était pâteuse et avait le goût du sang. Il se souvint avoir ressenti un grand choc au niveau du crâne, puis plus rien : les limbes aux marches de l'Enfer… Soudainement, comme si les différentes onctions du prêtre avaient réveillé ses sens, il s'assit sans aide dans le lit. Il ouvrit les yeux, le regard imprécis, reconnut les deux inspecteurs, Joseph et Henri, qui se tenaient au pied du lit, chapeaux à la main. Le prêtre qui l'avait oint était à ses côtés. Pas très grand, replet, il portait sur ses épaules une étole verte avec une grande croix blanche.

— Vous nous avez fait peur, mon fils… Je suis un peu surpris par l'administration de mes sacrements qui ont eu sur vous un effet rapide et salvateur. Je dois avouer que c'est la première fois que je vois ça.

Louis tourna la tête avec difficulté, un gros pansement lui enserrait le crâne.

— Merci, mon Père, dit-il… Que s'est-il passé ?

— Vous verrez ça avec vos collègues. Mon travail est terminé. Je suis le prêtre de l'Hôtel-Dieu, si vous souhaitez vous confesser plus tard, vous me trouverez à l'église Saint-Sauveur, à côté. Vous demanderez l'abbé Manet, je ne serai pas loin… Ah! Voici le médecin, je vous laisse entre de bonnes mains.

Louis reconnut avec effroi le docteur Jabot, chargé de la médecine légale à l'Hôtel-Dieu. Il était accompagné de deux sœurs infirmières.

— Je ne suis pas mort, bredouilla-t-il en essayant de descendre du lit.

Il s'empêtra les pieds dans sa grande chemise de nuit blanche dont le col était taché de sang.

— Je vois que le gaillard a repris du poil de la bête! lança Jabot. Tant mieux, vous étiez trop jeune pour mourir.

— Je suis plutôt d'accord avec vous.

— Le Père Manet a encore fait des miracles!

— Ce ne sont pas des phénomènes auxquels je crois particulièrement.

— Moi, je vois le résultat, c'est tout… Vous avez une vilaine blessure à l'arrière du crâne, peut-être même une fracture. Vous revenez de loin, il va falloir vous reposer le temps que tout ça se ressoude et que votre cervelle se remette dans son lit. Nous allons vous garder quelques jours. Les Sœurs vont refaire votre pansement.

— Je suis là depuis combien de temps?

— Depuis hier soir, il sonnait huit heures à la cathédrale.

— Et maintenant, il est quelle heure?

— On vient de servir la soupe à nos patients, je dirais qu'il est dans les alentours de six heures.

— Du soir ?

— Bien sûr, comme si on servait de la soupe le matin !

Le docteur Jabot tourna les talons et clama en franchissant la porte :

— Du repos, commissaire ! Rien que du repos !

Pendant qu'une sœur changeait son pansement, la seconde comptait des gouttes de couleur orangée qu'elle versait d'une fiole dans le verre de Darcourt.

— Qu'est-ce que c'est ? s'enquit Louis.

— Du Laudanum, pour la douleur ! Ça vous fera du bien et ça vous aidera à dormir.

— Ça ne va pas l'empoisonner ? s'inquiéta Henri.

— Non. Je garde le flacon avec moi.

Elle le glissa dans la poche de son tablier blanc qu'elle portait par-dessus sa tenue de religieuse et ajouta :

— Voulez-vous une soupe, commissaire ?

Du regard, Louis chercha l'approbation de ses deux compagnons qui l'incitèrent à accepter.

— Pourquoi pas ? Oui, je veux bien une soupe.

— À la bonne heure, c'est bon signe quand un de nos souffrants réclame à manger… Mais il va falloir souper tranquille. Je vais demander à ces messieurs de vous laisser.

— Ma Sœur, dit Louis, ces deux hommes sont mes inspecteurs et j'ai besoin de m'entretenir quelques instants avec eux. J'aimerais que vous leur serviez aussi deux assiettes de soupe, car je suppose qu'ils ont le ventre vide. Il va de soi que je paierai, de ma bourse, ces deux assiettées.

— L'Hôtel-Dieu nourrit bien les mendigots, il peut bien nourrir deux nécessiteux de la police.

Elle éclata de rire puis ajouta :

— Je vous ramène ça !

Les religieuses quittèrent la vaste chambre qui aurait pu accueillir toute une escouade de militaires. Joseph tira une table jusqu'au lit et Henri amena deux chaises. Louis sollicita ses deux compagnons :

— Qu'est-ce qui s'est passé ?

— Ça c'est embêtant, parce qu'on voulait te demander la même chose, confia Joseph. Tu ne te souviens pas qui t'a fait ça ?

— Non… On m'a trouvé où ?

Joseph, gêné, regarda Henri qui hocha la tête.

— Dans un bordel !

— Dans un bordel ? balbutia Louis. Qu'est-ce que je faisais là ?

— À ton avis ?

Louis voulu se masser le front, il découvrit l'épaisseur du pansement.

— Je ne me souviens pas d'être allé dans un bordel… Lequel ?

— La Belle Jambe !

— Belle Jambe ? Connais pas !

— Ça peut être une jambe de bois ou une autre sorte de jambe tout aussi dure que le bois.

— Ou une belle jambe de fille, précisa Henri.

— On s'en fout de la jambe, s'impatienta Louis. C'est où ?

— Au Petit Placitre… Tu sortais de la rue des Mœurs, indiqua Henri. On a commencé à se renseigner.

— Qu'est-ce que je faisais dans la rue des Mœurs ?

— À ton avis ? lança Joseph, l'œil plein de sous-entendus.

— Mais merde! s'agaça Louis. Je ne suis pas allé au bordel!

— On te croit! Ne t'énerve pas, sinon tu vas rouvrir la brèche que t'as dans le crâne.

Darcourt s'allongea sur le lit, victime d'un gros coup de fatigue. Il dut se rasseoir, la soupe venait d'arriver. Trois grands bols fumants de bouillon de légumes agrémenté de jarret de porc leur furent servis. Le fumet qui s'en dégageait excita les papilles des policiers. Ils dégustèrent le bouillon en silence. Entre deux cuillerées, Louis exprima l'idée qu'il fallait remonter jusqu'au moment où ses souvenirs allaient se bousculer dans sa tête.

— Tu te souviens de quoi? demanda Joseph.

— Cette blessure est bien advenue hier soir?

— Oui.

— Je ne me souviens pas de la journée d'hier, déplora Louis.

— Les souvenirs, c'est comme la marée, ça revient toujours, le consola Henri. C'est un marin qui te dit ça.

— Je me rappelle qu'avant-hier, nous étions venus avec Joseph rue du Pot d'Étain nous…

— Pendant que je faisais les octrois, le coupa Henri. J'ai encore mal aux arpions.

— Tu m'as fait un compte rendu de ton inspection?

— Ben, on en a parlé hier matin.

— Je ne m'en souviens pas non plus. Le plus simple, Joseph, c'est de me raconter la journée d'hier dans son intégralité. Je t'écoute.

— On est d'abord passés à la mairie de Saint-Servan pour voir le commissaire Kerzannec. Tu voulais lui demander s'il connaissait les activités de Meneau-Rivière, étant donné que son manoir du Vaux-Marais est sur la commune de cette ville.

— Et alors ?

— Rien d'intéressant. Il nous a renvoyés vers Beaupain.

— Ces deux-là commencent à me lisser le boyau sérieusement… Ensuite ?

— L'après-midi, on a décidé qu'Henri et moi irions à la montagne Saint-Joseph nous exercer au tir et au maniement de l'épée. Toi, tu devais venir dans les Murs pour rencontrer Meneau-Rivière. À la nuit tombée, n'ayant pas de nouvelles de toi, on a entrepris de te chercher en commençant par notre annexe place de l'hôtel de ville. On a rencontré le commissaire Beaupain qui venait d'être averti de ton entrée à l'Hôtel-Dieu. On a accouru ici et on s'est relayé à ton chevet. On a pris une chambre dans une auberge rue du Point du Jour, on ne voulait pas faire le grand tour de nuit pour rentrer. J'ai dit à l'aubergiste que c'était la mairie qui réglait ce genre de note.

— Tu as bien fait… Il t'a cru ?

— Quand j'ai une certaine humeur, beaucoup de gens me croient.

— Je pense qu'il va y avoir une rébellion des maires… Bien… Puisqu'hier midi, je venais dans les remparts voir Meneau-Rivière, j'ai dû me rendre à son hôtel rue de la Vicairerie, non ?

— C'est exact, on l'a vérifié aujourd'hui. Nous nous y sommes rendus dans la matinée pendant que tu avais le cerveau au purgatoire. Tu n'as pas rencontré Meneau-Rivière, mais son fils, un homme d'une trentaine d'années. Son père ne pouvait pas te recevoir et d'ailleurs, il ne nous a pas reçus non plus.

— Je connais le fils, fit Henri. Je l'ai passé plusieurs fois sur mon bateau… Personnellement, je ne le trouve pas bien aimable, mais je peux me tromper.

— Et pourquoi son père n'a-t-il pas voulu nous recevoir, vous et moi ?

— Tu ne lui as pas demandé ?

— Je ne sais plus, se consterna Louis.

— Est-ce que je peux finir ma soupe sans parler ? demanda Joseph. Elle est en train de refroidir.

Le message fut reçu puisque le silence de la pièce ne fut plus troublé que par le bruit des cuillères dans les bols et des lampées de soupe avalées par les trois hommes. Rassasié, Joseph posa l'écuelle sur la table et déclara :

— Eh bien, nous, on lui a demandé pourquoi il ne voulait pas nous recevoir… Occupé à gérer ses affaires, nous a dit le fils.

— Vous lui avez demandé s'il connaissait Lescousse ?

— Non.

— Il va falloir que j'apprenne à mes inspecteurs comment conduire une enquête, ronchonna Louis.

— Tu oublies que nous, on te cherchait… Le défunt Lescousse passait après toi. Navré de mal choisir nos priorités.

— Ça va, Joseph, ne te fâche pas… Bien ! Et après, qu'est-ce que j'ai fait ?

— On retrouve ta trace au cabaret du Pot d'Étain dans le milieu de l'après-midi.

— Pourquoi y suis-je retourné ?

— À ton avis ?

— Merde, Joseph! Arrête avec ça! Je ne suis pas obsédé comme toi.

— Ce n'est pas moi qui me suis retrouvé la tête dans le marc de pomme dans une chambre de bordel, entouré de gourgandines en chaleur!

— J'étais avec des gourgandines?

— Je suppose! Dans cet endroit, il y a plus de chance de tomber sur ce genre de femmes que sur une Ursuline ou une Sœur de la Charité.

— D'accord, Joseph... Revenons en arrière... Qu'est-ce qui s'est passé au Pot d'Étain?

— Tu as dit à la patronne... qui d'ailleurs a envie de me revoir... Donc, tu as dit à la patronne que tu cherchais une fille du nom de Léonce, Léonie, Léone, Léontine, Léa, tu ne connaissais plus très bien son prénom... Tu vois, avant d'être assommé, tu ne savais plus ce que tu cherchais. Tu voulais prendre de l'avance sur ce qui t'attendait.

Louis, qui avait reposé son écuelle sur la table, se massa les tempes à la recherche de la moindre bribe de souvenir.

— Je ne vois pas d'où vient ce prénom.

— Marguerite, la tenancière du Pot d'Étain, t'a envoyé vers la rue des Mœurs. Avec toutes les filles qui pullulaient là, tu aurais dû trouver ton bonheur.

— Et je me retrouve à la Belle Jambe, au Petit Placitre?

— Oui.

— Remarque, ce n'est pas loin, tu as dérivé un peu, lança Henri en spécialiste de la dérive en tout genre.

— Reste à savoir si je suis allé directement du Pot d'Étain à la Belle Jambe...

À l'aube d'un souvenir, Louis se redressa soudain.

— Où est mon cheval ? tonna-t-il.

— On l'a retrouvé hier soir, attaché à l'enseigne d'un cabaret de la rue des Mœurs.

— C'est un signe, non ?

— C'est le signe que tu fréquentes la rue du Pot d'Étain et la rue des Mœurs et pas vraiment la rue de la Paroisse.

La porte de la chambre s'ouvrit comme poussée par un coup de vent. Le docteur Jabot fit son apparition, une chandelle à la main.

— Les couloirs du sous-sol sont mal éclairés, se justifia-t-il. J'ai du nouveau sur l'objet qui vous a ouvert le crâne. Quand j'ai soigné votre plaie, j'ai récolté tous les résidus qu'il y avait autour. Après analyse, j'ai d'abord pensé que vous aviez reçu un coup de chandelier, ayant découvert un infime fragment de bronze à l'aide de mon microscope. Ce n'était pas ça car sur ce bronze, il y avait une trace de cuir noirci. Ce n'était pas votre épiderme. Je pense qu'on vous a assommé avec le pommeau d'une épée ou d'un sabre, ou encore une crosse de pistolet. Ce que je ne comprends pas, c'est que le coup a été porté de haut en bas, et comme vous êtes grand, pour pouvoir vous asséner ce coup, l'individu devait être perché sur quelque chose, peut-être tout simplement en haut d'un escalier. Vous aviez enlevé votre chapeau dans cette maison ?

Louis écarquilla des yeux.

— Je ne me souviens pas.

— C'est difficile de discuter avec un amnésique, grinça le médecin... Enfin bon, désormais, vous

connaissez l'outil qui vous a assommé... Excusez-moi de vous demander ça, mais vous étiez dans ce type d'endroit... dans cette maison... pour...
— Je ne sais pas, le coupa Louis.

Chapitre 14
Retour à la rue Dauphine

Saint-Servan, le primidi 11 pluviôse an XII (mercredi 1ᵉʳ février 1804)

Louis Darcourt passa quatre jours à l'Hôtel-Dieu aux bons soins des Sœurs de Saint-Thomas-de-Villeneuve, chassées par la Révolution. Elles furent remplacées par des femmes laïques, dites « citoyennes économes », sûrement moins miséricordieuses que leurs devancières puisque les premières furent rappelées en 1795 au chevet des malades. Le chevalier Darcourt s'en accommoda et fut traité comme un coq en pâte. Pendant ce temps, Joseph Tocagombo mit la pression sur la municipalité servannaise afin qu'elle acquière pour la police de l'arrondissement une chaise de poste flambant neuve, vendue par un charron du Poncel, un quartier de l'ex-faubourg. Le maire rechigna à la dépense : un tel investissement était-il adéquat en l'absence du commissaire général de la police dudit arrondissement? Joseph rétorqua que si la présence du commissaire Darcourt était souhaitée, il fallait bien le sortir de la ville close et le ramener de l'Hôtel-Dieu à Saint-Servan dans de bonnes conditions de transport. Joseph objecta aussi qu'il était hors de question que le commissaire Darcourt rentrât à cheval avec les risques de vertiges qu'il encourait, ces tournis étant occasionnés par l'horrible blessure qu'il exhibait au milieu du crâne. « Et le bateau ? » demanda le maire. Hors de question également! En cas de chavirage, Louis Darcourt se montrerait incapable de nager, surtout dans l'eau glaciale du mois de janvier. Et de toute façon, cette livraison de chaise de poste n'était que la première d'une commande de trois carrioles destinées aux policiers de l'arrondissement de Saint-Malo. Un commissaire et deux inspecteurs! Le maire soupira en jetant un œil désabusé sur ce vaurien d'Henri Girard. Comment sa mère, une sainte femme et une honnête commerçante, avait-elle pu accoucher d'un rejeton pareil?

Déjà une semaine que l'agression avait eu lieu et trois jours que Louis se reposait dans sa chambre du garni de la rue Dauphine. Il était debout devant la fenêtre à admirer l'anse des Bas-Sablons. La mer était basse à cette heure. À marée haute, les vagues venaient battre les soubassements des hautes façades en pierre qui surplombaient la grève faisant vibrer l'intérieur du garni. Un beau soleil d'hiver inondait la plage. Profitant de l'aubaine des rayons de l'astre, les lavandières et autres blanchisseuses avaient étalé sur le sable des rangées de linge à sécher, principalement des draps d'une blancheur immaculée. En complément, un système de pieux plantés dans le sablon, de cordes à linge, et de poulies permettait aux laveuses servannaises de rapporter le petit linge domestique directement à la fenêtre. Louis aimait ce manège. S'il n'y avait pas eu ce léger vent pénétrant, il aurait ouvert sa fenêtre pour écouter les commères s'apostropher.

Joseph et Henri entrèrent bruyamment dans sa chambre sans frapper à la porte.

— Vous pourriez toquer. J'aurais pu être tout nu.

— Mon Dieu, quel drame! s'exclama Joseph. Nous revenons des remparts, toujours à la recherche d'une Léone ou quelque chose dans le genre. Tu es sûr du nom? Même Marguerite, la patronne du Pot d'Étain, ne se souvient plus très bien de ce que tu lui as demandé.

— Je ne suis plus sûr de rien.

— En tout cas, le cabaret de la Belle Jambe n'a pas l'air très bien fréquenté, c'est rempli d'apprentis-corsaires en mal d'enrôlement et de militaires sans solde.

— Il y a des filles?

— Ben oui, ça tient plus du bouge à femelles que du cabaret… Si tu veux mon avis, ce n'est pas digne d'un chevalier de ton espèce.

— Je ne sais pas pourquoi je suis allé dans cet endroit, s'irrita Louis. Alors arrête de juger le caractère de mes initiatives.

— Ça ne te revient vraiment pas?

— Non. C'est énervant.

— Tu te souviens de la dernière journée qu'on a passée ensemble en 94? le sonda Henri.

— Oui. Comme si c'était hier.

— Et tu ne te rappelles pas ce qu'il s'est passé il y a huit jours ? Il est bizarre ton cerveau. M'man dirait que c'est un clafoutis aux cerises sans les cerises mais avec les queues et les noyaux.

— Ce qui signifie ?

— Faudrait demander à m'man.

— Je n'y manquerai pas… Mais je ne voudrais pas manger de son clafoutis.

— Eh bien ton cerveau c'est pareil, un sac de queues et de noyaux. Tout est à jeter !

Louis alla s'asseoir à sa table de travail.

— Je retourne dans les remparts, vous allez m'atteler une voiture.

— C'est pas prudent, tu as l'intérieur du crâne qui prend l'air, s'alarma Joseph.

Darcourt posa les coudes sur la table et se prit la tête à deux mains.

— Laissez-moi réfléchir, lança-t-il.

— Ça fait plus de huit jours que tu réfléchis, tu vas finir par assécher le peu d'idées qui te restent, et tu vas avoir la cervelle aussi squelettique qu'un capelan, le contraria Henri.

Joseph lança un coup d'œil à l'inspecteur Girard pour l'avertir de calmer le jeu. Les deux policiers, debout derrière le commissaire, croisèrent les bras et scrutèrent le plafond. Louis Darcourt se mit à marmonner des invocations incohérentes, des prénoms, des noms, des cabarets… En récitant et en psalmodiant à voix haute, il espérait trébucher sur un mot… Et ce mot devrait déclencher l'ouverture de sa mémoire.

« Et si c'était le pansement qui empêchait les souvenirs de sortir de sa caboche ? » songea Henri.

« Ce n'est pas en citant le nom de nos chevaux qu'il va trouver la solution », pensa Joseph.

Soudain, Louis se leva. Il alla chercher sa redingote pendue à un portemanteau, négligea le chapeau qui ne s'enchâssait plus sur sa tête à cause du pansement, et dit :

— Il faut que je trouve une certaine Léontine.

— Mais on te l'a déjà dit il y a huit jours, ça, se désola Henri. Pourquoi cogiter pendant une semaine pour nous rabâcher la même chose ? Et moi, des Léontine, je peux t'en sortir par paquets de dix. Comment on va savoir laquelle est la bonne ?

— Oui, approuva Joseph. Pourquoi Léontine ? Tu le sors d'où ce prénom ?

— J'ai eu une pensée fugace, je me suis vu devant le fils Meneau-Rivière. Son père ne voulait pas me recevoir…

— Comme nous ! l'interrompit Henri.

Louis fit un geste du bras pour qu'il se taise, il ferma les yeux :

— Je suis sorti de l'hôtel des Meneau-Rivière pour remonter la rue de la Vicairerie et je me suis dirigé vers la cathédrale pour rejoindre le Pot d'Étain. C'est entre la demeure des Meneau-Rivière et le Pot d'Étain que le nom de Léontine est apparu.

— C'est pour ça que tu as demandé à la patronne si elle connaissait une certaine Léonce ou Léone… Léontine n'arrivant qu'en dernier.

— Maintenant, j'en suis sûr, c'est Léontine. C'est la patronne du Pot d'Étain qui se trompe.

— Et allez donc ! Le chevalier Darcourt ne fait jamais d'erreur ! brama Joseph.

— Il est aussi chevalier ? s'enquit Henri, soudain respectueux.

— Il a un nom long comme un département, si tu veux savoir. Quand tu arrives à la fin, tu ne te souviens plus du début.

Louis ignora les sarcasmes :

— Il faut que je me souvienne des personnes que j'ai croisées entre la rue de la Vicairerie et la rue du Pot d'Étain.

— Y a toute la populace qui circule sans arrêt entre la porte de Dinan et la cathédrale. Tu as dû en voir du monde. Tu étais à cheval ?

Louis porta la main à son front.

— Je ne sais plus.

— Souviens-toi de ce qu'on t'a appris à la Préfecture de police de Paris. Un témoin qui doute n'est pas un témoin crédible, il faut rejeter son témoignage... Et là, tu manques de fiabilité, tu tâtonnes, ta raison est au bord des affres de l'agonie, mon pauvre Louis.

— Écoute, Joseph, tu m'appelles encore une fois « mon pauvre Louis » et tu es renvoyé illico dans ton île ! Tu veux que je te démette de ton poste d'inspecteur de la police de l'arrondissement de Saint-Malo ? gronda Darcourt.

— Non. Excuse-moi, fit Joseph, tout piteux.

— Tu nous fous les venettes quand tu parles comme ça, Louis... Ce n'était pas de la méchanceté de la part de Joseph... Alors ? T'étais à cheval pour remonter la rue de la Vicairerie ?

— Je ne sais plus et ce n'est pas important puisque vous l'avez retrouvé attaché à une enseigne de bordel de la rue des Mœurs ! Merde ! Ne me faites pas chier avec ça !

— On voit bien que tu n'es pas dans ton assiette, Louis, tu te vexes facilement.

— Écoute, Henri, il y a plein de mauvais bruits qui courent sur toi, alors tu la fermes ! Si je dois justifier ta nomination au poste d'inspecteur devant Desmarest ou Réal, donne-moi des arguments valables.

— Je suis inventif et…

— Ça, on l'a remarqué !

— Et tu ne sais pas tout ! En dix ans, depuis que tu m'as quitté…

— Je ne t'ai pas quitté, Henri ! J'étais en fuite ! Et c'est sûr qu'en dix ans, tu as dû en faire des conneries. J'espère qu'il n'y en a pas qui portent atteinte à ta nouvelle fonction.

— Les bateliers du Naye ont la réputation d'être un repaire de crapules, mais c'est pas mon cas…

— Je n'en doute pas une seconde !

— Tu savais que les bateliers du Naye exécutaient les condamnés à mort ?

Louis se retourna vivement, surpris.

— C'est quoi, celle-là encore ?

— Quand ils ont fermé le bastion des Pendus sur les remparts, et qu'il a été interdit d'exécuter les condamnés à mort par pendaison, à Saint-Malo et peut-être ailleurs, il a bien fallu trouver un moyen d'en finir avec eux. La guillotine n'existait pas encore et les balles des fusils n'étaient pas assez performantes. Je ne te parle pas des archers qui te plantaient trois flèches sur dix dans la cible… Alors on a pensé aux bateliers du Naye qui avaient le privilège de posséder en leur royaume une grande fosse, entre deux rochers, pas loin des moulins. Fallait mettre le condamné dans un sac à grains qu'on lestait de cailloux, on le cousait, on l'attachait à une corde pour pouvoir le remonter, et ensuite on balançait l'ensemble dans la fosse… Si la corde cassait, on récupérait le cadavre à marée basse. Moi je ne l'ai pas fait, car Le Carpentier a eu la bonne idée d'amener la guillotine dans notre ville… Le progrès, quoi! Pardon, Louis, je n'y pensais plus, s'affola soudain Henri. La bonne idée, c'est uniquement pour les bandits et les assassins, tu m'avais compris, Louis?

— Laisse tomber!

— Tu veux aller où, là?

— Je retourne au Pot d'Étain me mettre d'accord avec la patronne sur le prénom que j'aurais prononcé.

— Tu vas voir Marguerite? Je vais avec toi, dit Joseph en ajustant son tricorne.

— Moi aussi, fit Henri.

— Non. Vous allez à notre siège de la police à Saint-Servan. Avant, vous m'attelez la voiture, je vais faire le grand tour par le Sillon… Voyez avec Kerzannec s'il a besoin de nos services, on ne peut pas se concentrer tous les trois sur une même affaire, sinon ça va jaser dans les mairies. La semaine prochaine, nous ferons le tour de notre juridiction avec la visite des chefs-lieux de canton.

— Qui sont? s'enquit Henri.

— Tu as Cancale, Dol, Combourg, Tinténiac, Pleurtuit, *et cetera*.

— C'est des coups à tomber sur la bande de l'autre éborgné de Corbeau Blanc, ça, surtout entre Combourg et Tinténiac. Est-ce que ça vaut vraiment le coup ce genre de visite?

— On a les gendarmeries à sonder, nous devons savoir si nous pouvons compter sur eux.

— Personnellement, je ne compte pas trop dessus et j'espère que c'est réciproque, s'avança Henri.

Alors qu'il allait sortir de la chambre, Louis s'arrêta net.

— Attendez! Il y a quelque chose qui me revient... J'avais oublié ce moment... Comme je traversais la place de la Paroisse devant la cathédrale, j'ai rencontré un jeune homme habillé comme dans l'Ancien Régime, avec les cheveux longs attachés et coiffé d'un tricorne... Il venait de la rue des Cimetières qui mène à celle du Pot d'Étain. Nos regards se sont croisés et mon cœur a fait un bond dans ma poitrine. Après l'avoir dépassé, je me suis retourné, lui aussi s'était retourné. J'ai continué mon chemin, il en a fait de même. Ce jeune homme blond aux cheveux longs avait un visage efféminé... Il ressemblait à ma sœur... Mon Dieu! Ce n'est pas possible une telle ressemblance! Tout excité, j'ai demandé à la patronne du Pot d'Étain si elle connaissait une Justine... Je suis sûr maintenant que c'est ce prénom que j'ai prononcé. Elle m'a dit qu'il y avait quelques Justine dans les murs de la ville close, dont une à la Belle Jambe, un cabaret louche du Petit Placitre, et...

— Tu nous as dit que ta sœur, si elle n'était pas morte, devait être en Angleterre, embarquée avec des émigrés.

— J'espérais surtout qu'elle soit vivante. L'Angleterre ou Jersey était la meilleure solution pour elle, il y avait des embarquements de nuit clandestins pas très loin, à Rothéneuf, à Saint-Coulomb... Elle avait quinze ans et était dégourdie, elle aurait pu demander à une riche famille d'émigrés de l'emmener de l'autre côté de la Manche, en leur proposant ses services comme bonne à tout faire une fois arrivée là-bas.

— Quel âge avait le jeune homme que tu as rencontré ?

— Justement, une petite vingtaine d'années. Quand elle avait quinze ans, elle en faisait treize. Officiellement, elle a vingt-cinq ans aujourd'hui… En ressortant du Pot d'Étain, je suis retourné places de la Paroisse et de l'hôtel de ville. Mais ça grouille toujours de monde, je n'ai pas retrouvé ce jeune homme.

— Et c'est là que tu t'es rendu ? Rue des Mœurs et au Petit Placitre ?

— Oui, maintenant, je m'en souviens, c'est plus clair dans ma tête.

— Tu vois, il suffisait d'en parler, fit Henri, fataliste. Et à la Belle Jambe, tu as demandé à parler à Justine ?

Louis ferma les yeux.

— Oui, c'est ça… Je… Il y avait une sorte de mère maquerelle qui fumait la pipe sur le seuil de la porte. Elle m'a dit d'attendre à une table et de payer une consommation, ce que j'ai fait. Deux ou trois filles sont venues m'aguicher et puis l'une d'elles m'a dit de monter, que Justine m'attendait là-haut. J'ai grimpé une volée d'escaliers, je ne me souviens pas de la seconde volée, c'est dans celle-ci que j'ai dû être assommé. Ça faisait huit jours que je cherchais ce qui m'était arrivé… Merci, mon Dieu, de m'avoir redonné la mémoire !

— Je ne pense pas que ce soit Dieu… Mais c'est bien que tu l'aies retrouvée.

Chapitre 15
Retour dans la ville close

Saint-Malo, le duodi 12 pluviôse an XII (jeudi 2 février 1804)

Louis Darcourt attendit le lendemain pour retourner à l'intérieur de l'enceinte fortifiée. La veille, un envoyé de la mairie de Saint-Servan vint le quérir au moment où il montait dans sa chaise de poste. Cela tombait bien puisque c'était à ce sujet que le maire, aiguillonné par l'adjoint aux comptes Farloup, désirait voir le commissaire.

— Qu'est-ce que c'est que cette commande de trois chaises de poste ? demanda l'édile.

Darcourt détourna la conversation.

— Merci, je vais bien, vous savez qu'on a tenté de m'assassiner ?

— Oui... Excusez-moi... Je pensais qu'on avait seulement voulu vous assommer.

— Entre un coup d'assommoir et un coup d'enclume, la marge est faible. Tout est question de dosage, la moindre erreur peut être fatale, je persiste à dire qu'on voulait me tuer.

— Pourquoi ?

— Je suis sûr que tout Saint-Malo sait que j'enquête sur la mort d'un citoyen nommé Lescousse et je pense que ça dérange quelqu'un. C'est d'autant plus curieux que nous n'avons aucun suspect.

— C'est un peu ce qui nous dérange, nous aussi, les municipalités… Mais peut-être vous approchez-vous d'un suspect sans le savoir…

— Vraisemblablement… Nous n'avons pas pu rencontrer monsieur Meneau-Rivière, il n'a pas eu le temps de nous recevoir.

— Je vous ai donné ce nom parce que Meneau-Rivière est toujours bien informé, mais je suis sûr qu'il n'a rien à voir dans cette histoire.

— Je me suis pourtant fait agresser peu de temps après lui avoir rendu visite, j'ai d'ailleurs rencontré son fils.

— Ah ! Et que vous a-t-il dit ?

Embarrassé, Louis dut constater que toute sa mémoire ne lui était pas revenue.

— Hum, je ne me souviens plus très bien, le choc a altéré une partie de mes esprits.

— J'espère pour vous que ça ne durera pas trop longtemps… Vous souvenez-vous avoir passé commande de trois chaises de poste ? lança le maire, sarcastique.

— C'est l'inspecteur Joseph qui a passé cette commande… Sous mon initiative, évidemment. Une est déjà livrée, les deux autres viendront de

Dinan, d'une charronnerie en gros, c'est moins cher. Le charron du Poncel travaillera les finitions.

— Vous avez l'intention de faire des courses de char tous les trois ?

— Pourquoi cette raillerie ? Ça pose un problème ?

— À moi, non ! Aux tributaires de l'arrondissement, oui.

— On a la police qu'on mérite. Si vous voulez qu'elle soit bonne, il lui faut de bons moyens !

— Je demande à voir… Que vous souhaitez prochainement investir dans un navire, genre brick, goélette, ou armer pour la course, prévenez-moi avant, on demandera une estimation préalable… En attendant, l'assassin de ce Lescousse court toujours.

— Il n'a pas fini de courir, ajouta perfidement Farloup.

— N'enfoncez pas le clou, cher ami, continuons d'accorder notre confiance à cette merveilleuse police de l'arrondissement… Tenez-nous au courant, commissaire.

Le maire s'éloigna, Farloup collé à ses basques.

Une bagarre avait éclaté à l'auberge de la Petite Anguille, un tripot malfamé des faubourgs de Saint-Servan situé dans la rue du même nom, à l'est de l'Hôpital Général. Une rixe entre militaires, notamment des fantassins du 31ᵉ régiment d'infanterie et des soldats, en transit de garnison, basés à la caserne de la Concorde. Deux femmes, vraisemblablement des prostituées du tripot, étaient venues à pied aux Capucins prévenir les gendarmes au moment même où le commissaire Darcourt et ses hommes quittaient la mairie. Henri connaissait l'endroit, Louis en profita pour l'envoyer sur place avec Joseph afin de calmer tout ce monde. Surtout, il fallait impérativement se montrer et que la police de l'arrondissement en impose.

Darcourt était maintenant sur le Sillon dans sa chaise de poste, il maniait d'une main nonchalante les rênes de Grenade, sa jument alezane, une bête douce et obéissante qu'il chérissait. Elle tenait son nom de sa date de naissance, un 19 brumaire, fête de la grenade. Elle l'avait échappé belle, à quelques jours près, dans le calendrier républicain, on fêtait les endives et les topinambours.

Le matin même, Louis avait reçu une dépêche de Desmarest lui enjoignant d'inspecter les côtes avec rigueur et d'empêcher à n'importe quel prix tous débarquements et embarquements sauvages. La menace se précisait. Ce n'était plus Georges Cadoudal qui risquait de débarquer, il séjournait à Paris depuis un certain temps, Desmarest en était certain puisqu'il avait obtenu les aveux d'un dénommé Quérelle. Un nom inconnu de Louis, mais le chef de la police aimait donner des détails. Desmarest demeurait persuadé que le chef breton allait recevoir du renfort ou de l'argent de l'Angleterre. Selon ses informations, le complot visait à l'enlèvement du Premier consul, Bonaparte, afin de l'expatrier à Londres. Darcourt respectait le général Georges Cadoudal. Il aurait pu être dans son camp, il aurait dû être dans son camp. Mais l'Ancien Régime méprisait les paysans et le bas peuple, et Louis était un paysan. Quant à la jeune République, elle assassinait des innocents. Alors ? De quel côté le fléau allait-il pencher le concernant ?

Louis, le visage serein, se mit à sourire, il se sentait bien en cette fin de matinée, l'attelage arrivait maintenant à la porte Saint-Vincent. Sur la digue, l'air iodé lui avait chatouillé les narines. Il avait des idées pour sa police d'arrondissement, la dernière en date consistait à écrire *POLICE* sur les trois carrioles des forces de l'ordre, ce qui, à ses yeux, permettrait une priorité de passage dans les embouteillages de la ville. Et pourquoi pas un avertissement sonore, genre clochette ou cor de brume ? Joseph savait jouer de la trompette, pourtant il le voyait mal sonner la charge dans la chaise de poste. Le mulâtre ne se ferait pas prier, mais il fallait éviter les quolibets.

Il passa la porte Saint-Vincent, entrée principale de la ville, dont le pont-levis avait cessé de fonctionner depuis une cinquantaine d'années. Il était plus facile de circuler à cheval qu'en carriole dans les rues étroites de la vieille cité. De guerre lasse, Louis laissa l'attelage au relais-poste de la place Saint-Thomas. Un sinistre souvenir l'envahit. La guillotine avait été dressée à deux pas de là.

Il remonta à pied les rues principales. Rue de la Vicairerie, il s'arrêta devant l'hôtel particulier de Meneau-Rivière. Il actionna le heurtoir en bronze ouvragé qui représentait une tête de mort ornée de deux cornes de bélier. Un emblème engageant, songea Louis. Cette fois, ce ne fut pas le fils Meneau-Rivière qui vint lui ouvrir, mais une bonniche en sueur et tout essoufflée. Elle tenait un chiffon à la main.

— Excusez ma tournure, m'sieur, mais je suis en train de nettoyer les carreaux.

— Quand les carreaux sont propres, c'est toute la maison qui est propre, répondit Louis. Bonjour, mademoiselle, je suis le commissaire Darcourt de la police de l'arrondissement de Saint-Malo.

— Je ne vous ai même pas dit bonjour... S'cusez-moi, commissaire... Je pense que s'ils avaient pu faire les carreaux plus petits, ils l'auraient fait, rien que pour embêter les bonnes.

— Pensez aux peintres, ça leur fait du petit bois à peindre.

— J'espère qu'ils sont mieux payés que moi pour...

— Vous voulez dire que...

— Chuuuut... fit la bonniche, l'index sur les lèvres.

Et de l'autre main, elle désigna le plafond.

— Je suppose que monsieur Meneau-Rivière est là?

— Oui, dit-elle la voix claire, vous désirez le voir?

— Dans la mesure du possible, c'est le but de ma visite.

— Je vais monter le prévenir, il reçoit très peu... Même pratiquement jamais.

— Dites-lui que s'il ne fait pas une exception, l'exception ira à lui.

Le visage de la bonniche se renfrogna.

— Je ne sais pas comment je vais tourner ça.

— Ne tournez pas, allez droit dans le cœur de la cible.

— Vous êtes boudet, vous, sourit-elle. J'y vais.

La galerie de tableaux dans le vaste hall d'entrée représentait surtout des bateaux et des paysages marins. Aucune collection de portraits, en revanche, puisque Meneau-Rivière n'avait aucune ascendance bourgeoise ou aristocratique. Le négociant devait être le premier de la lignée.

La bonne redescendait le monumental escalier de chêne.

— Je suis désolée, monsieur Meneau-Rivière n'a pas le temps de vous recevoir.

Louis se raidit, souffla, et commença à gravir les marches. Il se retourna vers la bonniche restée dans l'entrée.

— C'est quelle porte ?

— Deuxième à gauche après le palier, soupira-t-elle. Pas de grabuge, hein ?

La porte blanche moulurée et dorée était entrouverte, Darcourt la poussa d'une main et de l'autre, toqua sur le vantail.

— Qu'est-ce qui vous permet de…

— Ma qualité de commissaire de police, le coupa Darcourt.

— Vous avez ce qu'il faut pour vous introduire comme ça ?

— J'ai tout ce qu'il me faut.

— Montrez !

— Demain.

Meneau-Rivière, qui était debout à feuilleter un livre, venait de se rasseoir derrière son bureau. Il était vêtu d'une veste d'intérieur en cachemire imprimé et coiffé d'un bonnet de la même étoffe qu'il arracha vivement de sa tête pour le balancer sur un fauteuil à proximité. Ce geste révéla sa calvitie et une couronne de cheveux gris. Darcourt lui donna dans les cinquante-cinq ans.

— Reprenez-le, dit Louis, ça ne me gêne pas. Il ne fait pas chaud dans ces grandes maisons.

— Que voulez-vous ?

— Discuter.

Meneau-Rivière soupira, contraint et en colère. Il n'avait pas le choix.

— Allez-y, dit-il. Que voulez-vous ?

— Un homme a été assassiné il y a quelques jours, rue du Pot d'Étain. Vous en avez entendu parler ?

— Pas vraiment, j'ai d'autres choses à faire que de m'occuper des potins.

— Si vous considérez qu'un crime n'est qu'un vulgaire potin, vous devez avoir l'âme bien noire, monsieur Meneau-Rivière.

— Laissez mon âme en paix, je ne m'occupe pas de la vôtre !

— Je ne vous la confierais pour rien au monde !

— Mais qui êtes-vous pour venir m'emmouscailler comme ça ? s'énerva Meneau-Rivière. Vous ne savez pas à qui vous parlez ? Je suis un Malouin, moi ! Un vrai ! Et vous, vous êtes d'où ?

— Pour l'instant, j'habite à Saint-Servan, rue Dauphine. Je suis donc un Servannais ! Un vrai !

— Ça ne m'étonne pas ! Ils nous ont toujours fait chier ceux-là !

— C'est pour ça que vous avez acheté un manoir à Saint-Servan, le Vaux-Marais, je crois ?

— En quoi ça vous regarde ?

Louis s'approcha et posa ses deux mains sur le bureau. Il se courba et avança son visage vers celui du négociant.

— Écoutez-moi, monsieur Meneau-Rivière, si vous cherchez l'épreuve de force, regardez-vous et regardez-moi et essayez d'en tirer les bonnes conclusions. Dans le cas contraire, elles pourraient être dommageables à l'intégrité de votre personne.

— Vous me menacez physiquement ? s'ébroua Meneau-Rivière. Mais je vais me plaindre à qui de droit !

— Je connais personnellement monsieur Quidedroit, c'est une personne ouverte d'esprit qui se fera un plaisir de m'écouter... Et puisque nous sommes dans les confidences, vous voyez le bandeau que j'ai sur la tête ? Il masque un coup que j'ai reçu sur le crâne, il y a une semaine, en sortant de chez vous.

— Je n'y suis pour rien ! Vous étiez dans un bordel !

— Comment le savez-vous ?

— Eh bien... Eh bien... Un commissaire de police assommé dans un bousin, toute la ville en parle !

— Et comme vous ne recevez jamais personne, qui peut vous informer ?

— Je... Je ne sais pas, les gazettes ! Mon fils ! Les domestiques ! Je ne vis pas en ermite !

— Je peux m'asseoir, monsieur Meneau-Rivière ?

— Est-ce que j'ai le choix ?

— Oui. Nous sommes encore en République...

— Comment ça, encore ?

— Nous vivons une époque où nous changeons souvent de régime. Dans cette République, nous avons vogué de la Convention nationale au Directoire, puis maintenant au Consulat. Vers quels vents nous mène-t-elle désormais ? Dieu seul le sait.

— Je pense que Dieu et la République ne sont pas compatibles, commissaire.

— C'est pour ça que l'un des deux doit déménager.
— Ah! Et lequel?
— Je laisse ça à l'appréciation de votre choix... Je suis là pour enquêter sur l'assassinat du citoyen Lescousse, ce nom vous dit quelque chose?

— Lescousse? Non... pas vraiment... Peut-être... Je ne sais pas.

— Ce ne sont pas les paroles d'un vrai Malouin, ça! C'est trop confus... Imaginez un corsaire qui part à l'abordage avec toutes ces hésitations dans la tête. Il se passerait quoi? Il se retrouverait le cul coincé entre deux coques, celle de l'abordé et celle de l'abordant... Situation inconfortable... Qui ressemble beaucoup à la vôtre en ce moment.

— Je le connaissais de nom, c'est tout! Jamais vu!
— Même en 94?

Meneau-Rivière devint aussi pâle que les voilages pendus aux fenêtres de la rue de la Vicairerie.

— Même en 94, articula-t-il difficilement.
— Ce n'est pas si vieux que ça, poursuivit Darcourt. Ça fera juste dix ans au mois d'août.
— Pourquoi parlez-vous du mois d'août?

Louis regretta aussitôt ses paroles, il tenta de trouver une échappatoire.

— En consultant les registres, j'ai découvert qu'en ce mois d'août 1794, une dame et un prêtre avaient été arrêtés dans la rue de la Vicairerie, près de chez vous. Angélique Gatlin, je crois, et le père Barthélemy Oger, tous deux guillotinés quelques jours après leur arrestation: cette brave dame avait caché le prêtre chez elle.

— Et alors? s'énerva Meneau-Rivière en se redressant dans son fauteuil. Vous pensez que je les ai dénoncés ? Vous croyez que je serais encore en vie si j'avais fait une chose pareille ? Avec les représailles qui ont commencé dans les semaines suivant le 9 thermidor ? Et d'abord, je n'habitais pas encore rue de la Vicairerie à l'époque !

— C'est vrai que vous n'aviez pas encore la fortune nécessaire pour acheter cet hôtel... Ou alors vous la dissimuliez bien.

— Que voulez-vous dire ?

— N'étiez-vous pas en charge de récolter le gage de la République ? D'établir les listes des biens des citoyens mis en état d'arrestation ? Et plus tard, la manne n'étant pas suffisante, n'avez-vous pas participé aux exhortations civiques en priant les citoyens les plus aisés, ou soi-disant plus aisés, à se dépouiller de tout ce qu'ils avaient, et ce en faisant régner ce qu'on appelle maintenant la Terreur ?

Meneau-Rivière, décomposé, balbutia :

— Vous n'avez pas le droit, je... Je suis un honnête citoyen.

— Des fortunes entières ont changé de mains, mais plus grave, de pauvres citoyens pratiquement sans le sou se dépouillaient des misérables valeurs qu'ils possédaient encore afin de satisfaire l'avidité des quêteurs du gage de la République... Dites-moi, monsieur Meneau-Rivière, que vous n'avez jamais participé à la récolte du don civique !

— Si fait, mais c'était la Révolution... J'ai rendu beaucoup de services à mes compatriotes pour les prévenir de visites domiciliaires prévues en leurs demeures, j'ai permis et aidé financièrement des émigrés à gagner l'Angleterre, j'ai caché...

— Que faisiez-vous de l'argent récolté ? l'interrompit Darcourt. Où allait-il ?

— Nous le versions dans les caisses du district… Tout était réglementé.

— Comment vous êtes-vous enrichi pour acheter cet hôtel et le manoir du Vaux-Marais ?

— Vous ne pensez quand même pas que j'ai volé le district ? C'est insensé des accusations pareilles ! Après la mort de Robespierre, durant les mois et les années qui ont suivi, notamment sous le Directoire, je me suis expliqué et j'ai été blanchi de toute accusation. Je suis fier d'avoir participé à la Révolution et d'avoir fait de nous tous des citoyens libres et égaux en droit. Vous-même, vous êtes un fonctionnaire de cette République, vous devez la servir !

— N'allez pas trop loin, monsieur Meneau-Rivière, je n'ai pas besoin de conseils, je sais ce que j'ai à faire.

— Vous m'en voyez ravi.

— J'ai dit « pas trop loin »… Vous voulez que je vous livre une hypothèse ?

— Si elle m'est agréable à entendre, oui.

— Ce n'est pas le cas, mais je vais vous la livrer quand même : quand le citoyen Lescousse est revenu de son exil volontaire, ou forcé, ça n'a pas dû vous plaire… Car, et c'est mon hypothèse, vous avez côtoyé cet homme pendant les années sombres…

— Elles n'étaient pas sombres pour tout le monde, le coupa Meneau-Rivière. C'était la liberté, le peuple chantait dans les rues…

— Laissez-moi terminer ! Je pense que Lescousse savait beaucoup de choses sur vos récoltes de dons civiques et vous avez craint que tôt ou tard, il ne parle. Vous n'aviez pas assez confiance en lui, ne serait-ce que pour le soudoyer… Il était plus prudent de l'éliminer. Certainement pas vous personnellement, mais quelqu'un de votre entourage, votre fils, par exemple… Et comme j'enquête sur ce crime, autant éliminer le commissaire en charge de l'affaire, au cas où il aurait appris quelque chose…

— N'importe quoi ! Comment aurais-je su que vous étiez dans un bordel ?

— En me faisant suivre… Les rues grouillent de monde dans ces Murs, rien de plus facile.

— Je n'ai rien fait de cela, commissaire.

— Où est votre fils ?

— S'il n'est pas au Vaux-Marais, il est à superviser la construction d'un navire aux chantiers des Talards.

— Il arme pour la course ?

— En temps de guerre contre l'Angleterre, oui. Autrement, il fait du commerce, nous sommes associés… Il vient de s'évader du port de Londres, où ces satanés Anglais le retenaient prisonnier avec son bateau et sa cargaison. L'ensemble avait été saisi sans préambule moins d'une semaine avant qu'ils nous déclarent la guerre, le 23 mai de l'année qui vient de s'écouler.

— Comment s'appelle votre fils ?

— Ferdinand… Ferdinand Meneau-Rivière.

— Je repasserai vous voir.

— Ce ne sera pas un grand plaisir pour moi.

— Pour moi non plus.

Chapitre 16
Visite au bousin

Saint-Malo, le duodi 12 pluviôse an XII (jeudi 2 février 1804)

Le commissaire Darcourt marchait maintenant dans l'étroite rue du Pressoir en direction du Petit Placitre. Il enjamba la rigole pour éviter le contenu d'un baquet d'eau savonneuse qu'une buandière venait de déverser.

— S'cusez-moi m'sieur ! V'z'avait pas vu !
— Ça va… Il n'y a pas de dégâts.
— Ç'aurait été malheureux d'abîmer vos belles bottes.
— Je le pense aussi, mais ça va… Bonne journée.

Arrivé sur la place du Petit Placitre, Louis tapa du poing sur la porte d'entrée de la Belle Jambe, à l'angle de la rue des Mœurs. La mère maquerelle, pipe à la bouche, vint lui ouvrir.

— Tiens ! Un revenant ! Faut pas avoir peur des fantômes dans le coin ! Qu'est-ce que vous voulez encore ? J'ai appris que vous faisiez partie de la maréchaussée.

— De la police, plus exactement.

— Pour moi, c'est kif-kif bourricot, comme disent les militaires qui viennent nous fréquenter… Bon, qu'est-ce que vous voulez ?

— Vous êtes la patronne ?

— Non. J'ai un patron, c'est mon tendre époux !

— Je pourrais le voir ?

— Oui. Si vous allez au cimetière près du bastion Saint-Philippe, vous trouverez sa tombe, c'est à trois pas d'ici, je peux vous donner son nom pour vous aider. C'est écrit « capitaine La Cuillère ». Il y en a certains qui se fixent un crochet au bout du bras quand ils ont perdu une main. Lui, il a préféré une louche : ça l'aidait à s'en mettre dans le gosier sans demander de l'aide à personne.

— Ce n'est pas idiot.

— C'est le moins qu'on puisse dire… Il était loin d'être con ! M'enfin, paix à son âme.

— Il est mort de quoi ?

— Guillotiné par l'infâme !

— Le Carpentier ?

— Vous le connaissez ?

— Juste entendu parlé, je viens d'arriver dans la ville.

— Vous n'avez rien perdu. Si je l'avais sous la main, je lui fendrais le crâne en deux.

— Comme à moi ?

— Je ne sais pas qui vous a fait ça dans mon établissement. J'ai cherché, je n'ai pas trouvé.

— Qu'avait fait votre mari pour subir ce châtiment ?

— Châtiment, châtiment, il n'avait pas à être châtié... Il ne faisait que rendre service. Il était passeur entre Jersey et la côte... Des émigrés qu'il emmenait... Dénoncé pour collaboration avec l'ennemi. C'est y pas malheureux ! Remarquez, l'avantage d'être guillotiné c'est que le cercueil coûte moins cher... Plus court, moins de bois, la tête entre les jambes : on cloue le tout et on en parle plus !

— C'est un point de vue qui se défend... Il était donc le patron de la Belle Jambe avant sa disparition ?

— Non. Le cabaret était à sa mère, une pourvoyeuse de galanterie !

— Comme vous ?

— Je suis une honnête femme, moi, monsieur ! Je ne permets pas ce genre de remarque ! Dès qu'on fume la pipe, ça crée des sous-entendus. C'est pas possible !

— Ne le prenez pas mal, j'avoue que c'est un métier comme un autre. J'ai effectué mon stage à la Préfecture de police de Paris dans les milieux de la prostitution, et j'y ai constaté beaucoup de souffrance. Par conséquent, le métier que vous prétendez ne pas faire, mais que vous faites quand même, est un métier que j'aimerais éradiquer ou tout au moins faire régresser dans cette ville.

— Ben, v'là les beaux jours qui continuent ! Vous avez bien fait de venir de Paris pour me dire ça... Vous allez avoir du boulot à Saint-Malo. C'est un port, ne l'oubliez pas. Vous allez rencontrer beaucoup d'adversité dans les milieux de la marine et des casernes… Des gens pas gentils, voire méchants… Je ne me fais pas de bile, vous n'y arriverez pas.

— On verra ça avec le temps ! Pour l'instant, j'aimerais retourner à l'endroit où l'on m'a fracassé le crâne.

— C'est faisable. Suivez-moi.

Les flammes d'une immense cheminée réchauffaient l'intérieur du cabaret. La fumée dégagée, avec celle des pipes, opacifiait la pièce. Des effluves de mauvais tabac, mélangés avec les fumerolles échappées des souches en chêne qui se consumaient dans le foyer, empoisonnaient l'atmosphère en répandant une odeur âcre qui prenait à la gorge. Des matelots et des racoleuses, attablés devant des bolées de cidre, des bouteilles de rikiki et de tafia, ne parlaient pas, mais vociféraient plutôt pour se faire entendre. À l'écart, deux ou trois tables marquetées avec des cases étaient réservées aux joueurs de dames. Le cabaret disposait d'un grand escalier central et d'un plus petit qui grimpait en angle. Un trafic conséquent régnait sur ces marches mais la clameur du bas s'estompait sur le palier supérieur ainsi que dans les couloirs. Comme si, en arrivant au but, les cordes vocales aspiraient au repos et à la discrétion. Des gabiers, des soldats et des ouvriers des chantiers navals mangeaient leur solde en quelques secondes – quelques minutes pour les plus expérimentés – dans les bras des filles. Ces dernières déambulaient dans les couloirs sans pudeur et avec effronterie, en chemise, culotte et corset, la poitrine parfois nue.

Alors qu'il montait les marches, Darcourt se retourna vers son hôtesse qui le suivait. Elle avait laissé sa pipe sur un comptoir du rez-de-chaussée.

— Quel est votre nom, chère madame ?

— Ça a une importance ?

— Il m'arrive de remplir des papiers officiels, genre rapport, déposition, avec des cases que je dois matérialiser avec des noms… Vous me suivez ?

— Je ne fais que ça. D'ailleurs, votre redingote, elle sent le cheval.

— C'est désagréable ?

— Faut aimer le cheval.

Ils avaient atteint le premier palier.

— Alors votre nom ?

— Armande Lajoie.

— C'est un surnom ?

— Nenni ! se fâcha la tenancière. C'est mon drame, ce nom. Les gens comme vous ne me prennent pas au sérieux.

Ils croisèrent deux filles, l'une tenait un broc, l'autre une cuvette en porcelaine. La plus jeune, une blondinette, lança :

— Armande, y a plus d'savon !

— Faut tout vous faire, merde alors ! Tu sais où il est, va le chercher ! Et arrêtez de jeter vos eaux sales par la fenêtre… Je vais avoir des problèmes avec le charretier de l'épuration.

Les deux cocottes éclatèrent de rire et disparurent dans une chambre.

— Je crois que je reviendrai avec mes hommes faire une inspection sanitaire chez vous, chère madame.

— C'est pas de refus… Il vous faudra combien de filles ?

— Vous vous méprenez… On n'achète pas la police du Consulat.

— Mon Dieu, les grands mots! fit Armande Lajoie en levant les yeux au ciel. Bon, c'est là que vous avez été assommé, au pied de l'escalier qui monte au deuxième.

— Il y a aussi des chambres avec des filles, là-haut?

— Si mon défunt mari n'avait pas été raccourci, il vous dirait qu'ici, c'est la plus grande maison d'accueil de Saint-Malo. Après les couvents et les églises, bien sûr.

— Ça ne se voit pas de l'extérieur.

— Non, mais c'est l'intérieur qui compte… Le fait d'être en angle nous permet d'avoir tout en double: deux entrées, deux salles de consommation, deux escaliers…

— Et une seule louche en guise de main!

— Ne vous moquez pas de mon mari. Malgré son air pas engageant, c'était un saint homme, demandez aux émigrés qui sont revenus ce qu'ils pensent de lui. Y a toujours des fleurs sur sa tombe. Ça trompe pas.

Darcourt jeta un œil sur la volée qui montait à l'étage supérieur.

— C'est ici que devait se tenir le gars qui m'a assommé… Vous avez une idée de qui ça pourrait être?

— Aucune! Ça défile beaucoup ici. Et dans la soirée, c'est pire.

— Le choc m'a fait perdre une partie de ma mémoire… Qu'est-ce que je vous ai demandé, l'autre jour, quand je suis arrivé ici?

— Vous cherchiez Justine… C'est pour ça que je vous ai proposé des filles. Justine ou une autre, pour moi c'est pareil.

L'échine de Darcourt se glaça. Non! Pas Justine dans ce bordel! Pas sa sœur chérie… Ce n'était pas possible, il l'avait vu habillée en homme… Ou alors… Quelqu'un qui lui ressemblait. Il maudissait ce mauvais coup sur la tête qui troublait ses facultés d'analyse et de compréhension.

— Et quand je vous ai demandé à voir Justine, vous m'avez dit de monter?

— C'était préférable que de vous envoyer dans la cave où vous ne l'auriez point trouvée.

— Elle est là, aujourd'hui, Justine?

— Si fait! Mais je ne peux pas la déranger pendant son travail… Dans notre métier, il y a des priorités.

— Vous êtes quand même au courant que la prostitution est interdite?

— Oui.

Darcourt attendit un développement.

— Et c'est tout?

— Je ne vais pas vous dire qu'elle est autorisée puisqu'elle est interdite… On autorise pas mais on tolère. C'est pour ça qu'il y a des maisons de tolérance, comme la nôtre.

Le policier savait pertinemment qu'il n'avait aucun pouvoir devant la faillite des législateurs. La lutte contre la débauche était à la discrétion de la police et son seul pouvoir se résumait à un procès-verbal d'atteinte aux bonnes mœurs si la prostituée exerçait son métier dans la rue à la vue des citoyens.

— Justine est à cet étage?

— Oui, quatre chambres plus loin… Tenez, celle où il y a le militaire qui sort… Vous voulez y aller ?

— Non.

— Faudrait savoir ce que vous voulez… Vous voulez voir Justine ou pas ?

— Est-ce que je peux la voir… Sans qu'elle me voie ?

— Ah je vois, monsieur est voyeur… Y a pas de mal à ça. C'est pas nos clients les plus dangereux… On va arranger ça, c'est bien parce que vous êtes de la police. On a une chambre pour ce genre de choses, avec des glaces et tout le décorum. Normalement c'est plus cher, mais on va faire une exception pour un commissaire. Vous vous mettrez derrière les miroirs dans le petit boudoir contigu à la chambre. Vous verrez, il y a des banquettes moelleuses et tout. Prenez vos aises… Rentrez là, je vais chercher Justine.

— Madame ?

— Oui ?

— Vous lui demanderez de ne pas se déshabiller.

Le visage de la tenancière exprima l'étonnement.

— Ah je vois, monsieur est un voyeur compliqué… Il veut voir sans être vu, tout en ne voulant pas voir ce que Justine voudrait vous faire voir… En fait, vous voulez voir quoi, monsieur le commissaire ?

— Amenez Justine devant la glace, je la regarderai et je m'en irai aussitôt.

— Et furtif, avec ça.

— Épargnez-moi vos remarques.

— Mais bon sang, prenez votre temps ! Vous croyez que Justine ne sait pas ce qu'il se passe derrière la glace ?

— J'en ai rien à fiche de ce qu'il se passe habituellement derrière la glace, ça ne m'intéresse pas !

— Vous êtes le voyeur le plus bizarre qui soit venu dans cet établissement.

— On va dire que c'est une reconnaissance faciale.

— D'accord, ironisa la tenancière. Y a pas de mal à ça. Chacun trouve son plaisir où il peut.

— Suffit !

La femme s'éclipsa et réapparut quelques secondes plus tard dans la chambre contiguë en poussant Justine devant elle. Elle planta la jeune femme devant le miroir en lui demandant de fixer la glace.

— Sans rien faire ? demanda la gourgandine.

— Rien ! lança la matrone.

D'un signe de tête en direction du miroir qui voulait dire : « Ça vous va ? », elle abandonna Justine pour rejoindre Darcourt dans le boudoir.

Ce dernier, tétanisé quand la jeune femme avait fait son entrée dans la chambre, se sentit envahi d'un soulagement inespéré.

— Alors, vous êtes content, vous l'avez vue ?

— Oui. Est-ce que je pourrais la voir ?

— Vous venez de le faire, et ça a été assez compliqué. Vous poussez la perversion jusqu'au bout, vous, je n'ai jamais vu ça.

— Je veux la voir réellement.

— Si elle apprend que vous êtes compliqué comme ça, ce n'est pas sûr qu'elle…

— Allez la chercher tout de suite !

— Je vous l'amène dans le boudoir ?

— Oui.

— Normalement, c'est de l'autre côté que ça se passe...

La tenancière fut saisie d'une inspiration.

— Ah je vois! Vous voulez faire ça dans le boudoir en regardant ce qu'il se déroule dans la chambre. Vous allez attendre qu'un autre couple fasse son apparition... Là, je vous tire mon chapeau, parce que vous partez de loin pour en arriver là.

— Madame Lajoie?

— Oui?

— Vous allez arrêter vos supputations?

— Je ne dis plus rien... Je vous envoie Justine.

— Oui. Merci.

La jeune femme pénétra dans le boudoir, elle avait recouvert ses épaules d'une étole de soie turquoise. Justine était brune et légèrement boulotte. Darcourt lui fit signe de s'asseoir près de lui.

— Je me déshabille?

— Non.

— Armande m'a dit que vous étiez bizarre, ça a l'air vrai.

— Justine, je suis commissaire de police et je suis ici dans le cadre d'une enquête... Il y a une semaine, je me suis fait assommer sur ce palier en cherchant une jeune femme prénommée Justine. C'était probablement vers vous qu'Armande m'avait envoyé. Je suppose que vous n'avez rien remarqué ce jour-là?

— Si fait. Quand je suis sortie de la chambre, c'était le grand chambardement, il y avait un homme étendu sur le palier avec des gens au-dessus de lui qui épongeait son sang... C'était vous?

— C'était moi... Je suis à la recherche de celui qui m'a fait ça. Vous avez une idée?

— Vous voulez que je sois honnête ?
— Oui.
— Eh ben, je n'ai pas d'idée... Les bonshommes n'arrêtent pas de monter et descendre les escaliers, ici c'est toujours le branle-bas, le qui-vive permanent, un chaudron si vous préférez. Quand les corsaires reviennent d'une course, je ne vous dis pas : c'est la gigue à tous les étages. Je pense que vous avez dû prendre un coup par inadvertance.
— Je suppose, oui, dit Darcourt, résigné. Connaissez-vous une autre fille qui s'appelle Justine comme vous ?
— Dans la maison ?
— Oui... Non, pas forcément.
— Je connais une Justine à Paramé... Mais elle n'a rien fait pour qu'on s'intéresse à elle.
— Quel âge a-t-elle ?
— Au moins cinq ans de plus que moi... Dans les trente-deux, je dirais.
— Ce n'est pas ça, la fille que je cherche aurait dans les vingt-cinq ans... Elle a les yeux très clairs qui vont du vert émeraude au vert d'eau, ils changent de couleur avec...
— S'ils changent de couleur, ça ne va pas être facile !
— C'est juste une nuance de vert qui s'éclaircit avec le temps qu'il fait dehors.
— Hou-là, c'est vrai que vous êtes compliqué !
— Des yeux clairs, pratiquement en amande... Très blonde...
— Des yeux clairs en amande ? À part la Louve, je ne vois pas.
— La Louve ?

— Oui... Une fille qui a traîné ici, il y a plusieurs années de ça... Ce n'était pas une putain, elle ne voulait pas. Elle lavait le linge des filles contre de la nourriture et un couchage. Moi, je l'ai très peu connue... Elle était blonde avec des yeux en amande, presque transparents. Une vraie sauvage. Mais elle traînait surtout du côté de la rue du Cheval Blanc. Y avait un bousin là-bas aussi.

— Pas loin de la rue du Pot d'Étain ?

— C'est ça. Nous, les filles de mauvaise vie comme on dit, on est des bonnes à toutes mains, on change de maison comme de chemise... Je vous dis ça parce que vous pourriez demander des renseignements à une ancienne d'ici qui traîne dans les cabarets du côté de la Victoire et de la cathédrale. Je crois qu'elle était amie avec la Louve, ou tout au moins, elle la connaissait bien.

— Il y a combien d'années de ça ?

— Je ne sais pas. Je suis arrivée plus tard, mais ça devait être dans la période sombre, quand les gens se cachaient. Moi je viens de Paramé, faut bien gagner sa croûte... Y a rien d'intéressant là-bas dans mon secteur d'activité. Je ne vais pas aller faire le trimard à Rochebonne les pieds dans le sable, en plein courant d'air, pour attraper une angine des poumons.

— On ne vous le demande pas, non plus... Quel est le nom de l'amie de la Louve ?

— Julienne ! J'connais pas son nom de famille... Elle a un sacré caractère, je vous l'dis ! Une rousse ! De la couleur du soleil quand il se couche sur le Cap Fréhel.

— Merci, fit Louis en se levant. J'essaierai de la trouver.

— Ne lui dites pas que c'est moi qui vous ai envoyé à elle.

— Promis… Le nom de Lescousse vous dit quelque chose ?

— Non.

— Et Meneau-Rivière ?

— On ne voit plus le père… Et je crois que le fils est revenu de je ne sais où il n'y a pas longtemps.

— Donc vous les connaissez ?

— Uniquement en taverne, je ne suis pas leur genre… Ils venaient jouer au pharaon avec quelques bourgeois du coin.

— Bien. Merci… Je redescends en salle.

Il lui laissa dans la main une pièce en argent de deux francs Germinal.

— Vous devriez rester plus longtemps, sourit-elle en ajustant son châle sur les épaules. Vous êtes bel homme.

— Une autre fois.

Chapitre 17
Retour à l'annexe

Saint-Malo, le duodi 12 pluviôse an XII (jeudi 2 février 1804)

Le commissaire Darcourt fut surpris de retrouver ses deux inspecteurs, Henri et Joseph, dans l'annexe de la police, à la sous-préfecture. Il venait de quitter le cabaret de la Belle Jambe et la patronne, Armande Lajoie, l'avait raccompagné jusqu'au pas de la porte. Elle lui avait demandé en partant si cela faisait mal de recevoir l'extrême-onction.

— Non. Je n'ai rien senti, répondit-il.
— Il paraît que ça vous a ressuscité ?
— Qui vous a dit ça, le curé ?
— Non. Une cousine qui travaille à l'Hôtel-Dieu comme buandière. C'est le bruit qui court.
— J'étais blessé et évanoui, c'est tout. Il ne faut y voir aucun miracle.

— Remarquez, le père Manet aurait été capable de ça, c'est un sacré phénomène. Il court toujours entre une confession à recevoir et une communion à donner, quand il ne répare pas les dégâts causés à l'église Saint-Sauveur par les révolutionnaires… C'est la chapelle de l'Hôtel-Dieu. Il aurait pu vous ressusciter, tout comme il a réussi à sauver sa soutane pendant les jours sombres de la Terreur.

— Il était déjà là à cette époque ?

— Oui… Il s'est caché un peu partout dans la ville, il a échappé plus d'une fois aux visites domiciliaires. Pas loin d'ici, rue de la Vicairerie, une brave femme qui cachait deux prêtres, mademoiselle Gatlin, a été arrêtée et guillotinée avec l'un d'eux, le père Barthélemy, qu'elle dissimulait dans une souspente. L'autre curé c'était l'abbé Manet, celui qui vous a sauvé la vie…

— Mais arrêtez ! Il ne m'a pas sauvé la vie en me donnant l'extrême-onction ! s'énerva Louis.

Il était encore sous le choc de l'évocation des noms qu'il venait d'entendre. La seule exécution par la machine infernale à laquelle il ait assisté : Angélique Gatlin et le père Barthélemy Oger. C'était quelques jours avant la mise à mort de ses parents. Il faillit se trahir en disant : « J'y étais », il se retint à temps.

— L'abbé Manet s'était mieux cachotté que le premier, reprit la tenancière. C'est un bonhomme malin, il n'est pas avare de renseignements, vous pourriez lui en demander pour votre enquête.

— Merci, j'y penserai.

— Enfin, vous voilà bien sacrementé… Je suppose que vous êtes baptisé et que vous avez reçu la confirmation ? Vous êtes du genre à vous confesser et à communier, vous ?

— Par le passé, oui.

— Vous avez été pardonné de vos péchés ?

— J'espère, souffla Louis qui ne comprenait pas où elle venait en venir.

— Il vous manque quoi comme sacrement ? Puisque vous avez reçu le dernier, que peu de chrétiens peuvent se permettre d'obtenir vivant…

— Le sacrement du mariage, je suppose.

— Je m'en doutais, marmonna-t-elle en tirant sur sa bouffarde et en plissant les yeux. Une affaire comme la mienne, la Belle Jambe, ça rapporte pas mal. Et comme veuve, j'ai très peu de dépenses, je n'ai pas besoin de tout cet argent. Il me faudrait un homme vigoureux pour gérer tout ça, surtout honnête, pas buveur, en règle avec la loi, célibataire…

— Une sorte de commissaire de police de l'arrondissement de Saint-Malo, quoi ?

— Je ne l'ai pas dit.

— Je lis dans les pensées… Vous n'aurez peut-être plus envie de vous marier avec moi après l'inspection sanitaire que je vais diligenter prochainement dans votre bousin.

— Oh, le coquin !

Les trois policiers étaient maintenant assis dans le bureau principal de l'annexe de police, place de l'hôtel de ville.

— Je croyais que vous étiez à l'entraînement pour vous exercer au tir ? demanda Louis en dévisageant gravement ses deux hommes.

— On l'a fait ! déclara fièrement Henri.

— Mouais, fit Darcourt, dubitatif. Dis donc, Henri, toi qui as dû passer tout Saint-Malo et Saint-Servan sur ton bateau, tu n'as jamais remarqué un jeune homme qui ressemblerait à ma sœur ?

— En voilà une étrange question. Tu penses bien que si je voyais Justine, je la reconnaîtrais... Et pourquoi serait-elle un homme maintenant ?

— J'ai vu un jeune citoyen, place de la Paroisse, devant la cathédrale, qui lui ressemblait, c'est tout... Une fille qu'on appelle la Louve, ça ne te dit rien non plus ?

— Non.

— Es-tu revenu dans les Murs les jours qui ont suivi l'exécution de mes parents ?

— Non ! Ma mère ne voulait pas que je sorte... Je suis retourné chez toi, à la Ville-Lehoux, huit jours après avoir appris que Le Carpentier avait quitté la ville. J'avais peur que ce soit une fausse bonne nouvelle... Ses sbires continuaient de semer la terreur... J'ai constaté que la Ville-Lehoux était déserte. Là, j'ai compris que je ne vous reverrai pas, toi et ta sœur.

— Merci, Henri. Bien, pendant ma convalescence, j'ai été abreuvé de dépêches du cher citoyen-chef de la Sûreté Desmarest, toujours obnubilé par la sécurité intérieure, à l'instar de son mentor, Fouché. Il m'écrit que Bonaparte va prochainement remettre en vigueur les passeports intérieurs obligatoires pour circuler librement entre les différents cantons. Et il nous charge de procéder à des vérifications, avec l'aide des gendarmes. Tout citoyen venant du canton de Cancale, de Dol ou d'ailleurs et présent à Saint-Malo devra avoir avec lui son passeport daté, tamponné et signé par la mairie de son domicile, avec, évidemment, sa description physique : taille, yeux, nez, bouche, menton, couleur du poil, *et cetera*.

— Le contrôle des papiers, ce n'est jamais marrant, dit Joseph à l'intention d'Henri.

— En parlant de contrôle, Desmarest met également l'accent sur le livret ouvrier que chaque citoyen travailleur doit avoir avec lui entre deux emplois. Il doit stipuler la date et la cause de l'arrêt du travail... C'est la partie ingrate de notre métier ces vérifications... Une objection, Henri, avec la tête que tu fais ?

— Non... Ça me semble effectivement très ingrat. Je ne pensais pas qu'un jour, je vérifierais les papiers des autres. J'en ai déjà assez des miens.

— Toujours en parlant de papiers, je vais recevoir prochainement vos cartes d'inspecteurs de police.

— Ça me manquait.

— Ne sois pas ironique, blondinet.

— Les commissaires Beaupain et Kerzannec, ils vérifient aussi ?

— J'espère bien, avec l'aide de la maréchaussée.

— Ça me rassure. Si on avait été que tous les trois à emmouscailler les citoyens, on se serait retrouvés dans la fosse du Naye vite fait.

Un bruit de pas résonna sur le dallage du couloir, le procureur poussa la porte du bureau laissée entrouverte.

— J'ai entendu une conversation, je me permets d'entrer.

— Monsieur Mourron! dit avec emphase Darcourt en se levant de sa chaise, la main tendue.

— Vous prenez les devants sur mes futurs reproches, commissaire?

— Pourquoi je ferais ça?

— Parce que j'ai l'intention de vous parler de votre enquête concernant le crime du citoyen Lescousse. Ça avance?

— Ça suit son train de cheval.

— Je vois. Pas d'avancée significative?

— Si! Je vous présente un renfort, l'inspecteur Henri Girard, vous ne l'aviez pas encore rencontré.

— Malheureusement, je dois dire que si! J'ai peur que vous ne discréditiez le peu de pouvoir que vous avez en recrutant ce genre d'homme.

— Vous me voyez marri de ce que vous me dites là, citoyen-procureur. Je me porte garant de cet inspecteur.

Mourron soupira et lança résigné:

— Après tout, chacun a droit à une seconde chance.

— Merci, monsieur le procureur, formula Henri, le sourire aux lèvres.

— Quand j'ai reconnu vos chevaux dehors, j'ai demandé au commissaire Beaupain de nous rejoindre. Il est bon que la police au complet et la magistrature du parquet puissent deviser des affaires courantes…

— Bien sûr, fit Louis. Henri… J'ai laissé ma chaise de poste place Saint-Thomas, devant les Messageries. Tu peux aller la chercher, Grenade va te reconnaître.

Il s'adressa au procureur.

— Ma jument s'appelle comme ça à cause de la Sainte Grenade, la fête révolutionnaire…

— Ce ne sont pas des Saints que Fabre d'Églantine a voulu mettre en valeur, commissaire, mais la Nature !

— Il a quand même réussi à trouver trois cent soixante-cinq fruits, légumes, bestiaux et autres minéraux à caser dans son calendrier. Comme les inimitables Bouillon-blanc et Verge d'or. C'est une œuvre remarquable. Imaginez les parents qui veulent prénommer leur progéniture du saint légume correspondant au jour de leur naissance… La petite Betterave et le petit Brocoli ont eu chaud à leurs mèches blondes.

— Monsieur le commissaire, je n'ai pas à entendre ce genre de discours réactionnaire et sarcastique… Vous n'auriez pas osé dire ça il y a dix ans.

— Sans doute.

— Tenez ! Voilà le commissaire Beaupain, asseyez-vous, cher ami. Je ne vous présente pas la police de l'arrondissement, vous devez la connaître.

— J'ai en effet cet honneur, marmonna Beaupain, aussi enthousiaste qu'une carotte qui guette avec angoisse l'arrivée du lapin.

— Puisque nous sommes tous réunis, nous allons faire le point sur l'affaire qui nous préoccupe, l'assassinat du citoyen Lescousse. Ça va faire bientôt trois semaines que ce crime a eu lieu et je dois dire que le commissaire Darcourt et son équipe me semblent naviguer à vue dans cette enquête. Pas un suspect arrêté et aucun soupçon sur qui que ce soit, et…

— Vous attendiez que Beaupain soit présent pour me sortir ça ? le coupa Louis. S'il n'avait pas été à

Rennes à tirer la godillette, c'est lui qui aurait été chargé de l'affaire.

— Je ne vous permets pas de mêler la godillette à mes affaires familiales alors que j'étais au chevet d'une valétudinaire qui traversait un moment difficile…

— Valétudinaire ? Mon cul, oui ! s'excita Darcourt.

— Allons, messieurs, du calme ! Reprenez vos esprits ! temporisa le procureur. Commissaire Darcourt ? Monsieur Beaupain peut très bien avoir une valétudinaire égrotante à visiter à Rennes, voyons… Bien, revenons à l'enquête, faites-nous un point sur ses avancées.

Louis s'était rassis.

— Nous devons brûler puisqu'on a tenté de me tuer… C'est le signe que je dérange quelqu'un.

— Qui ?

Louis Darcourt resta muet, il n'en avait aucune idée.

— Nous nous préparions à retourner au Chat qui Pète et au Pot d'Étain pour éclaircir certaines choses.

— Lesquelles ?

— Des choses.

— Mais encore ?

— Monsieur le procureur, ne soyez pas trop pressé. J'en parlais encore il y a un mois, quai Voltaire, avec monsieur Régnier, le ministre de la Justice : ne jamais bâcler une enquête par empressement : « Vous devez fournir des éléments tangibles, voire incontestables, au parquet », m'a-t-il dit, et il a ajouté : « Surtout à Saint-Malo ! » Voudriez-vous aller à l'encontre des paroles du ministre dont Bonaparte dit le plus grand bien ?

Mourron hésita :

— Non... pas vraiment.

— Alors faites-moi confiance, je vous amènerai l'assassin de Lescousse sur un plateau.

— Si vous le dites... Hum... Qu'est-ce qu'on fait maintenant ?

— On me laisse travailler.

— D'accord.

— Mais je veux bien évoquer quelques points avec vous.

— J'en suis bonne aise.

— Avant, je demande à l'inspecteur Girard de vraiment aller chercher ma chaise de poste place Saint-Thomas... Il faut te le dire deux fois, Henri ?

— J'y vais.

— Bien. Monsieur Mourron... Pardonnez-moi, je devrais dire : monsieur le procureur...

— Ce n'est pas grave, commissaire... C'est du pareil au même, je suis les deux à la fois, et puis on se connaît un peu.

— C'est ça, un peu... Le point principal que je veux évoquer avec vous et avec le commissaire Beaupain, c'est la quasi-certitude que le meurtre de Lescousse a un lien avec son passé.

— Comment pouvez-vous en être sûr ? demanda Beaupain.

— Un bon policier doit avoir un sixième sens. S'il ne l'a pas, ce n'est pas un bon policier. Je suis sûr que vous en êtes pourvu, commissaire Beaupain, et je ne parle pas de la godillette, hein ! Lescousse a participé à de nombreux Comités en 93 et 94, Comité de surveillance, de salut public, révolutionnaire et j'en passe, peut-être même à la commission militaire. À quel titre, je l'ignore. Après ses méfaits... ou ses actes patriotiques, ça dépend dans quelle configuration on se place, Lescousse s'est exilé de peur des représailles. Il revient dix ans après et au moins une personne ne l'a pas oublié... On connaît le résultat.

— Par conséquent, il nous faut chercher chez les émigrés, les royalistes, les fédéralistes, et les quelques chouans qui restent, s'avança Mourron.

— Pas forcément. Je pense plus à une rivalité. Quand Saint-Servan a obtenu son indépendance, si je puis dire, au début de la Révolution, et est devenue Port-Solidor, des tas de comités se sont créés dans les deux villes. J'imagine qu'il y a eu une sorte de surenchère révolutionnaire à celui qui avait le plus beau comité ou le plus performant : Port-Malo contre Port-Solidor. Et tout ça sous la houlette et le pouvoir de l'envoyé de la Convention, Le Carpentier, qui régnait en proconsul qu'il était sur les deux villes et une partie de la région ouest. Je soupçonne, pourquoi pas, des jalousies et des rancœurs entre certains individus de ces comités. Je cherche un témoin direct qui aurait connu Lescousse... Les registres municipaux qui concernent ces comités sont dans un état déplorable ou manquant... Que savez-vous des Meneau-Rivière, monsieur le procureur ?

— Pourquoi ? Vous pensez que...

— Je ne pense rien... Qui sont-ils ?

— Le fils est un héros, il a réussi à s'évader du port de Londres, retenu en dépit de toute convention internationale par les Anglais qui ont saisi son navire avec des centaines d'autres, juste avant de déclarer la guerre à la France au mois de mai dernier...

— C'est bien les Anglais, ça ! appuya Beaupain.

— Merci, commissaire, dit Darcourt. Alors, les Meneau-Rivière ? Je sais que pendant la Révolution, le père a récolté les dons civiques, appelés aussi les gages de la République... L'a-t-il fait honnêtement en reversant l'ensemble de ces dons dans les caisses de la Convention ? Évidemment, quand je parle de dons, c'est un euphémisme. Lescousse était-il, lui aussi, l'un de ces collecteurs ?

— Je n'étais pas là à cette époque, dit Beaupain sur le ton de la confession.

— Moi non plus, renchérit Mourron.

— On dirait que ça vous arrange tous les deux.

— Pas du tout, poursuivit le procureur. Ce que je peux vous affirmer, c'est qu'actuellement les Meneau-Rivière sont d'honnêtes commerçants, négociants, et armateurs. Le fils est capitaine de navire... Évadé, comme je vous l'ai dit... Il a aussi participé à la course, comme corsaire, avec les frères Surcouf... Un bon gars, moins ténébreux que son père.

— D'accord. Et vous, Beaupain ? Vous avez une hypothèse sur le meurtre de Lescousse ?

— Oui.

— Je suis curieux de l'entendre.

— Je pense à une histoire d'ivrognerie qui aura mal tourné. À ces heures-là, les individus qui sortent des cabarets et des tavernes ne sont plus très frais... Et pour un oui ou un non, ils s'empoignent...

— À coups de pavé ?

— Allez savoir.

— Bien, je garde votre hypothèse en réserve, mais je suis loin de la partager... Je vais retourner faire un tour dans les tavernes de la rue du Pot d'Étain, pour voir si quelque chose m'aurait échappé... Commissaire Beaupain, connaissez-vous une fille appelée Justine, de la Belle Jambe qui...

— Justine? Ah, bien sûr! s'emballa Beaupain, soudain radieux, avant de se raviser. C'est une... Enfin... Non... Je ne la connais pas vraiment... J'ai dû l'apercevoir une fois...

— Dans le palais des glaces?

— Je ne comprends pas ce que vous voulez dire.

— Moi, je vous comprends, commissaire... Bien, passons. La ville est peuplée mais pas très grande: avez-vous entendu parler d'une autre fille qu'on appelle la Louve?

— Ça ne me dit rien.

— Qui est cette louve? s'enquit le procureur. Ça a un rapport avec votre enquête?

— Non... Aucun rapport. Une autre affaire... Un vol à l'étalage.

— Ah bien... Il y a quelque chose qui me turlupine depuis que je vous connais, commissaire Darcourt. J'ignore vers quel bord vont vos idées politiques... Je ne doute pas que vous soyez un bon républicain, mais il y a des contradictions en vous... Le fait de se moquer du calendrier de Fabre par exemple. Je suppose que je n'ai pas à le savoir, mais rien que votre nom, chevalier Darcourt de Longueville, me laisse penser...

— Le comte Darcourt de Longueville, mon père, est mort sur un champ de bataille dans les armées républicaines pour défendre la patrie ! Ça vous suffit ? L'inspecteur Joseph, ici présent, et moi-même avons parcouru dans ces armées une partie de l'Europe, avec Bonaparte à notre tête... Que voulez-vous de plus ? Que je sois mort comme le comte Darcourt ?

Le ton était péremptoire.

— Heu... Non... bafouilla Mourron.

Par instinct de conservation, le commissaire Beaupain s'était mis au garde-à-vous.

Chapitre 18
L'arracheur de dents

Saint-Malo, le duodi 12 pluviôse an XII (jeudi 2 février 1804)

Les trois policiers mangèrent sur le tard à l'auberge du Chat qui Pète, sous l'œil fureteur de Simone Leroy et de son menton luminescent. Les flammes du foyer s'y reflétaient avec bonheur. Devant eux gisaient les restes d'un plat de côtes de mouton pré-salé servi avec des fèves des marais. Henri s'empiffrait maintenant d'une omelette aux confitures, tandis que Louis et Joseph avaient jeté leur dévolu sur du fromage à la crème et du nougat blanc de Marseille. Ils terminèrent par quelques douceurs liquoreuses : genièvre de Hollande et ratafia de Grenoble.

— C'est pas à cette vitesse-là que vous allez attraper l'assassin de ce pauvre malheureux, lança Simone de derrière le comptoir, querelleuse.

— On ne vous a rien demandé, répliqua Henri.

— Toi, le sabordeur, tu ferais mieux de rendre l'argent que tu volais à tes passagers... Inspecteur de police ? Mon Dieu ! C'est un peu comme si je devenais reine.

— En étant l'épouse de Leroy, vous êtes un peu la reine, dit Louis. Il vous faut bien l'admettre.

— Simone, ne répond pas, s'interposa Gaspard, l'aubergiste... Ces messieurs sont des policiers, et monsieur – il désigna Louis Darcourt – est commissaire général de la police de l'arrondissement, c'est une personnalité qui...

— J'en ai rien à foutre ! le coupa Simone.

— Ne faites pas attention, commissaire, elle est toute vaporisée en ce moment... C'est le solstice !

— Lequel ?

— Celui du mois.

— D'accord, dit Louis, sceptique... Monsieur Leroy, asseyez-vous deux minutes avec nous, nous avons à discuter. Et dites à votre matrone de retourner dans sa cuisine.

— Dites donc ! gueula Simone. Je ne vous permets pas d'insulter la descendante d'un corsaire qui doit se retourner dans ses planches en entendant des choses pareilles. Le Chat qui Pète est une des plus vieilles auberges de Saint-Malo, née de la machine infernale des Anglais !

— Tu peux nous laisser, Simone, s'il te plaît, sinon le commissaire va te faire enfermer dans la tour Solidor.

— Pourquoi à Solidor ? Y a pas assez de prisons chez nous, dans les Murs ?

— Simone, tu me fatigues... soupira Gaspard.

Elle a échappé à la Terreur, depuis c'est elle qui la sème, ajouta-t-il pour les policiers.

— Bon, j'y vais, grinça la mégère.

— C'est ça, lâcha Gaspard, vas-y... Je vous sers un coup de cidre, messieurs ?

— Non, merci, dit Louis, jamais pendant le service... Monsieur Leroy, je vais vous interroger à nouveau sur le crime de l'autre jour.

— J'ai rien d'neuf à vous dire.

— Je n'en doute pas mais c'est peut-être moi qui ai oublié de poser certaines questions.

— Si vous avez oublié de les poser, je n'ai pas pu y répondre.

— C'est un fait... Dans les jours qui ont suivi l'assassinat de Lescousse, les gens ont dû parler, donner leurs avis, surtout dans une auberge comme la vôtre. Avez-vous entendu des discussions ou des propos concernant ce crime qui pourraient nous être utiles ?

— Les gens causent, c'est vrai, mais souvent pour sortir des conneries qui n'ont ni queue ni tête... Laissez-moi réfléchir...

Une minute plus tard, Darcourt s'impatienta :

— Alors ?

— Rien ! Il y a bien le père Larmeno, un ancien commis meunier qui vient de temps en temps ici, et qui a dû travailler avec Lescousse dans le temps. Il a laissé entendre que ça devait bien lui arriver un jour, mais c'est tout. Voilà, pas de quoi se faire des écailles de poissons sur l'échine.

— Où peut-on trouver le père Larmeno ?

— Rue de l'Orme, chez son fils qui est barbier maintenant, un ancien arracheur de dents sur les places publiques. Larmeno fils a arrêté d'exercer son métier après la foire de Paramé, depuis qu'un de ses clients a trépassé d'un arrêt du cœur sur son estrade, alors qu'il tentait de lui attraper une des dents du fond. Et tout ça sous les roulements de tambours, ça la fout mal. Tout de suite, sa réputation en a pris un coup et plus personne n'a voulu se faire arracher une dent par lui. Alors il s'est reconverti comme barbier… Moi, je pense que le trépassé en question a chié de pou et qu'il s'est bloqué une des oreillettes du dedans.

— Sans doute, oui, dit Louis, stoïque. C'est tout ce qui vous revient des propos tenus dans votre auberge après le crime ?

— Oui. C'est mieux que rien.

— C'est vrai… On vous doit quelque chose ?

— Cette fois-ci, oui… Vous comprenez, il y a Simone qui surveille… Mais les liqueurs sont pour moi.

Les deux inspecteurs, Girard et Joseph, étaient venus dans les Murs avec la deuxième chaise de poste récupérée chez le charron du Poncel. Ce dernier, outre le fait de réparer les roues et les trains de véhicules, commerçait dans le négoce des carrioles. Celle-ci venait des Côtes-du-Nord, elle avait été expédiée par un fabricant de Dinan et livrée le matin même sur la cale de Solidor par une gabare remplie de marchandises qui descendait la Rance. Joseph intima au charron d'envoyer la facture à la mairie de Saint-Servan. Les trois policiers étaient venus à pied dans la rue du Pot d'Étain. L'étroitesse des ruelles du coin rendait le croisement des véhicules aléatoire, voire dangereux. Les travaux des deux cantonniers suivaient leur cours, lequel se voulait lent. Ils déchaussaient les pavés, les triaient en rejetant les plus abîmés qui serviraient à empierrer des chemins ou à combler des douves. Puis ils piochaient et stabilisaient la sous-couche avec l'aide de la demoiselle, avant de rechausser les petits blocs de granit, les rescapés et les nouveaux extraits d'une carrière de Lanhelen, en les alignant au cordeau.

— Rien de neuf, messieurs, par rapport au crime de l'autre jour ? s'enquit Louis en les croisant.

— Non, fit le plus grand. On a balayé le sable, le sang ne se voit presque plus.

— Si vous entendez parler de quoi que ce soit, prévenez-nous au bureau de la police à l'hôtel de ville.

Les deux terrassiers hochèrent la tête. Louis songea que Lescousse était le dernier de leurs soucis. Il demanda à ses inspecteurs de rentrer au commissariat de Saint-Servan avec les chaises de poste, lui rentrerait à la nuit tombée avec les bateliers du Naye, la mer étant haute en fin d'après-midi. Il insista également auprès d'Henri pour que celui-ci se fasse le plus petit possible afin de normaliser sa carrure d'inspecteur aux yeux de tous. Il ne soupçonnait pas que son ami d'enfance, qu'il avait connu si candide et naïf, soit devenu une sorte de cauchemar pour la plupart des gens qu'ils rencontraient.

La rue de l'Orme était une rue abrupte et mal pavée dont les eaux ruisselantes arrivaient à grands seaux en bas de la pente, jusqu'aux soubassements de la Halle au Blé qu'elle reliait à la Halle des Légumes, en haut de la côte. L'échoppe du fils Larmeno se trouvait à peu près à mi-pente. Louis Darcourt était arrivé par le haut en empruntant la rue de la Vieille Boucherie, prenant soin de ne pas glisser dans le caniveau pour ne pas se retrouver sur son fessier, sous les quolibets des badauds qui empruntaient la ruelle en grand nombre. Il pénétra dans la boutique chauffée par un poêle à bois.

— Je suis à vous, mon prince, je termine un client, gouailla Larmeno. Un franc la coupe consulaire ! Un franc et dix sous si je taille les favoris.

— Et pour arracher une dent, c'est combien ? dit Louis.

— Arrgh !

Le visage se convulsa.

— C'est à quel sujet ? balbutia Larmeno... J'ai arrêté ce commerce-là. Je faisais ça en dépannage pour soulager les citoyens.

— Vous avez cessé cette activité au bout de combien de morts ?

— J'ai jamais tué personne, se défendit le barbier. La preuve, je suis en liberté.

— Ça peut changer, je suis le commissaire Darcourt, de la police de l'arrondissement.

— Quel arrondissement ?

— À votre avis ?

— Celui de Saint-Malo ?

— Je n'en vois pas d'autres dans le coin.

— Vous venez pour une coupe ou pour votre travail ?

— Pour le travail, mais en y réfléchissant bien je vais faire d'une pierre deux coups. Un petit rafraîchi des cheveux avec les favoris, ça ferait dans les combien ?

— Vous voulez raser la barbe aussi ?

— Pourquoi pas.

— Je vous dirai ça quand le citoyen Vibert sera parti... Voilà, monsieur Vibert, c'est terminé.

— Et la barbe ? se plaignit le client.

— Revenez demain, monsieur Vibert, elle ne sera pas beaucoup plus longue, ce sera le même prix.

Louis Darcourt attendit que le client ait refermé la porte de l'échoppe pour enlever sa redingote et s'asseoir sur le siège à sa place.

Dans le miroir posé sur le marbre, Louis remarqua le visage anxieux du barbier.

— En fait, je venais voir votre père, monsieur Larmeno, j'enquête sur un crime qui a eu lieu pas loin de la cathédrale, il y a plusieurs jours de cela.

— Le vieux n'a tué personne !

— Vous m'avez dit la même chose vous concernant, alors que vous avez au moins un citoyen dans l'au-delà à votre actif.

— Je ne peux pas le nier. De surcroît, c'était devant une grande assistance de foire, mais je ne l'ai pas tué, il est mort de peur. Sûrement un cœur fragile... Comment je vous coiffe ? Avec le pansement que vous avez sur la tête, ce n'est pas facile.

— Régularisez uniquement les favoris et rasez-moi la barbe.

— Bien, monsieur.

— Vos arrachages de dents en public, c'était avec tout le protocole et le son de la fanfare ?

— Non, pas de fanfare ! J'avais juste un tambour et un clairon pour m'accompagner... Fallait bien attirer les chalands.

— Pas beaucoup de volontaires ?
— Non… Mais ceux qui sont au bout du bout de la douleur finissent par capituler.
— Et évidemment, vous aviez le faux malade de la gencive qui venait, avec une fausse dent dans la bouche et une grosse chique, montrer l'exemple à ses frères de douleur et qui redescendait de votre échafaud en dansant la gigue tellement il était soulagé, et que c'était de la folie de ne pas avoir recours à vos bons soins… C'est ça ? Vous le payiez combien, celui-là ?
— Permettez-moi, commissaire, de ne pas vous suivre dans ce genre de considérations douteuses… J'ai exercé ce métier avec talent. Ce n'est pas de ma faute si un quidam est mort sur mon estrade en poussant des cris de goret que le tambour et le clairon ont eu du mal à couvrir, alors que je venais de lui demander de se calmer et d'ouvrir la bouche.
— On va dire que ce sont les aléas du métier ?
— Des aléas qui détruisent une réputation… Sûr que je pourrais aller dans un autre département exercer mon art, mais j'ai eu la chance de trouver cette petite boutique de barbier pour pas trop cher et depuis, je sens comme une sérénité envahissante qui habite mon corps.
— J'en suis ravi… Je reviens à l'objet de ma visite. D'après un tavernier du coin, votre père connaissait la victime, un dénommé Lescousse…

Larmeno lâcha ses ciseaux qui se plantèrent dans le parquet noirci, des planches venant d'un pont de navire à l'abandon, en haut de la grève du Val.

— Ça ne va pas, monsieur Larmeno ? demanda Darcourt.

— Si si! Une crampe… Rien de grave.

— J'espère pour vos patients que vous n'aviez pas de crampes au moment de l'arrachage de la dent… Ainsi, vous connaissiez Lescousse? Comme votre père?

— Je le connaissais un peu… Comme client… C'est lui qui a été tué?

— Vous le savez bien… Puisque votre père est au courant et ne semble pas surpris de sa mort. « Ça devait lui arriver un jour », a-t-il claironné dans une auberge… C'est pour cela que je veux voir votre père.

— Il ne sait pas grand-chose, c'est moi qui ai dû lui en parler.

— Eh bien, parlez-m'en aussi.

— C'est une conversation ou un interrogatoire?

— Joignons l'utile à l'agréable, on va dire que c'est une interro-conversation, ça vous va? Mais je vous en prie, ne vous vengez pas sur mes favoris.

— Que voulez-vous savoir?

— Depuis quand le connaissiez-vous?

Larmeno se revêtit d'un air inspiré, ciseaux et peigne en suspension.

— Une petite dizaine d'années, lâcha-t-il à regret, sachant qu'à partir de cet instant, il s'aventurait sur un chemin inconnu dont il ignorait la destination.

Ce jeune policier, l'œil sombre, bâti comme une maison, ne l'inspirait guère. Et le pistolet qu'il portait sous l'aisselle, dans un étui en cuir, n'apportait aucun surplus de sympathie.

— Il y a dix ans? En pleine Révolution?

— Heu… Oui.

— Vous étiez à Saint-Malo à cette époque?

Ayant toujours vécu dans les Murs, à l'exception du temps passé dans ses expéditions foraines consacrées au noble art d'arracher les dents, il ne pouvait pas prétendre le contraire.

— Oui, j'habitais ici.

— Vous avez quel âge, monsieur Larmeno ?

— Je vais avoir quarante ans bientôt.

— Si tout se passe bien.

— Qu'est… Qu'est-ce que vous voulez dire ? bafouilla Larmeno.

— Qu'on n'est jamais sûr du lendemain… Voilà ce que ça veut dire… Maintenant, si je vous suis, c'est vous qui avez dit à votre père que « ça devait lui arriver »… Pourquoi ?

— Si Lescousse s'est exilé, c'est qu'il avait des raisons de craindre quelque chose. C'était un révolutionnaire… comment dire… plutôt fanatique… On le voyait, aussi bien à Port-Malo qu'à Port-Solidor, participer à des évènements pour célébrer la République et la Révolution.

Louis se souvint qu'à la ferme de la Ville-Lehoux, il y avait dix ans de cela, les colporteurs et autres ramoneurs parlaient avec emphase des fêtes qui se déroulaient en ville. Deux ou trois fois, quand le vent venait de noroît, il avait entendu les coups de canon tirés en l'honneur de ces réjouissances. Des déflagrations venues du fort d'Alet pour Port-Solidor ou du bastion de la Hollande pour la citadelle de Port-Malo. Ses parents, les époux Hervelin, semblaient indifférents aux agitations extérieures du hameau de la Ville-Lehoux. Jamais Louis et Justine n'étaient descendus en ville, ne serait-ce que pour apercevoir les défilés colorés ou participer aux cérémonies de la décade. Les paysans récalcitrants et hostiles aux changements, qui préféraient le dimanche au décadi – les dimanchards, comme les appelait Le Carpentier –, reçurent bientôt la visite des apôtres laïques qu'il avait lui-même institués. Ceux-ci, par groupes de trois et payés trois francs par jour, devaient prêcher dans les campagnes pour la conversion du dimanche en décadi. Ils distribuaient pour cela de petits opuscules dans lesquels le proconsul Le Carpentier exprimait toute sa douleur de voir les citoyens-paysans si rétifs au Nouveau Monde.

— Quelle fonction exerçait-il dans ces cérémonies ? demanda Louis.

— C'était un sous-fifre zélé, de ceux qui agissent sous ordres et sans réfléchir. Il était surtout dévolu aux préparations des rassemblements.

— Je suis surpris de le voir, d'après vous, vaquer aussi bien à Port-Malo qu'à Port-Solidor. Ce sont deux communes distinctes, avec des Comités différents qui leur sont propres, qu'ils soient révolutionnaires ou autres…

— Je vous taille la moustache ?

— Je n'ai pas de moustache !

— Ah oui, c'est vrai.

— Larmeno ?

— Oui ?

— Répondez à ma question !

— Il n'était dans aucun des Comités de Port-Malo ou de Port-Solidor.

Surpris, Louis Darcourt haussa un sourcil que Larmeno tentait, avec ses ciseaux, de rendre symétrique à son voisin.

— Ne bougez pas, commissaire, je vais vous blesser, une cicatrice comme vous avez sur votre visage, c'est suffisant.

— Lescousse n'était membre d'aucun Comité ?

Larmeno marqua un temps de silence :

— Je n'ai pas dit ça.

— Si, c'est ce que vous avez dit.

— Les mots ont un sens, commissaire, et… Arrgh…

Louis, d'une poigne vigoureuse, venait de lui saisir l'entrejambe.

— Monsieur Larmeno, je n'ai pas de leçon de grammaire à recevoir… Allez ! Continuez à vous occuper de mon visage.

— Vous me faites mal, arrêtez de serrer aussi fort !

Le barbier dansait d'un pied sur l'autre, Darcourt lâcha prise.

— Alors, ces Comités ?

— Attendez ! Faut que je reprenne ma respiration… C'est pas humain ce que vous faites là.

— Soufflez un bon coup. Je vous avais bien dit qu'on n'était jamais sûr de fêter son prochain anniversaire… Étiez-vous également dans un de ces Comités, monsieur Larmeno ?

— Jamais de la vie ! J'ai suivi la Révolution de loin… À l'époque, j'arrachais déjà les dents dans les foires, c'est assez prenant comme métier, ça ne laisse pas le temps aux divertissements.

— Pour vous, la Révolution était un divertissement ?

— J'ai pas dit ça.

— Si ! Vous venez de le faire ! Vous dites beaucoup de choses et leur contraire, monsieur Larmeno.

J'attends toujours un éclaircissement sur la non-participation de Lescousse aux différentes commissions des deux villes.

— Je ne sais rien de plus.

— Je vais vous aider à réfléchir… Ne me dites pas merci. Vous allez me suivre à Saint-Servan, monsieur Larmeno, vous dormirez dans une cellule de la prison des Capucins, près de mon bureau. Demain, je vous interrogerai à nouveau, en espérant que la nuit vous portera conseil.

Chapitre 19
Prison des Capucins

Saint-Servan, le tridi 13 pluviôse an XII (vendredi 3 février 1804)

Darcourt s'était rendu à pied de la rue Dauphine à son bureau des Capucins. En passant devant la boulangerie Le Petit Mitron de la rue de la Masse, il avait acheté un pain fourré aux pommes, encore chaud. Il avait laissé Joseph et Henri devant les écuries du Vieux Pélican pour qu'ils s'occupent des chevaux. Louis avait demandé qu'on lui selle Grenade, il prévoyait de se rendre dans les Murs par les Talards et le Sillon. La veille au soir, il avait ramené avec lui à Saint-Servan Octave Larmeno, barbier, ci-devant arracheur de dents, ci-devant menteur. Ce ne fut pas sans mal que Louis obtint la gratuité du passage en bateau pour lui et son passager. Il rappela au batelier que la traversée était gratuite pour les policiers dans l'exercice de leur fonction, et que lorsqu'ils avaient le bonheur d'escorter un prisonnier, le ci-devant prisonnier faisait partie intégrante de cette même fonction. Le batelier riposta que Larmeno n'était pas un prisonnier mais un arracheur de dents bien connu dans les deux villes, doublé d'un sacré menteur, et que par conséquent, il avait les moyens de payer son passage. Larmeno répondit qu'il ne venait pas à Saint-Servan de son fait mais contraint et forcé par une police répressive et aveugle, qu'il n'avait rien à voir avec l'histoire à laquelle on voulait le mêler et qu'il ne voulait pas imaginer l'effet désastreux que ce passage sur l'eau aux mains de la police entraînerait sur l'image de son commerce. Laconique, Louis avait clos le débat en lui conseillant de noyer son bagout dans sa bassine à savon.

Le brigadier de gendarmerie Simon, en empruntant le cloître, fit pénétrer Larmeno dans le bureau du commissaire Darcourt. Le regroupement de la gendarmerie, de la police, de la prison, de l'hôtel de ville, du tribunal, et même de la chapelle, était une aubaine pour limiter les pertes de temps liées aux déplacements. La chapelle Saint-Louis, où l'on célébrait la décade pendant la Révolution, avait aussi abrité les Comités de surveillance et servi récemment de dépôt de céréales et de farine. Des travaux en cours prévoyaient sa réouverture dans les mois à venir, afin de reprendre la célébration du culte religieux, interrompue depuis dix ans.

— Asseyez-vous, monsieur Larmeno, fit Darcourt. Vous avez bien dormi ?

Sans attendre de réponse, il se saisit de son couteau et coupa la moitié de son pain aux pommes.

Après l'avoir posé sur la première page du *Moniteur*, il le poussa du bout de la lame vers le barbier.

— Si vous avez faim, poursuivit-il, ne vous gênez pas.

— Ça va durer longtemps cette histoire ?

— Ça dépend de vous… Vous m'avez dit hier que Lescousse n'avait été élu à aucun Comité ou commission, mais qu'il était dévolu à la préparation des rassemblements… Quels rassemblements ?

L'arracheur de dents était fort ennuyé qu'on lui pose des questions. Même en fermant les yeux, Louis pouvait le deviner sur son visage.

— Les rassemblements pour les fêtes de la Décade, lâcha-t-il avec regret, pour le culte révolutionnaire, pour la construction des Montagnes, pour les fêtes de l'Être suprême et de la déesse Raison et bien d'autres, comme les baptêmes laïques… Avec Le Carpentier, ça n'arrêtait pas…

— Et vous étiez aux premières loges ?

— Non… Ça ne m'intéressait pas mais j'essayais de placer mon petit commerce… Les fêtes c'est comme les foires, ça attire la foule et j'aurais pu y dresser mon estrade et faire mon spectacle.

— Et pour arracher les dents à qui ? À l'Être suprême ou à la déesse Raison ?

— Ce n'est pas bien de se moquer.

— Et que fêtiez-vous le décadi ?

— Vous n'étiez pas dans nos rangs, vous, ça se voit.

Louis Darcourt sembla réfléchir.

— Qu'en savez-vous ? On peut épouser des idées et vivre paisiblement avec elles, comme avec une bonne épouse. Et si cette épouse devient catin, la loi de 1792 sur le divorce permet de nous en débarrasser.

— Et vous vous êtes débarrassé de vos idées en quelle année ?

— 94 !

— Pourquoi ?

— Quand j'ai pris conscience que j'allais succéder à mon père et devenir le chevalier Darcourt de Longueville d'Épernon.

— Je vois. Monsieur le commissaire est à rallonges !

— Non, vous ne voyez rien du tout ! Personne ne peut voir ! Ce nom à rallonges, comme vous dites, s'est battu pour la République, sur tous les champs de bataille d'Europe. Et pendant ce temps-là, vous arrachiez des dents en toute impunité à des malheureux qui vous avaient fait confiance, ainsi qu'à votre faux patient ! Bien, maintenant, dites-moi quand et comment vous avez connu le citoyen Lescousse.

— Je n'ai rien à voir dans sa mort ! Par conséquent, la façon dont je l'ai connu n'a aucune importance !

— Écoutez, Larmeno… Vous avez dormi ici même dans une cellule plutôt confortable, je crois… Voulez-vous que je vous transfère dans un cachot de la tour Solidor ? Oui ? Non ? Racontez-moi tout et vous repartez séance tenante dans votre échoppe de barbier… Comment avez-vous connu Lescousse ?

Larmeno dodina lentement des épaules en cherchant la position la plus adéquate pour parler et en finir une bonne fois pour toutes.

— C'était à l'été 93, j'avais appris qu'un envoyé spécial de la Convention devait venir à Saint-Malo pour…

— Le Carpentier ?

— Non, il est venu plus tard. C'était un dénommé Carrier qui ne resta que quelques jours. Après moult discours enflammés, il pria les citoyens des Comités de surveillance et de salut public d'organiser la chasse aux armes et de pourvoir à leur réquisition. Ce fut sur ses conseils qu'on transforma le couvent Saint-Benoît en maison d'arrêt... Heureusement, il mit rapidement fin à son séjour et quitta la ville pour se rendre à Nantes... On a appris plus tard qu'il avait fait partie des instigateurs ayant organisé les noyades dans la Loire, avec plusieurs centaines de morts, voire des milliers... Paix à l'âme noire qui devait être en lui... Enfin, s'il en avait une... Vous devez savoir, malgré votre jeune âge, que Carrier a été raccourci l'année suivante à Paris. Ils ne rigolaient pas entre eux, ces gars-là.

— Quel rapport avec Lescousse ?

— Lescousse comptait parmi les citoyens qui devaient veiller sur Carrier, en marge de la Garde municipale, pour assurer son intégrité... Une sorte de gros bras. C'est là que je l'ai repéré et que j'ai entamé avec lui une discussion sur le genre de festivités qui étaient prévues et sur la possibilité d'installer mon estrade là où la foule devait venir applaudir l'envoyé spécial de la Convention.

— Vous n'avez peur de rien, vous ! Installer votre petit commerce d'arrachage de dents pendant qu'un des proconsuls les plus sanguinaires de la Terreur haranguait le peuple.

— À l'époque, on ne savait pas que c'était l'un des envoyés les plus barbares de la Convention... Hélas, je n'ai pas pu arracher une seule dent !

À chaque occasion où j'aurais pu dresser mon matériel, les Comités ont refusé...

— Parmi lesquels un Comité dont Lescousse faisait partie ?

— Je vous ai dit non... Pas dans les Comités officiels... C'est après qu'il est rentré dans un autre Comité... Le pire... Le Comité secret de Le Carpentier... Ça fait à peu près six mois que je le sais. Quand Lescousse est revenu dans la région, je l'ai rencontré dans une taverne de la rue des Grands Degrés, pas loin de chez moi. On a parlé du bon vieux temps, comme il disait, et là, il m'a raconté comment Le Carpentier avait créé un Comité secret dévoué à sa personne... Mais je vous jure que c'est tout ce que je sais. Ce qu'il y a fait, je n'en sais rien.

— Et pourtant, vous avez avoué à votre père ne pas être surpris de sa mort puisque « ça devait lui arriver un jour ». Je reprends les mots que votre père a employés en plastronnant, sûrement en monsieur Je-sais-tout, à Gaspard Leroy, aubergiste de son état du ci-devant Chat qui Pète.

— Forcément, c'est moi qui lui ai raconté ça... Il est vieux, il aime bien se...

— Selon votre supposition, le coupa Darcourt, il va de soi que Lescousse a commis des actes graves qui pour le moins méritent une sanction pénitentiaire, et pour le plus une condamnation à mort. Son bourreau a choisi la deuxième solution, plus expéditive, qui ne prête à aucun recours. Dites-moi pourquoi ?

— Je n'en sais rien, ou plutôt si : pour avoir été membre du Comité secret de Le Carpentier, il ne devait pas être sans reproches... Meneau-Rivière, ça vous dit quelque chose ?

— Oui.

— Eh bien, le sieur Meneau-Rivière a certainement eu besoin de citoyens comme Lescousse pour patauger dans son petit négoce de ramassage de dons civiques… C'est à lui que vous devriez demander.

— C'est fait.

— Ben alors, je ne vois rien de plus… Peut-être qu'un des anciens compagnons de meunerie de Lescousse pourrait vous renseigner, je me souviens d'un commis meunier du nom de… Ah ben, voilà que je ne sais plus… Il ne doit pas avoir loin de soixante ans maintenant. Il travaillait au moulin du Gras-Larron à Saint-Servan, avant que celui-ci ne devienne un sémaphore. Après, il se partageait entre les moulins du Sillon et ceux du Naye, je ne sais plus si c'est au Moulin Rouge ou celui de l'île d'Houet, à moins que ce ne soit celui de l'île Dorée… Enfin, tout ça, c'est pas loin de la fameuse fosse des condamnés à mort, là où les bateliers noyaient les coupe-jarrets et les écorcheurs. Le mieux pour vous serait d'aller voir les meuniers… Le Grand René ! s'exclama soudain Larmeno. Voilà, ça me revient : c'est avec le Grand René qu'il trimardait les sacs de farine, le Lescousse, et c'est avec le Grand René qu'il a dressé les Montagnes.

— Ça fait deux ou trois fois que vous me dites que Lescousse dressait des montagnes… Quelles montagnes ?

— À cause des députés montagnards de l'Assemblée, pardi ! Les Marat, Danton, Robespierre et autres ! C'était un symbole, il fallait dresser des montagnes dans toutes les communes. Lescousse et le Grand René étaient là pour rameuter la main-d'œuvre. Des marmots de Port-Solidor et de Port-Malo, avec les pelles qui leur servaient à dégratter dans la grève, s'en donnaient à cœur joie et remontaient du sable et des cailloux dans leurs seaux. Il y a eu une montagne de dressé place du Naye pour Port Solidor, et une autre dans les anciens jardins de l'Évêché, place de la Commune, pour Port-Malo. C'étaient des montagnes de bric et de broc, faites avec tout ce qu'ils pouvaient récupérer dans les chantiers navals et les décombres de démolition. Au sommet, on y dressait un autel orné d'une statue de la Liberté... Bon, à Port-Malo, les citoyens n'avaient pas de statue de la Liberté, ils ont pris la statue de la Foi au couvent des Bénédictins de Saint-Benoît, ça a fait l'affaire. Fallait pas être regardant.

— Je vois.

— Non, vous ne voyez pas, parce que l'ambiance de fête n'était qu'un déguisement pour masquer les prisons pleines, les visites domiciliaires, les arrestations, la mort qui rôdait partout...

— Je vous croyais républicain, monsieur Larmeno?

— Je le suis et fier de l'être... Mais ce qu'il s'est passé à l'époque, non, je ne peux pas approuver...

— Bien, je vais aller voir le Grand René... Où habite-t-il?

— Je ne sais pas, il faut demander aux meuniers du Naye.

— Il y a quelques années exerçait un médecin du nom de Bonsecours, il est décédé, je crois. Comme vous êtes un peu dans la même corporation médicale, à une dent de lait près, peut-être l'avez-vous connu ? Il avait une fille, je cherche son adresse. Le médecin habitait le hameau de Boisouze, au-dessus de l'Hôpital Général.

— Elle y habite toujours… J'ai arraché une dent à son père… C'était un bon médecin… Guillotiné, lui aussi.

Louis Darcourt soupira et sortit une bourse de la poche de sa redingote.

— Merci, monsieur Larmeno, je vais vous libérer. Ne quittez pas la ville… Tenez ! Voici un franc et dix sous pour vos soins d'hier.

— Je vous dirais bien que c'est gratuit pour vous, mais j'ai besoin des sous pour le batelier.

— La mer est basse. Vous allez devoir traverser la grève à pied !

— Ah merde !

— À qui le dites-vous… Un dernier mot, une fille qu'on appelle la Louve, ça vous dit quelque chose ?

— La Louve ? C'est comment son prénom ?

— Si je le savais, je ne vous demanderais pas.

— La Louve, la Louve, réfléchit Larmeno à voix haute… Je crois bien qu'il y avait une gamine qui traînait dans les rues et que les putains appelaient comme ça… Mais il y a de nombreuses années de ça.

— Vous-même, vous ne l'avez pas connue ?

— J'ai un vague souvenir de cette fille, une jeunette blonde avec des yeux…

Larmeno s'arrêta.

— Avec des yeux… ? demanda Louis.

— C'est pour ça que je m'en souviens… Elle avait des yeux perdus… Des yeux étrangement clairs, mais perdus… Comme s'ils étaient ailleurs… À guetter… Peut-être des yeux de louve, oui, pourquoi pas ? Il faudrait retrouver des anciennes gourgandines de cette époque qui vous renseigneraient mieux que moi. Les putains, ça va, ça vient, une qui part, deux nouvelles qui arrivent, ça a toujours été comme ça à l'intérieur des remparts. Il faut bien satisfaire les marins et les soldats.

— Et sans doute quelques bourgeois et commerçants.

— Si vous le dites.

— Je le dis… Où habitait cette jeune fille aux yeux perdus ?

— Je l'ignore. Si les putains l'avaient adoptée, elle devait loger chez l'une ou l'autre au gré de leurs disponibilités. Sous des airs de rivalité, ces bonnes femmes peuvent se montrer très solidaires… Enfin, vous savez ce que c'est.

— Pas vraiment… Je suis toujours à la recherche d'un énergumène qui a voulu me faire passer de vie à trépas dans l'antre de la Belle Jambe… Ça ne vous dit rien ? Un mauvais garçon, genre boule de méchanceté remplie de vices, qui serait capable d'attenter à la vie d'un commissaire de police ?

— Des loustics capables de faire ça pour deux francs six sous, il y en a plein de perchés dans les vergues et les mâts des bateaux qui sont dans le port, il suffit de secouer le mât.

— Pour vous, ce serait un marin ?

— C'est de loin la meilleure graine de potence qu'on peut trouver dans la région.

Joseph et Henri avaient ramené les chevaux aux Capucins au moment où Louis en était sorti, après avoir libéré Larmeno. Il claqua deux ou trois tapes sur la croupe de Grenade, mit le pied à l'étrier et la chevaucha prestement. Mirabeau, la monture de Joseph, se cabra. « Eh là ! » protesta le mulâtre. Le cheval s'apaisa. L'ancien esclave avait choisi ce nom pour la cause qu'avait défendue l'ancien orateur révolutionnaire, celle de l'abolition de l'esclavage. Grand homme de la Nation, Mirabeau avait été le premier à entrer au Panthéon, mais aussi le premier à en sortir quand la Convention s'était aperçue que le grand homme avait eu quelques connivences avec Louis XVI. On l'avait panthéonisé en grande pompe en 91 et dépanthéonisé à pas de loup en 94, au profit de Marat qui y resta encore moins longtemps puisqu'en 95, sans aucune formule de politesse, il fut prié de quitter les lieux.

— Holà, Mirabeau, calme ! tonna Louis. Qu'est-ce qu'il a ?

— Il vient de s'apercevoir que c'était un nègre qui était assis sur lui, ironisa Joseph, il exprime son contentement.

Henri, qui avait hérité du cheval de secours au nom peu convaincant de Clopinant, s'évertuait, avec la permission de Louis, à lui trouver un autre patronyme. Il suggéra le nom de Kent, l'une des plus célèbres prises du corsaire Robert Surcouf, à qui il ne manquait pas de poser des questions sur cet abordage précis quand il le traversait de Saint-Malo à Saint-Servan. Louis trouva le nom un peu trop anglais, mais s'il enchantait Henri, il donnerait son accord. Il comptait retourner d'ici quelques mois au château de Longueville et en profiterait pour ramener un quatrième cheval qui servirait de doublure.

Il s'adressa à ses deux inspecteurs :

— Demain matin, vous partirez à l'aube effectuer une tournée des cantons de notre arrondissement. Vous commencerez par Cancale, Dol, Tinténiac, *et cetera,* pour finir par Pleurtuit et Châteauneuf… Vous présenterez, en mon nom et en celui de la police, nos meilleures salutations respectueuses aux maires – il faut toujours flatter la main de ceux qui versent leur obole – et aux gendarmes que vous rencontrerez… Vous terminerez vos entrevues en enlevant votre chapeau, et de votre autre poing fermé, vous vous frapperez vigoureusement la poitrine en lâchant un tonitruant : « Salut et fraternité ! » Ça fait toujours bien et ça peut impressionner des gens qui ne nous aiment pas. Prenez votre temps, vous avez trois ou quatre jours pour effectuer votre tournée. Faites-la du mieux possible… Et épargnez-moi d'apprendre que vous avez été capturés par la bande de brigands du Corbeau Blanc.

— On couchera où ? s'inquiéta Henri.

— Il y a des souches dans les bois…

— Déconne pas, Louis, merde !

— Et des écuries dans les auberges…

— Arrête !

— Joseph te dira comment on voyage tous les deux… Vous choisirez les meilleures auberges, les meilleures tavernes qui sont dues aux représentants de la loi.

— En espérant ne pas tomber sur quelqu'un qui me connaît, couina Henri. On y va à cheval ou on se sert de la chaise de poste ?

— À cheval ! Vous deux assis côte à côte dans une chaise de poste ? Je suis certain que sur les routes de campagne, ça ferait jaser, se moqua Louis.

Chapitre 20
Paroles de commis meuniers

Saint-Servan, le sextidi 16 pluviôse an XII (lundi 6 février 1804)

Les deux inspecteurs reportèrent leur départ pour l'arrondissement profond d'une journée. Louis Darcourt savait pertinemment que les paysans se fichaient royalement du quintidi 15 pluviôse. Pour eux, le dimanche était le jour sacré par le Seigneur. Si, légalement, les mairies devaient rester ouvertes ce jour-là, il n'y avait aucun citoyen à l'intérieur pour y tenir séance. Louis Darcourt recommanda à ses hommes de quitter Saint-Servan dans l'après-midi et d'aller tranquillement au trot à Cancale afin de dormir le soir dans une auberge du port de la Houle. Ainsi, le sextidi au matin, ils seraient frais et fringants pour présenter leurs hommages aux édiles de la commune.

Ce départ en catimini, le dimanche à l'heure des vêpres, permettait à Louis d'avoir le champ libre pour rendre visite à Madeleine Girard, ci-devant mercière, ci-devant mère d'Henri, ci-devant maîtresse du commissaire général de la police de l'arrondissement de Saint-Malo. C'est ainsi que ce lundi matin, il se réveilla au chaud dans ses bras, au premier étage du petit appartement de la rue Royale. Une fois n'est pas coutume, il n'avait aucun bouton à recoudre, ni rapiéçage ni couture. Madeleine avait retrouvé une jeunesse qu'elle croyait enfouie dans le linceul de son mari. Elle chevauchait Louis, si ardemment que ce dernier devait la refréner de tant d'exaltation. Il ouvrit les yeux en bâillant et tenta de se dégager de l'étreinte de sa maîtresse.

— Tu te lèves ? miaula-t-elle.

— Oui, les bandits et les assassins m'attendent.

— Aooh, mon pauvre chéri… On est mieux avec la petite Madeleine, non ?

— Tu n'ouvres pas ta boutique ?

— J'ai mis un mot dans lequel j'étais en inventaire toute la matinée.

— Tu fais souvent des inventaires ?

— Jamais !

Elle éclata de rire.

— C'est la première fois ! enchaîna-t-elle. Tout ça par la faute d'un petit gredin commissaire de police.

— Comme il te plaira, Madeleine, s'amusa Louis, la voix grave et doctorale. Tu couches aussi avec Louis Hervelin, ci-devant comte Louis Darcourt de Longueville.

— Vous m'en voyez ravie, monsieur le comte… C'est un plaisir de jouer avec votre souverain bâton.

— Allons, Madeleine… Petite dévergondée…
— J'aime être une gourgandine dans tes bras.
— Si ce n'est que dans les miens, ça va.
— Oui, ne t'inquiète pas…
— Je ne suis pas inquiet.
— Si tu savais le nombre de messieurs qui rentrent dans ma boutique avec un bouton de braguette à recoudre… À croire qu'il y a un esprit maléfique qui s'acharne sur ces boutons juste devant ma mercerie… Un peu comme toi.
— Moi, c'était ceux de ma redingote, et tu sais que j'avais une raison particulière de venir te voir… Bon, il faut que je me dépêche, le jour se lève. Je dois descendre au Naye voir les meuniers… Tu les connais ?
— Je ne demande pas la profession de mes clients qui, de surcroît, s'avèrent être essentiellement des femmes.
— Tes voisins ont combien d'enfants ? Hier soir, j'ai cru rencontrer Liberté. Je lui ai dit : « Bonsoir, Liberté ». Elle m'a répondu : « Non, moi c'est Égalité ».
Madeleine éclata de rire :
— Oui, des sœurs qui se ressemblent. Il y a aussi Fraternité… De vraies petites pestes… Tu viens ce soir ?
— Oui.
— Il rentre de tournée quand, Henri ?
— Je leur ai donné trois ou quatre jours, mais avec Joseph, ça risque de traîner… Soit dans les cotillons des filles soit dans les auberges.

Louis sortit dans la rue Royale, la mercerie se trouvait à égale distance des écuries du Vieux Pélican et la rue du Pouget qui conduisait aux moulins du Naye. Il choisit de descendre la chaussée pavée à pied. Le vent frais venu du large lui fouetta le visage, le réveillant tout à fait après la courte nuit qu'il venait de passer avec l'ardente Madeleine. Il jeta un œil chez les voisins, à travers le carreau, et vit, à la lueur des chandelles, les trois petites sœurs de la République, attablées et affairées à tremper des galettes de sarrasin dans des bols de lait fumant. Un ventre bien rempli est un ventre qui apprend mieux à l'école. Il soupira de soulagement, il aurait pu tomber sur Fraternité, la dernière de la fratrie, qui devait être à l'image de ses sœurs. « Les trois diablesses », songea-t-il.

La mer battait les rochers du Naye. Les travailleurs du matin attendaient dans le froid une barque pour Saint-Malo en subissant malgré eux les invectives que se lançaient deux bateliers pour une sombre histoire d'amarres qui n'étaient pas à la bonne place. Louis délaissa la cohue naissante, remonta son col et enfonça bien son chapeau ; il ne portait plus de pansement. Le Naye se voulait être un corridor à courant d'air. Quelle que soit sa provenance, le vent s'y engouffrait toujours. La présence des moulins n'était pas usurpée. D'ailleurs, les ailes tournaient à plein régime. Louis Darcourt remarqua de l'activité dans un grand baraquement en bois adossé au corps du moulin. Deux commis meuniers, fardeau sur l'épaule, venaient y entasser des sacs de farine. Il tenta de s'approcher de l'un d'eux mais celui-ci lui fit comprendre qu'il n'avait plus qu'un aller-retour à faire entre le moulin et le dépôt ; il pourrait discuter après.

Le meunier revenait maintenant avec le dernier sac. Louis estima que ces sacs pesaient au moins trois cents livres et sans être de forte stature, le commis le maniait pourtant avec aisance. Il l'empila sur un autre sac.

— Voilà, je suis à vous, citoyen… Qu'est-ce que vous voulez ?

L'homme s'épousseta, ajusta sa casquette et se dirigea vers un tonneau qui reposait sur des traverses en bois. Deux verres à l'aspect douteux étaient posés sur la barrique, près de la bonde. Louis le suivit. L'homme se baissa, mit le verre sous la champleure et tourna le petit robinet de bois.

— Ça donne soif. Vous voulez un coup de cidre ?
— Merci… Je… J'évite de bon matin.
— Pas moi ! Qu'est-ce que vous voulez ?
— Parler du Grand René.

L'homme, méfiant, avala une gorgée et dit :
— À quel titre ?
— Je fais une enquête sur la mort d'un ancien meunier, Maximilien Lescousse, ce dernier a travaillé avec le Grand René il y a une dizaine d'années…
— À quel titre faites-vous une enquête ?
— Au titre de la police de l'arrondissement de Saint-Malo dont je suis le commissaire général.
— Général ?
— Oui. Je n'y suis pour rien, c'est comme ça. Il n'y a aucune malice de ma part.
— Et qu'est-ce qu'il a fait le Grand René ?
— J'aimerais bien le lui demander, si vous me dites dans quel coin il vit.
— Et ça peut m'attirer des ennuis si je ne vous le dis pas ?

— Ça dépend de mon humeur.
— Ah!
— Ce matin, j'avais plutôt l'humeur guillerette, mais ça peut changer... Un peu comme le vent dans les ailes de vos moulins.
— Ici, au Naye, ça tourne toujours.
— Je sais, je n'habite pas loin, je vis rue Dauphine.
— Ah! Vous êtes du coin?
— Je viens de vous le dire.
— Vous êtes un vrai Servannais?

Instinctivement, Louis allait répondre oui. Il se ravisa.

— Non. Je suis de Paris.
— Ici, on n'aime pas les Parisiens.
— Je m'en fous que vous aimiez les Parisiens ou pas... D'un coup, là, je sens l'humeur et le vent tourner en moi, citoyen... Citoyen comment, déjà?
— Levraut... Le petit du lièvre si vous préférez.
— Citoyen Levraut, si vous ne voulez pas me donner des envies de civet, dites-moi où vit le Grand René.
— Vous êtes capable de porter un sac de farine de trois cents livres sur vot' dos?
— À quinze ans, je portais un sac de blé de deux cents livres sur chaque épaule... Ça vous va?

Levraut eut un doute. Il avait une technique hors pair pour soulever et transporter de grosses charges, mais une technique en dessous de tout pour la bagarre. Et ce commissaire ne faisait pas loin d'une tête de plus que lui et était aussi large que la porte de Dinan qui se dessinait sous ses yeux de l'autre côté de l'eau. Et si ce gars-là avait véritablement porté deux sacs de blé sur ses épaules à quinze ans, d'une simple torgnole, il l'enverrait s'écraser sur les murs du dernier moulin, avant le grand large. Levraut se savait teigneux mais possédait néanmoins cet ultime éclair de lucidité qui l'incitait à la prudence et le sortait de situations périlleuses.

— Vous trouverez le Grand René du côté de La Roulais, ce n'est pas très…

— Je connais ! Merci, citoyen Levraut.

— Y a pas de quoi. C'est toujours un plaisir de rendre service à un commissaire de police, fut-il d'arrondissement.

Louis Darcourt, qui s'en allait, fut tenté de faire demi-tour. Il résista et sortit de la bâtisse en bois dont les portes grandes ouvertes donnaient au loin sur les remparts de la cité fortifiée.

En remontant la rue Royale, il s'arrêta aux écuries du Vieux Pélican et sella Grenade. Le petit hameau de la Roulais était proche, juste au-dessus des champs de la Ville-Pépin. Il laissa à sa droite la colline du Gras-Larron avec, à son sommet, l'ancien moulin devenu sémaphore. Il descendit de cheval devant une rangée de maisons au croisement de la rue de la Nation – qui devait son nom récent à la Révolution – et d'une ruelle étroite qui descendait vers Boisouze. Un vannier tressait une manne sous un abri de fortune devant son échoppe, sa réserve de brins d'osier jonchait le sol jusque sur le pavé. Darcourt lui demanda où logeait le Grand René. C'était deux maisons plus loin. Il était chez lui car il venait de rentrer de la pêche, du côté du Rosais. L'ancien meunier aimait dégratter dans la grève à marée basse, mais à cette heure-là, c'était surprenant vu que la mer était haute : il avait dû courir la gueuse et dire à sa citoyenne qu'il allait pêcher… Maudit fi de garce ! Louis Darcourt le remercia pour l'adresse ainsi que pour les détails sur les occupations récréatives du Grand René.

De son poing ganté, le commissaire tambourina la porte massive de la cambuse peinte en bleu prussien. La porte s'ouvrait en deux parties, vantail haut et vantail bas, ce fut par le haut qu'un individu apparut, telle une marionnette :

— Qu'est-ce que vous voulez à taper comme ça sur ma porte ?

— Je cherche le Grand René.

— Je ne sais pas s'il est là. C'est pour quoi ?

— Commissaire général de police Darcourt ! Je veux lui parler.

L'homme hésita et finit par déloqueter le vantail bas de la porte.

— Entrez, il fait pas chaud.

L'homme était grand, en effet, et légèrement voûté. Il arborait une crinière blanche et épaisse. Un feu de cheminée crépitait et chauffait l'eau d'une marmite en fonte. Louis Darcourt alla s'y planter et tourna le dos aux flammes.

— Alors, il est où le Grand René ? demanda-t-il.

— C'est moi. Vous comprenez, on ne sait pas à qui on s'adresse alors on prend des précautions, surtout depuis la Révolution.

— Je comprends, lâcha laconiquement Darcourt.

— Qu'est-ce que vous lui voulez au Grand… Enfin, qu'est-ce que vous me voulez ?

— Je sais que vous étiez commis meunier et que vous avez travaillé aux moulins du Naye. C'est exact ?

— C'est vrai... Je n'en tire aucune gloire... J'ai aussi travaillé dans d'autres moulins, y en a bien une quarantaine à Saint-Malo.

— Je sais également que vous avez travaillé avec Maximilien Lescousse.

Le visage du Grand René se ferma.

— Je n'ai pas envie d'en entendre parler.

— Et pourtant, il va bien falloir... Vous savez qu'il est décédé il y a peu de temps ?

— J'ai appris ça... Il était malade ? interrogea faussement le Grand René, la voix tremblante.

— Oui. Il avait mal à la tête, il en est mort tout estourbi.

— On est peu de chose.

— Moi aussi, on a tenté de m'estourbir.

— Vous aussi ? J'en reviens pas... Vous voulez boire quelque chose ?

— Non, ça ira.

— Estourbir un policier, ça doit coûter cher ?

— Plus cher que pour un commis meunier, c'est sûr.

— Et pourquoi vous venez parler d'estourbissement chez moi ?

— Faut bien en parler quelque part. L'endroit me semble choisi.

— Je ne dirais pas comme vous... J'ai jamais estourbi personne.

— C'est tout à votre honneur, citoyen Grand René. J'ai rencontré tout à l'heure le dénommé Levraut, commis meunier de son état...

— Oh, le gredin ! le coupa Grand René.

— Vous le voyez comme ça ?

— Je ne m'entendais pas trop avec lui... Alors si vous l'avez vu, pourquoi venir voir le Grand René, qui en sait moins que Levraut sur Maximilien Lescousse ?

— D'après lui, c'est le contraire. C'est vous qui travailliez il y a une dizaine d'années avec Lescousse aux moulins du Naye.

— Peut-être, mais Levraut aussi.

— On va dire que vous avez travaillé tous les deux avec lui.

— Vu comme ça, je ne dis pas non.

— Alors parlez-moi de Lescousse.

— Ce n'est pas le genre de citoyen à qui allait ma préférence… Mais selon les critères de l'époque, c'était un bon révolutionnaire… On ne peut pas lui reprocher d'avoir été royaliste.

— Il était proche du proconsul Le Carpentier, je crois ?

— Le Carpentier ! En v'là t'y de la mauvaise graine ! On ne lui aurait pas donné le bon Dieu, même après la confession.

— Connaissez-vous les membres du Comité secret du proconsul ?

— Non.

— Faites un effort.

— Je crois bien qu'il y avait Lescousse. Peut-être, l'arracheur de dents aussi…

— Larmeno ? le coupa Darcourt.

— Non, Mahé ! L'agent national du district ! Un gars des Côtes-du-Nord, de Saint-Brieuc ! Avant la Révolution, il arrachait des dents du côté de Broons. Il est même devenu accusateur public à Port-Malo. Un type louche qui avait été chargé de mettre fin au Comité de surveillance pour le remplacer par le Comité révolutionnaire. C'est lui qui avait désigné les citoyens dignes de participer à ce nouveau comité. Et pourtant, la première décision prise par ce nouveau comité a été d'arrêter l'agent national Mahé qui venait de les nommer. C'est le coup de pied de l'âne à qui on veut donner du foin. Il a dû être enfermé dans les geôles de Solidor, je ne sais pas ce qu'il est devenu.

— Autant ne pas savoir.

— Si vous le dites.

— Quel âge avez-vous, Gra... Monsieur comment, déjà ?

— Grand René.

— Oui, mais votre vrai nom ?

— Grand... René Grand, si vous préférez.

— Vous vous appelez Grand ?

— Oui. Y a pas de mal à ça... Et comme je suis grand, on m'appelle le Grand René.

— Bien, ça va de soi... Quel âge avez-vous, monsieur Grand ?

— Bientôt cinquante-neuf... J'ai le dos cassé par les sacs de farine, c'est pour ça que je ne travaille plus en minoterie depuis au moins deux ans. Je pêche un peu au bas de l'eau, je vends de la crevette et des crabes. Je connais les bons coins.

— J'en reviens au Comité secret de Le Carpentier... Que sont devenus les membres ?

— Du fait qu'il était secret, il m'est difficile de vous donner les noms des membres. Y a que Lescousse qui s'en vantait.

— Oui, mais vous fréquentiez bien Lescousse ?

— Je lui ai donné des coups de main pour l'élévation des montagnes, celles de Port-Malo et de Port-Solidor... et puis pour la préparation des fêtes de la Décade, du culte révolutionnaire... Je n'ai pas participé aux autres finasseries et rouerie qui l'ont fait quitter le pays à la fin des jours sombres.

— Quel genre de rouerie ?

— Je répète ce que j'ai entendu, les bruits qui couraient, moi je n'ai rien vu.

— Et qu'avez-vous entendu ?

— Lescousse aurait organisé des fêtes secrètes dans les dépendances des moulins.

— Quel genre de fêtes ?

— Je ne sais pas trop... On a parlé de messes noires révolutionnaires, dédiées à la déesse Raison, avec des prêtres constitutionnels... Ce n'étaient pas des saints, ces prêtres-là. Ils venaient soi-disant des communes du district, et même de plus loin... Un fieffé coquin, Lescousse, pour réunir tout ça.

— Tout quoi ?

— Qui dit messe dit Vierge Marie... Mais là, eh ben, y avait pas de vierge... C'étaient des filles légères de la rue du Pot d'Étain et de la rue des Mœurs qui servaient de... Enfin, vous voyez, quoi...

— Une sorte d'orgie ? De ripaille ?

— De ripaille, je ne sais pas. Avec la misère qui régnait, les caisses étaient plutôt vides, y avait pas de quoi remplir les assiettes. Mais les filles n'étaient pas chères et la déesse Raison avait le genou facile. Ça n'avait rien à voir avec les cérémonies officielles et les commémorations du culte républicain qui se célébraient dans les églises... D'après les on-dit, Lescousse réunissait son monde en petit comité.

— Révolutionnaire, ça va de soi ?

Grand René haussa des épaules.

Chapitre 21
Retour aux sources

Saint-Servan, le sextidi 16 pluviôse an XII (lundi 6 février 1804)

Grenade emprunta au petit trot la rue de la Nation vers Riancourt. Louis Darcourt, arrivé au croisement des grandes routes de Saint-Malo et Rennes, se restaura à l'auberge de la Pie qui Boit. Le petit hameau de Boisouze, où vivait la fille du docteur Bonsecours, était à moins d'un quart de lieue de là. L'aubergiste l'avait saoulé avec l'Assemblée des petits cochons, la foire aux bestiaux de Boisouze, qui n'était plus ce qu'elle était depuis la Révolution. Il est vrai que le commissaire ne pouvait pas connaître puisqu'il était de Paris… Et pourtant, Louis se souvenait y être allé avec ses parents pour vendre des porcelets. Il était enfant alors. Il revoyait encore Justine caresser les petits pourceaux, assise au fond de la charrette sur son tas de foin, secouée par les chaos de la chaussée. À ce moment précis, il eut une envie forte de la serrer dans ses bras, de lui dire qu'on allait ramener les petits cochons à la ferme, que personne ne les mangerait. Mais ses parents étaient pauvres, il fallait nourrir la marmaille pourtant peu nombreuse de la Ville-Lehoux. Le fléau de Dieu s'était abattu sur les campagnes à cette époque, les récoltes étaient maigres, les bêtes avaient souffert du terrible hiver 88-89 qui avait gelé jusqu'aux côtes des vaches. Dans les villes, les plus démunis brûlaient leurs misérables meubles vermoulus pour ne pas mourir de froid.

Louis Darcourt laissa un franc de pratique à la petite serveuse sous l'œil envieux de l'aubergiste. C'était le premier franc germinal qu'elle voyait. Il remonta sur Grenade avec aisance, comme s'il ne venait pas de se remplir le ventre et prit la rue de la Pie qui menait à Boisouze, en direction de l'Hôpital Général. Il reconnut la grande maison du docteur Bonsecours, un frisson lui parcourut l'échine. Tant de souvenirs. Il tira sur la chaînette qui pendait près de la grille d'entrée. Une femme d'une trentaine d'années, vêtue d'un sarrau noir, ouvrit la porte et sortit sur le perron. Ses cheveux châtain clair étaient relevés et fixés par un chignon.

— Vous êtes colporteur ? lança-t-elle.

— Non. Je me présente : commissaire de police Louis Darcourt ! J'aimerais voir la fille du docteur Bonsecours.

— Il a eu deux filles… Laquelle voulez-vous voir ?

Louis fut déconcerté.

— Euh… Celle qui vit ici.

— C'est moi, madame Josiane Guyot-Darnel de Bonsecours.

— Ah! fit Louis, surpris. Chevalier Darcourt de Longueville, pour vous servir.

Elle sourit, fit un pas de côté et dit :

— Montez.

Elle l'entraîna dans un petit salon et lui fit signe de s'asseoir sur un pouf oriental capitonné d'une peau de chèvre maroquinée verte.

— Que me vaut l'honneur de la visite de la police ? Excusez mon accoutrement, je suis en train de peindre dans mon atelier.

— Vous êtes pardonnée, dit en souriant Louis Darcourt… Je suis arrivé récemment dans votre ville et je suis chargé, entre autres, de vérifier certains faits qui se sont déroulés pendant la Révolution, surtout pendant les jours sombres de Saint-Malo.

— Jours qui furent interminables pour beaucoup.

— Je ne les ai pas vécus mais je le suppose.

— Votre nom me fait penser que vous n'étiez pas parmi les bourreaux… Je me trompe ?

— À un moment de l'Histoire, les bourreaux ont été des deux côtés, sans une monarchie archaïque, aurions-nous eu nos révolutionnaires ? Un peuple avec de la bedaine ne se révolte pas.

— J'aimerais posséder votre indulgence pour ce qui s'est passé ici… Mon père a été guillotiné pour avoir aidé des « terroristes », souvent de pauvres gens dénoncés par des allégations mensongères et livrés à la vindicte populaire par des « citoyens patriotes » au-dessus de tout soupçon.

— Je sais cela, madame… Vous viviez avec votre père à cette époque ?

— Oui… J'avais à peine vingt ans quand il est mort… Nous étions absentes au moment de son arrestation. Nous avons réussi à nous cacher avec ma mère et ma sœur dans une ferme à la campagne, au milieu du Clos-Poulet… Vous avez quel grade dans la police ?

— Je suis commissaire général de la police de l'arrondissement.

— Ah ! J'ignorais l'existence de cette administration… Et où est votre lieu d'attache ?

— Mes inspecteurs et moi sommes basés aux Capucins, à Saint-Servan.

— Avec la gendarmerie ?

— Entre autres, il y a aussi la mairie, la chapelle, le tribunal et quelques geôles pour les coupe-jarrets du coin… Nous avons également une annexe à l'hôtel de ville de Saint-Malo.

— Très bien. Et quels sont les faits des jours sombres que vous voulez vérifier ?

— J'enquête sur la disparition d'une famille de la Ville-Lehoux… Les Hervelin… Ce nom vous dit quelque chose ?

Josiane Guyot-Darnel ferma les yeux, qu'elle avait gris tendre, et sembla puiser dans sa mémoire.

— Ce nom ne m'est pas inconnu, je crois avoir entendu mon père le prononcer… Je me demande s'il ne les visitait pas en tant que médecin. Des paysans, je crois ?

— N'a-t-il pas prononcé ce nom le soir du 24 thermidor de l'an II, ou si vous préférez le 11 août 1794 ?

Josiane se troubla.

— Mon père a été arrêté le 12 août 94, soit le lendemain de la date que vous avancez. Je suis déconcertée par cette coïncidence… Il y a un rapport ?

— Qu'avait fait votre père dans la journée du 11 août, mademoiselle ?

— Madame ! Mon mari a été arrêté et guillotiné en même temps que mon père, nous venions de nous marier huit jours plus tôt.

— Je suis navré…

— Pas tant que moi !

— Excusez-moi de remuer de vieux souvenirs.

— Dix ans, ce n'est pas si vieux que ça… Mon mari devait prendre la succession de mon père, c'était un jeune médecin plein de talent et d'avenir.

— Je comprends votre tristesse…

— Non, vous ne comprenez pas ! Personne ne peut comprendre !

Madame Guyot-Darnel donna l'impression d'essuyer furtivement une larme sur sa joue, elle poursuivit :

— Excusez-moi, je m'emporte, vous n'y êtes pour rien… Mon père était quelquefois réquisitionné pour constater les décès des condamnés à mort, et rédiger les actes qui allaient avec… Quand cette famille a-t-elle disparu ?

— Le 11 août 94.

— Si je comprends bien, vous voulez savoir s'il a prononcé le nom de Hervelin ce jour-là ?

— Oui… Il aurait pu être amené à constater leurs décès.

— C'est possible… S'il s'agissait de ses patients, comme je le crois, et qu'il a été amené à constater leurs décès en cette journée du 11 août, il est fort possible qu'il en ait parlé le soir autour de la table…

Si toute cette famille est décédée en même temps, je suppose qu'elle n'est pas morte de maladie. Il n'y avait aucune épidémie dans la région à ce moment.

— Non, elle a été fusillée sur la grève des Talards. La guillotine était en panne.

Elle eut un geste de stupeur.

— Vous me surprenez, commissaire. Non seulement vous savez que cette famille a été tuée, mais vous connaissez aussi les raisons de cette disparition et de son issue fatale.

— J'avais quelques éléments en ma possession avant de venir vous voir.

— Alors je ne comprends pas l'objet de votre visite.

— Est-ce que votre père conservait des registres, des cahiers dans lesquels il notait son activité médicale, ou alors, à la rigueur, des doubles des actes de décès ?

— Oui, ça lui arrivait de décrire dans ses cahiers des cas qui l'avaient troublé… La disparition complète d'une famille aurait pu être de ceux-là.

— Je peux consulter ces registres ?

— Ils ont tout emporté lors de la visite domiciliaire, quand ils ont arrêté mon père et mon mari.

— Vous n'avez plus rien ?

— De cette époque ? Non. Vous pouvez aller consulter les registres de décès à la mairie.

— C'est fait, mais il manque quelques écritures de cette période. On m'a assuré qu'il y avait des doubles, je dois m'y rendre tout à l'heure en espérant que le secrétaire de mairie chargé des archives les ait retrouvées… Puis-je me permettre de vous demander de quoi votre père et votre mari ont été accusés ?

— Mon père, d'aider des personnes à émigrer, et mon mari, qui avait des idées progressistes, fut accusé de fédéralisme... Je hais les gens qui ont fait ça.

— Je comprends... Moi aussi, j'aimerais une nation fédérale dont les provinces ou les départements décideraient pour eux-mêmes sans attendre des ordres de la bureaucratie parisienne. Par exemple, il me faut un minimum de trois jours pour l'aller et trois jours pour le retour, avec les correspondances, pour avoir des instructions de mon ministère à une question posée.

— J'ai l'impression que vous vous posez beaucoup de questions, sourit-elle. Vous n'avez pas de supérieur hiérarchique dans le département ?

— Si ! Le préfet et le procureur... Mais je dépends de la Sûreté du Consulat... Hum... C'est une spécificité de la police d'arrondissement pour mettre en bon ordre le retour des émigrés et lutter contre le brigandage dans nos campagnes.

— Et les forfaits dans les villes ?

— Je m'y emploie également.

— Diable ! Vous êtes partout ! Au four et au moulin en quelque sorte.

— Surtout au moulin en ce moment... Je vous remercie de votre accueil, je m'en vais consulter les registres à la mairie, s'ils ont été retrouvés.

— Commissaire ?

— Oui ?

— Si vous apprenez quelque chose sur la mort de mon père et de mon mari, promettez-moi de venir m'en informer.

— Je n'y manquerai pas.

Désireux de faire le grand tour par le Sillon, il chemina sur les trois digues qui avaient, au fil des décennies, asséché les marais de Saint-Malo tels le Clos-Cadot ou le Marais Rabot. Arrivé à l'intersection de la route qui menait à Paramé à l'est et aux remparts à l'ouest, il abandonna l'idée de prendre le Sillon et choisit de filer tout droit et de descendre la dune. La mer était basse, il passa la croix en pierre de Mi-Grève et lança Grenade au triple galop sur le sable mouillé. L'immensité froide et marine de la Grand' Grève, balayée par un vent de nord, le saisit. Tenant la bride d'une main, il rabattit le revers de sa redingote sous son menton. Il se sentit bien, il aurait pu être heureux si la Louve n'était pas venue hanter son esprit.

Il choisit de rentrer dans les Murs par la porte Saint-Thomas qui permettait d'accéder à l'intérieur des remparts directement depuis la grève. Elle jouxtait la tour Quic-en-Groigne, l'une des tours du Château de Saint-Malo. Les sabots ferrés de Grenade résonnaient sur les pavés, une foule hétéroclite vaquait à ses activités sur la place Saint-Thomas. Ouvriers, marchands, marins, soldats s'entrecroisaient en silence, pliés en deux par le froid. Ils tentaient tant bien que mal d'éviter les carrioles qui ne connaissaient aucun code de conduite. La plus grosse charrette, munie du plus gros attelage et conduite par la plus grande gueule, déterminait la priorité. Louis Darcourt, rompu à ce genre d'exercice sur les champs de bataille, se faufila entre les véhicules. Arrivé à l'arrière de la cathédrale, il bifurqua à droite sur la rue très pentue de la Vieille Blatrerie qui longeait l'édifice religieux par le nord.

Les pavés mouillés l'ayant rendue glissante, Grenade faillit déraper. Il arriva enfin près de l'hôtel de ville où il attacha sa monture puis alla demander la clé de son bureau au commis de mairie qui occupait une petite loge près de la grande entrée. Il se débarrassa de son chapeau et déboutonna sa redingote et fit quelques mouvements pour se dégourdir les membres. Il s'apprêtait à gagner l'étage où se trouvait l'état civil quand le procureur Étienne Mourron entra dans la pièce.

— C'est bien de voir le bureau de la police de l'arrondissement occupé. C'est un évènement assez rare depuis que vous avez été nommé. J'avais affaire au tribunal, le gardien m'a dit que vous étiez présent dans vos locaux.

Le ton se voulait sans reproche et plutôt jovial.

— Bonjour, monsieur le procureur, souffla Darcourt. Vous ne me ratez jamais. N'oubliez pas qu'ici, c'est une annexe, mon bureau principal est à Saint-Servan.

— J'ai ouï-dire que vous n'y êtes pas souvent non plus. Pas plus que vos inspecteurs, d'ailleurs.

— Nous sommes des hommes de terrain et courons par monts et par vaux sur les territoires de notre arrondissement. Ainsi, en ce moment même, les inspecteurs Joseph et Girard doivent être entre Cancale et Dol à présenter nos meilleures considérations à nos contributeurs préférés que sont nos charmantes municipalités.

— Et pendant ce temps-là, que devient mon enquête ?

— Dois-je prendre ça pour un mot d'esprit, monsieur le procureur ? Il s'agit autant de mon enquête que de la vôtre… Elle avance. Lescousse était un citoyen très engagé, membre du Comité secret de Le Carpentier, semble-t-il. Il aurait été en charge d'organiser les festivités révolutionnaires… Décade, Être suprême, déesse Raison, et peut-être d'autres dieux de l'Olympe… En marge de ces fêtes, il y en avait de plus discrètes, plus près du cul que du culte officiel… si j'ose dire.

— Ah!

— Eh oui! Ainsi va la vie de nos révolutionnaires. Remarquez, pour des sans-culottes c'est un retour aux sources, presque de l'atavisme.

— Et Lescousse était mêlé à ça?

— Si vous préférez le terme de mêlée à celui d'orgie, ça ne me dérange pas. Oui, Lescousse était sinon l'instigateur, tout au moins membre actif de l'organisation… Maintenant, il faut que je le vérifie.

— C'est une raison suffisante pour se faire assassiner?

— Il avait sûrement des complices qui ont vu son retour d'un mauvais œil. Des citoyens ayant réussi à se faire oublier et qui ont craint un chantage quelconque de Lescousse. D'après sa femme, ce dernier avait grand besoin de subsides.

— C'est possible… Vous avez des noms à me proposer?

— Non, pas encore. Ça ne saurait tarder… En tant que procureur, je suppose que vous avez eu affaire à des prostituées de la ville?

— Ma vie privée ne vous regarde pas.

— J'ai dit: en tant que procureur! Pas en tant qu'homme! Nous savons bien, vous et moi, que la chair est faible.

— Parlez pour vous, commissaire. Ne mettez pas tout le monde dans le même panier. J'ai un code d'honneur que je ne franchis pas.

— Ah bon ? Vous ne connaissez pas une certaine Lucienne, dite Lulu la Marmite ?

— Qui vous a raconté ça ? s'énerva le procureur.

— Vous savez, dans les bouges de nos rues chaudes, les cabaretiers ont quelquefois la langue bien pendue… Alors par-ci par-là, je me renseigne sur les fréquentations de nos édiles. Je ne parle pas de leurs mœurs ou de leurs us et coutumes sexuels, qui ne me regardent absolument pas.

— C'est intolérable, commissaire ! Effectivement, je connais mademoiselle Lucienne, appelez-la Lulu la Marmite si vous le souhaitez, mais c'était dans le cadre d'une affaire pénale, une histoire de bijoux volés. Je nie farouchement toute promiscuité avec cette citoyenne… C'est au Chat qui Pète qu'on vous a raconté ça ?

— Au Chat qui Pète ou ailleurs, peu importe ! Ce qui compte c'est votre probité indéfectible que, personnellement, je n'avais jamais mise en doute.

— J'ai l'impression que vous êtes ironique, commissaire.

— Absolument pas ! Pourquoi la Marmite ? minauda Louis.

— Ça suffit, Darcourt !

— Vous voyez, monsieur Mourron, au lieu de penser que je suis un tire-au-flanc paresseux et nonchalant, interrogez-vous sur la façon de travailler de la police de Desmarest, notre bien aimé chef de la Sûreté, dont le pygmalion n'est autre que Fouché. Pour être honnête avec vous, je ne fréquente pas ce dernier, mes relations avec les assassins se bornent à leur arrestation… Dans ma feuille de route, je dois résoudre des affaires criminelles, comme celle en cours, mais aussi connaître et surveiller les ennemis de la Nation, qu'ils soient de l'extérieur ou de l'intérieur du territoire, et en référer au chef de la Sûreté. Nous échangeons presque tous les jours avec Desmarest à ce sujet. Il n'y a pas si longtemps, il craignait un débarquement de Georges Cadoudal dans la région de Saint-Malo. Maintenant, il a la certitude que celui-ci est à Paris, occupé à préparer un attentat contre Bonaparte… La dépêche que j'ai reçue hier de Desmarest m'indique qu'ils sont sur la piste de Pichegru et Moreau, ce qui n'est pas très bon signe pour le général Georges. Je ne partage pas ses idées, je ne suis pas royaliste, mais je ne voudrais pas qu'il se fasse capturer. Je préférerais le voir vivre tranquillement en Angleterre.

— Vous savez que vous parlez à un procureur de la République, et qui plus est, républicain convaincu ! Vous me faites là des révélations qui pourraient vous nuire.

Louis Darcourt s'approcha lentement et, de la main, épousseta les revers de l'habit du procureur.

— Écoutez-moi, monsieur Mourron, c'est parole contre parole. Que va peser la vôtre contre mes états de service à la défense de la Nation et mes faits d'armes auprès du Premier consul ? Rien ! Alors faites-vous discret, et en échange, je ne vous parlerai plus de Lulu la Marmite.

— Je n'aime pas les menaces, commissaire, mais…

— Mais ?

— Ça restera entre nous.

Louis recula d'un pas.

— À la bonne heure! Puisque vous êtes un républicain convaincu, je vais vous dire ce que j'aimerais pour notre pays: une République fédérale avec des états-provinces puissants comme le sont l'Alsace, la Bourgogne ou la Bretagne et ses six départements.

— Six départements? s'étonna Mourron.

— J'ai toujours considéré que la Mayenne était en Bretagne. On pourrait y adjoindre la Manche ou la Sarthe, mais il faut bien se fixer des limites acceptables pour tout le monde. Un État n'est gouvernable que si sa capitale n'est pas à plus d'une journée de cheval de ses contrées les plus reculées.

— Je vois mal un cheval effectuer la distance de Rennes à Brest en une journée.

— Qu'à cela ne tienne, on crée une nouvelle capitale de la Bretagne du côté de Loudéac ou de Pontivy, et le tour est joué…

— Monsieur Desmarest est-il au courant de vos ambitions géopolitiques?

— Non!

Chapitre 22
Les trois barriques

Saint-Malo, le sextidi 16 pluviôse an XII (lundi 6 février 1804)

Le secrétaire de mairie guida Louis Darcourt dans les couloirs du rez-de-chaussée de l'hôtel de ville et le fit entrer dans une petite pièce où l'on entassait les registres et les pièces d'état civil confisqués pendant la Révolution.

— Comme vous me l'avez demandé, j'ai sorti les derniers registres paroissiaux qui avaient été saisis par les révolutionnaires… Ceux des décès. Ils sont classés par ordre, le dernier est sur le haut de la pile.

Darcourt feuilleta le cahier, il mentionnait l'année 1792 et les écritures s'arrêtaient aux trois-quarts du registre laissant vierges toutes les autres pages. Un dernier paragraphe écrit par l'officier public Ledoux clôturait ledit cahier en date du 30 décembre 1792 en vue de le rapatrier au Greffe de la municipalité. Ce jour-là, le dernier décès enregistré fut celui du citoyen Noël Jaloux, portefaix, natif des environs de Quimper et mort aux environs de ses soixante-quatre ans. Ce dernier article mettait fin à plusieurs siècles d'enregistrement paroissial.

— C'est tout ? s'enquit Darcourt. Ça ne va pas plus loin ?

— Pour les paroissiaux, oui, c'est tout. Vous avez les registres de la commune si vous voulez. Quelle année souhaitez-vous ?

— 1794 !

— Décès, je suppose ?

— Je ne pense pas que vous ayez les baptêmes ?

Le secrétaire de mairie lança un petit rire aigu qui lui fit froid dans le dos.

— Non, c'est fini tout ça.

Il extirpa du dessus d'une étagère le registre communal correspondant aux décès de 1794 et l'étala sur la table.

Le pouls de Louis Darcourt s'accéléra. Il tourna lentement les pages du cahier, arriva à messidor, puis à la date fatidique du 24 thermidor, ce funeste 11 août 1794. Les noms étaient bien là, en bas de la page. D'abord Louis-Victor Hervelin, son père, puis Marie-Madeleine Hervelin, sa mère... Son cœur se glaça : en bas de la page, il lut le nom de sa sœur, Justine Hervelin, morte aussi le 11 août 1794. Les trois déclarations avaient été faites par le citoyen Bonsecours, médecin ayant constaté les décès. Ainsi, Justine était morte. Cela mettait fin à des années de supputations et autres hypothèses : de l'émigration en Angleterre jusqu'à l'espoir fou de la retrouver en la personne de cette Louve.

— Merci, dit-il au secrétaire de mairie en refermant le cahier.

Ce dernier s'en saisit et le replaça au-dessus de l'étagère.

— Ça ne va pas ? demanda-t-il devant l'air sombre du commissaire.

Louis hésita :

— Si ! Attendez ! Donnez-moi le registre.

Darcourt retrouva la date du 11 août et tourna la page suivante. Au verso, en haut de la feuille, était enregistré un Louis Hervelin, âgé de dix-sept ans... Toute la famille ! songea Louis. Le docteur Bonsecours avait mentionné toute la famille Hervelin dans les décès. Déclaration sûrement faite après que ce bon docteur, qui portait si bien son nom, l'eut aidé à s'échapper. Voulant épargner les enfants Hervelin d'une arrestation ou de toute autre vicissitude de la part du Comité révolutionnaire, il les avait déclarés morts. Mais lui, Louis Darcourt, était bien vivant, cela signifiait que sa sœur était potentiellement en vie. Cela n'était pas sûr à cent pour cent mais tout à fait possible. Peut-être que Bonsecours lui avait trouvé une échappatoire à elle aussi. Ainsi, son hypothèse qu'elle serait en Angleterre était loin d'être absurde. Dans la grande tourmente qui régnait à l'époque, une disparition passait presque inaperçue.

— Ça va mieux ? s'enquit le secrétaire.

— Oui, ça va, merci.

— Vous consultez pourtant le registre des décès.

— Je voulais m'assurer que je n'y étais pas présent.

Le rire saccadé et aigu du secrétaire de mairie roula dans le couloir, Louis frissonna.

Darcourt laissa sa jument devant l'hôtel de ville. De la place de la Paroisse, il emprunta la rue des Cimetières puis pénétra dans la ruelle sombre et étroite du Pot d'Étain. Il délaissa l'auberge du Chat qui Pète et se dirigea vers le cabaret de la veuve dont le corsaire de mari avait disparu au large d'Ouessant en revenant de l'Isle de France. La matrone était assise derrière un comptoir et semblait faire des comptes. À l'entrée de Darcourt, elle leva la tête.

— Tiens ! Voilà la police ! Sans son beau moricaud, hélas ! Bonjour, commissaire, que me vaut l'honneur de votre visite ?

— Vous me direz plus tard si ma visite vous semble honorable, chère madame... Comment vont les affaires ?

— Je ne sais pas si nos corsaires ne sont plus ce qu'ils étaient ou si les Anglais sont devenus pauvres comme Job et qu'ils n'ont plus que des penaillons et de la monnaie de singe à leur offrir, mais ça coince dur de la goule en ce moment. C'est la gueuserie dans tous ses états.

— Si le moral de nos troupes était en berne, on peut dire que vous savez comment le remonter...

— J'ai appris qu'on vous avait cassé la tête ?

— C'est exact. À la Belle Jambe, au Petit Placitre.

— Chez ma consœur ! Armandine Lafilleule, ou la veuve La Cuillère si vous préférez. Son capitaine de mari, qui avait une louche à la place de la main, a été raccourci par une autre Veuve[11], aux Travaux Saint-Thomas, tout près d'ici. Rien que pour ça, je lui tire ma colinette, mais c'est quand même une belle salope.

---

11. *Surnom donné à la guillotine.*

— Ah bon?

— Elle essaie de me débaucher des filles. Des attitrées d'ici, presque des pensionnaires à temps plein. Si j'osais, je dirais même des saintes filles qui ont à peine connu le Jésus. C'est pas croyable de voir des choses pareilles! On vit une drôle d'époque, commissaire, on s'demande où ça va nous m'ner.

— Le mieux, c'est de ne pas se poser la question... J'enquête toujours sur le meurtre du citoyen Lescousse, qui sortait de chez vous juste avant de se faire estourbir... Quels sont les bruits qui courent à ce sujet dans votre cabaret?

— Personne n'a rien vu, personne ne sait rien. Voilà tout ce que je peux vous dire.

— Écoutez, madame... madame comment, déjà?

— Madame Dupuis! Du nom de mon défunt corsaire de mari que plusieurs mauvaises langues appelaient La Margelle, à cause du puits et de certaines mœurs, semble-t-il, douteuses... Mais c'est ça le métier de marin, mon pauvre monsieur!

— Madame Dupuis, je vais être moins indulgent que lors de ma première visite. Je veux des réponses à mes questions... Vous étiez déjà à la tête de ce cabaret pendant les jours sombres de la Révolution, je sais maintenant que le citoyen Lescousse a pris part à certaines célébrations des cultes révolutionnaires. Il a eu recours à des filles, notamment pour incarner la déesse Raison, lors de ces cérémonies dont il était l'un des organisateurs. Quoi de mieux que votre cabaret pour en dénicher? Je cherche une fille ou des filles qui travaillaient déjà ici il y a dix ans, et je compte sur vous pour me les faire connaître.

— Dix ans, c'est long pour ce genre de filles, c'est un métier qui use. Il n'y en a plus de cette époque. C'est de la faute des bonshommes, dès que c'est un peu fané ils en veulent plus !

— Réfléchissez bien.

— Regardez les trois ou quatre filles qui boivent un coup avec les messieurs présents... Elles ont quel âge d'après vous ? Même pas vingt ans, voilà la vérité. Il faut de la jeunette dans notre métier.

— Je me répète, madame Dupuis, réfléchissez bien. Il me faut le nom et l'adresse d'une fille qui arpentait le quartier il y a une dizaine d'années, et qui pourra m'apporter les renseignements que je souhaite obtenir... À moins que vous ne désiriez une inspection sanitaire de mon administration ?

— La police est toujours encline à proférer ce genre de grossièreté alors qu'on ne lui demande rien. Ce n'est pas digne de vous, commissaire.

Elle se leva de son tabouret et se pencha vers Darcourt :

— J'ai connu Lescousse à cette époque. Il jouait les fiers-à-bras. C'est vrai qu'il avait l'air sournois et se croyait intouchable. Paraît qu'il avait de bons rapports avec le proconsul Le Carpentier. Toujours est-il qu'il a quitté la ville quelques semaines après le départ de ce dernier, quand le vent a commencé à tourner. C'est vrai aussi qu'il rôdait autour des filles, mais elles ne l'aimaient pas, il n'était pas sain.

— L'une d'elles l'a-t-elle connu plus particulièrement ? Je sais qu'il avait besoin de jeunes « actrices » pour jouer le rôle de nos déesses révolutionnaires... Je suis en droit de penser que ces « actrices » évoluaient dans des lieux en marge des cultes officiels qui, eux, se célébraient dans des églises converties en temples.

— Les filles le craignaient... Je ne devrais pas vous le dire mais il y en a une qui lui en voulait particulièrement. Elle n'était pas de prime jeunesse, elle avait au moins trente ans et était au bout de sa carrière, si j'ose dire... Ça lui fait la quarantaine, maintenant.

— Pourquoi lui en voulait-elle ?
— Vous lui demanderez.
— Où puis-je la trouver ?
— Rue des Orbettes, elle tient un petit débit de boissons sur trois tonneaux d'bout, ça fait pitié.
— Quelle rue des Orbettes ? Il y en a deux dans nos Murs.
— Celle près de la Halle aux Poissons.
— Comment s'appelle cette femme ?
— Vous voulez me mettre dans de mauvais draps ?
— Rassurez-vous, dans les geôles de la tour Solidor, il n'y a pas de draps, à peine un peu de paille.
— Vous êtes né méchant ou c'est venu après ?

Louis Darcourt se retint de sourire.

— Comment s'appelle-t-elle ?
— Nénette... comme Toinette... Antoinette, si vous préférez. Voilà, vous êtes content ? Je l'aime bien Nénette, alors si vous pouviez ne pas lui dire que ça vient de moi, ça m'arrangerait.
— Je ne vous promets rien mais j'essaierai... Je ne vais peut-être pas retourner à Saint-Servan ce soir, quelle auberge me conseillez-vous ?
— Vous voulez dormir dans des draps propres ?

— Si possible... Je pense même que ce serait ma première condition.

— Évitez mes voisins du Chat qui Pète... Ce n'est pas que ce soit sale, mais il y a beaucoup de passage, alors est-ce qu'ils ont le temps de les changer ? C'est une question à se poser... Moi, je descendrais plutôt du côté de la Vicairerie, à l'hôtel du Gros Donjon. C'est là que couchent les messieurs de Saint-Servan quand ils sont pris par la nuit ou par la marée. En plus, ils ont de bonnes écuries, si vous êtes avec votre cheval, bien sûr.

— C'est le cas... Merci du renseignement.

La rue des Orbettes était en contrebas, la nuit n'allait pas tarder à tomber. Il descendit par la rue Sainte, où les deux terrassiers, poursuivant leur lente progression de pavage, s'activaient à ranger leurs outils. Il les salua de deux doigts portés à son chapeau. La pente raide le mena rue de la Corne du Cerf, et tout au bout, il aperçut la Halle aux Poissons. La rue des Orbettes n'avait de rue que le nom tant elle était étroite, s'apparentant à un couloir sombre et humide où l'on pouvait, de son lit, discourir avec le voisin d'en face et lui souffler sa chandelle avant qu'il ne s'endorme. La deuxième rue des Orbettes, à quelques pieds de là, présentait les mêmes caractéristiques. Sans pouvoir les départager pour le titre du plus petit passage, on leur donna le même nom. Darcourt s'arrêta auprès d'un vieillard cacochyme appuyé sur une canne et lui demanda où Nénette tenait son débit de boissons. Le vieux mit tellement de temps à se retourner que Louis regretta aussitôt sa demande. Il n'attendit pas la réponse et trouva le lieu en question à l'angle de la place de la Beurrerie. Malgré le vent frais, la porte était ouverte. Un pêcheur et deux charpentiers des chantiers navals, plantés devant leur tonneau, s'abreuvaient de bolées de cidre. Une femme, assise sur une chaise, crochetait un châle.

— Vous êtes Antoinette ?

Elle leva les yeux vers l'homme qui venait d'ôter son chapeau. Il lui sembla immense. Elle avait les cheveux gris et des cernes violets sous les yeux.

— Ça s'pourrait… Comment connaissez-vous mon nom ?

— C'est écrit « Chez Nénette et ses Trois Barriques » sur votre enseigne.

— Ça ne prouve pas le reste, mais bon ! Qu'est-ce que vous voulez ? Une bolée de cidre ?

— Non, merci… Je suis de la police. Commissaire Darcourt !

Nénette se raidit et il vit un voile d'anxiété passer dans ses yeux. Elle n'avait aucune raison d'être inquiète à ce moment-là. Au mot police, les trois hommes présents dans la salle enfumée lichèrent le fond de leur bolée et saluèrent la tenancière :

— On te paiera demain, Nénette.

— Entendu, répondit-elle.

— Je les chasse ? s'amusa Louis.

— Faut croire… Voilà la nuit qui tombe, je n'ai plus assez de chandelles en réserve, je vais fermer.

— Faites, ne changez rien pour moi… J'ai quelques questions à vous poser. J'enquête sur la mort d'un homme qui a été assassiné à quelques rues de là. Vous en avez entendu parler ?

— Vous êtes à Saint-Malo, pas dans un monastère. Ce ne sont pas des choses si rares, ici, ce n'est ni le premier ni le dernier. On retrouve souvent des noyés dans la petite mer, en général au matin à marée basse.

— Celui-là, non. Il a été estourbi à coups de pavés.

— À coups de pavés? Il y a vraiment des sauvages... Pourquoi que vous venez me voir? Vous pensez que je suis une compétente dans la façon de tuer avec des pavés?

— Non, mais je pense que vous connaissez la victime, un dénommé Lescousse. Ça ne vous dit rien?

Une fois encore, Darcourt décela dans le regard de la femme une expression de crainte, puis de fatalisme. Comme si pour elle, les dés étaient jetés.

— Peut-être que je connais ce nom-là. Ça me dit vaguement quelque chose.

— Je suis à peu près sûr que vous l'avez bien connu, il y a une dizaine d'années... Vous n'avez pas toujours exercé ce métier de débitante de boissons, je suppose? Quelle profession exerciez-vous avant?

— Blanchisseuse! J'étais blanchisseuse à mon compte, près de la boutique du perruquier de la rue du Boyer.

— Je ne connais pas de perruquier rue du Boyer.

— Il a fermé pendant la Révolution, comme tous ses confrères. La mode n'était plus aux perruques. Y avait plus de têtes à coiffer... Tous les métiers s'perdent!

— Sauf le plus vieux métier du monde, qui semble éternel.

— J'vois pas où vous voulez en venir.

— Je sais que dans votre jeunesse, vous avez fréquenté les cabarets de la ville comme aguicheuse.

— Aguicheuse?
— Putain, si vous préférez!
— De la médisance, commissaire! C'est vrai que je sortais un peu le soir dans les cabarets, mais c'était juste pour trouver du plaisir à voir mes biquettes, mes amies si vous préférez, et tailler un bout de gras.
— Je crois que c'est Antoinette votre prénom? Écoutez, Antoinette, je me moque de votre passé et de ce que vous faisiez... Parlez sans crainte. Lescousse organisait des fêtes pour célébrer les cultes révolutionnaires et je crois que vous y avez participé.
— Non! cria Antoinette en se levant brusquement de son tabouret.
— Comment avez-vous connu Lescousse alors?
Elle baissa la tête. Ce policier ne quitterait jamais son débit de boissons sans avoir appris quelque chose de nouveau.
— C'est vrai, je l'ai fréquenté un peu. Il venait le soir dans les cabarets voir les filles. Il nous demandait si on voulait être des déesses ou des niaiseries du genre. Il disait que les cultes de la Raison, de l'Être suprême et le culte décadaire étaient une nouvelle religion : la religion révolutionnaire. Et qu'il fallait la célébrer avec les plus belles filles du pays. Il proposait de nous payer aux frais de la Convention.
— Vous y avez participé?
— Non!
— Je ne vous crois pas.
— Il connaissait bien le proconsul Le Carpentier, alors certaines filles, plus par peur, ont accepté d'y aller. Pas moi!
— Pourquoi?

— On savait toutes que c'était pour tirer la godillette, on n'était pas des cruches.

— Que vous ayez été payée pour faire ça dans une cérémonie religieuse, fut-elle révolutionnaire, ou dans une chambre de bousin, qu'est-ce que ça changeait ?

— Ça changeait tout ! J'ai mon honneur ! Je n'avais pas envie de tirer la godillette habillée en déesse Raison sous l'œil de Robespierre !

— Les femmes qui y ont participé sont toujours dans le coin ?

— Je ne sais pas... Les filles présentes à Saint-Malo sont originaires d'à peu près partout, elles pensent que les louis d'or coulent à flots avec nos corsaires.

— Ce n'est pas le cas ?

— Si c'était le cas, vous croyez que je serais devant trois barriques en train de verser du cidre à des arsouilles invétérés ?

— Je comprends... Avez-vous connu une jeune fille qu'on appelait la Louve pendant la Révolution ?

Les traits d'Antoinette se figèrent.

— Hein ?

— La Louve ! Une mendigote qui traînait avec les prostituées autour de la cathédrale.

— Pourquoi vous me demandez ça ?

— Parce que vous étiez là-bas il y a dix ans, et elle aussi.

— Oui, la Louve, ça me revient... Ça fait des années qu'on ne la voit plus... Une brave fille un peu sauvage... Mais comment pouvez-vous la connaître et qu'est-ce qu'elle a à voir avec Lescousse ?

— Aucun rapport, je pense... De quoi vivait-elle ?

— Elle allait au lavoir nettoyer le linge des filles et l'étalait sur la grève et les rochers quand il faisait beau. Parfois, elle emmenait les ânes du loueur de charrettes de la place Saint-Thomas brouter de l'herbe sur le Grand-Bé… Je l'avais presque oubliée cette jeunette. Pourquoi vous intéressez-vous à elle ?

— Il y a encore des familles qui nous demandent de retrouver des proches qui ont disparu pendant cette période trouble. C'est le cas pour cette jeune fille.

Louis Darcourt jeta un œil derrière lui, la nuit était maintenant complètement tombée. Il se souvint qu'il avait laissé son cheval près de l'hôtel de ville. Il salua Antoinette et se rendit à la Grande Porte, toute proche, puis jusqu'au parapet du Ravelin. Le vent lui cingla le visage. La mer était basse, il aurait été courageux de vouloir traverser la grève et ses chausse-trappes dans cette obscurité. Au loin, les lueurs de Saint-Servan dansaient, chevrotantes comme la flamme d'une bougie. Il fit demi-tour et remonta la Grande Rue en direction de la cathédrale.

Chapitre 23
Rues traîtresses

Saint-Malo, le sextidi 16 pluviôse an XII (lundi 6 février 1804)

Louis Darcourt se retrouva place de la Paroisse après avoir plié l'échine en grimpant la rue mal pavée et glissante de la Vieille Blatrerie. Lorsqu'il passa sous la voûte des Halles, qui délimitait l'entrée de la vieille rue, il évita avec succès une bassinée d'eau sale jetée sans vergogne depuis l'étage de la maison ancrée sur cette arche. Devant l'hôtel de ville, il aperçut un homme en uniforme qui discourait avec Grenade, sa belle jument. Il s'agissait de l'un des gardes champêtres de la ville.

— Qu'est-ce que vous lui racontez ? demanda le commissaire.

— Elle s'est mise à hennir et à ruer, le procureur m'a demandé de veiller sur elle. Vous ne devriez pas la laisser toute seule comme ça dans la nuit. Il y a des vols de chevaux ici.

— Quiconque la volerait n'irait pas loin, en imaginant déjà qu'il puisse monter dessus. S'il réussit, il lui faudra serrer des fesses quand Grenade bloquera subitement ses antérieurs, tels les freins d'une diligence. Vol plané assuré! Elle ne connaît que son maître et mon adjoint, l'inspecteur Joseph... Il est encore là, le procureur?

— Non, il est rentré chez lui, je crois. Il habite au Pilori.

— Je sais... Je vous remercie d'avoir fait la conversation à Grenade. Je vais aller la mettre au chaud dans les écuries de l'hôtel du Gros Donjon.

— Rue de la Vicairerie?

— Oui.

— C'est une bonne maison.

— J'espère.

Louis saisit la bride de Grenade et marcha à côté d'elle, l'auberge n'étant plus qu'à quelques centaines de pieds de là. En passant sous la voûte de la Chantrerie, rue de la Paroisse, il eut la fâcheuse impression d'être suivi. Il s'arrêta, fit semblant d'ajuster sa selle et jeta un regard en arrière, vers la place de la Paroisse plongée dans l'obscurité.

L'éclairage public se montrait défaillant. Les lanternes, suspendues au milieu de la chaussée par une corde étirée de la façade d'une maison à celle d'en face, étaient le plus souvent éteintes par le vent qui s'engouffrait avec vigueur dans les rues étroites de la vieille cité. Quand ce n'était pas les vauriens de la ville qui fracassaient les carreaux des éclairages à l'aide de leurs lance-pierres. Il ne remarqua rien, sinon quelques noctambules qui regagnaient leurs logis, ainsi que deux hommes tirant une charrette à bras chargée d'un tas de meubles, sans doute un déménagement illicite.

Louis Darcourt n'avait pas oublié le coup de crosse reçu à la Belle Jambe. Celui qui lui avait asséné ce coup savait pertinemment qu'il était encore en vie et s'il voulait l'éliminer, il retenterait sa chance. Qui? Pourquoi? Louis n'avait pas trouvé la réponse et cette agression semblait invraisemblable, tant il n'avait aucun suspect à coucher sur son cahier. Sa seule certitude concernant le meurtre de Lescousse était que son assassinat était lié avec le passé du membre du Comité secret de Le Carpentier. Il n'imaginait pas Nénette aller le tuer à coups de pavés, pourquoi l'aurait-elle fait? Il excluait également une jalousie quelconque de l'épouse de Lescousse, celle-ci vivait sa vie avec son amant, et son défunt mari semblait avoir accepté la situation puisqu'il continuait ses virées nocturnes loin du domicile conjugal. Quant aux meuniers, anciens compagnons de travail de Lescousse, même s'ils ne le portaient pas dans leur cœur, ils ne lui vouaient pas non plus d'acrimonies impardonnables qui les auraient poussés à le tuer.

Louis retint deux hypothèses pour lesquelles il n'avait aucun nom à inscrire en face. La première était la peur que Lescousse ne dévoile le nom d'un acolyte sur une affaire qui se serait passée pendant les jours sombres. Ce complice l'aurait éliminé pour l'empêcher de parler. Sa deuxième hypothèse était celle de la vengeance d'un citoyen ou d'une citoyenne qui aurait eu à subir les affres de

Lescousse à la période de la Révolution et qui aurait jugé, puisqu'il était de retour, que l'heure était venue qu'il paye pour ses crimes. Les deux sentiments se ressemblaient et portaient à la même conclusion : la mort de Lescousse.

Il descendit la rue d'Entre les Deux Marchés et, passé la Halle aux Légumes, arriva rue de la Vicairerie. Il entendit la mer battre le quai, plus bas, derrière la porte de Dinan. Il alla directement aux écuries et laissa son cheval aux mains du palefrenier de l'hôtel. Il y avait des chambres de libres. Depuis cette nouvelle entrée en guerre avec l'Angleterre, le commerce périclitait et la clientèle de ces messieurs d'affaires s'en ressentait. Tout au moins, c'est ce que lui soutint le patron qui était maintenant assis derrière son comptoir, après que Darcourt l'eut appelé d'un vigoureux coup de poing sur le laiton de la sonnette de réception qui n'en demandait pas tant. Bien sûr qu'il y avait une chambre pour le commissaire, il pourrait même souper s'il le désirait. De plus, c'était un honneur d'accueillir dans son établissement le commissaire général de la police de l'arrondissement de Saint-Malo. Le préfet de Rennes avait déjà fait l'honneur de séjourner dans ce même hôtel. Louis en fut ravi et goûterait volontiers à leur bonne soupe. Il conservait toujours un nécessaire de toilette et de rasage ainsi que quelques hardes de nuit dans les fontes de sa selle, une habitude prise pendant ses campagnes militaires. Après avoir soupé, il demanda qu'on lui monte un broc d'eau chaude et un broc d'eau froide dans sa chambre. Il fit une courte toilette et décida d'aller boire une eau-de-vie en guise de digestif dans un cabaret.

La rue des Mœurs et ses tavernes était toute proche, il emprunta la ruelle mal éclairée des Herbes. Arrivé à l'angle de la rue du Point du Jour, il eut à nouveau cette sensation désagréable d'être suivi. Dans le quartier, les mauvais garçons ne manquaient pas : marins en mal d'embarquement, soldats de garnison de passage, souteneurs et voleurs en tout genre, jusqu'aux équipages de corsaire venus solder les derniers sous de leur dernière prise.

Louis se camoufla dans une embrasure de porte et se pencha légèrement en avant pour observer le fond de la rue. Un bruit soudain le fit sursauter ; c'était un hurlement de chat. L'animal arriva à lui et s'arrêta, le devina et se mit à cracher et à siffler dans sa direction. « Merci, chat, pour ta discrétion ! » dit Louis. Il sortit de sa cachette improvisée, ne vit rien dans ses arrières, et pénétra dans la rue des Mœurs. Il n'était pas plus de neuf heures du soir mais déjà, la vie nocturne battait son plein. Des hommes ivres morts sortaient des cabarets, des filles habillées comme sous l'Ancien Régime, robes amples et dentelles volantes, caquetaient en petits groupes. Quelques-unes plus délurées se montraient en jupons et épaules dénudées par les fenêtres ouvertes. Il y avait un clavecin et un violon à la Belle Jambe, quand Louis entra, une musique éraillée, un air de contredanse française, lui assourdit les tympans. S'il n'avait pas vu le claveciniste jouer avec ses mains, il aurait pensé qu'il jouait avec ses pieds. Dans le tripot enfumé, il chercha la patronne, dont il connaissait désormais le nom, Armandine Lafilleule, ci-devant veuve La Cuillère. Elle discutait, la pipe à la bouche, avec deux filles qu'elle avait l'air de morigéner.

Louis s'approcha, elle l'aperçut :

— Vous cherchez de la compagnie, commissaire ?

— Non, je viens juste me faire trucider, c'est possible ?

— Ah ah ! Vous êtes drôle... Un tour dans la chambre aux miroirs avec Justine, ça vous irait ?

— Gratuit ?

— Bien sûr !

— Corruption d'officier de police, vous savez ce que ça coûte ? plaisanta Darcourt.

— La corde ?

— Non, c'est trop doux.

— Arrêtez, vous allez me faire peur... En quoi mon modeste cabaret doit-il se réjouir de votre visite ? Ne soyez pas rabat-joie, commissaire, dites-moi que vous venez pour le plaisir et non pour le travail.

— Je viens goûter une bonne eau-de-vie avant d'aller dormir à l'hôtel du Gros Donjon.

— Bonne maison.

— C'est ce que tout le monde me dit. Belles écuries, en tout cas... Vous n'avez toujours pas d'idées pour mettre un nom sur la personne qui m'a assommé l'autre jour ?

— Non, et je n'en aurai pas. Ça ne relève pas de ma besogne d'avoir des idées de ce genre.

Louis Darcourt jeta un œil sur la clientèle masculine, son agresseur était peut-être dans ses murs. Il s'était forgé l'idée que l'assassin de Lescousse et son agresseur étaient la même personne. Qui pouvait lui en vouloir, si ce n'est l'objet de ses recherches ? Il venait d'arriver à Saint-Malo et ne se connaissait pas d'ennemis. Il n'enquêtait sur aucune autre affaire criminelle, il ne traînait pas de casserolée d'une enquête précédente, il en concluait donc que le crime de Lescousse et son agression étaient liés.

— Que me proposez-vous comme eau-de-vie ?
— J'ai un très bon alcool de poire de mon défunt mari, le capitaine La Cuillère. Il avait eu ça du côté de Pleudihen. Il m'en reste deux bouteilles, mais il n'est pas à vendre je le garde pour les amis…

Elle s'arrêta devant l'œil noir de Darcourt et reprit :
— Enfin… Pour les amis ou les gens de qualité.
— Ce que je suis ?
— Euh… oui.
— Si cet alcool n'est pas à vendre… Vous voulez me l'offrir ?
— Ventrebleu ! En voilà des manières ! Eh ben non ! Je vais vous le faire payer… Et cher !
— Voilà, j'aime mieux ça, s'amusa Darcourt. Servez le moi.

Ils se dirigèrent vers le comptoir, la veuve lui versa l'équivalent d'un demi-verre à cidre d'un beau liquide transparent comme de l'eau de roche. Louis Darcourt huma, goûta et apprécia d'un claquement sec de la langue.

— Alors ? Avait-y de la bonne sente mon défunt mari ? Il avait beau avoir une louche à la place de la main, il n'en avait pas moins un sacré palais.
— Je dois le reconnaître.
— Merci pour lui… Vous en voulez un autre ?
— Non, merci, ça ira… La recette est bonne ?
— Vous voulez rétablir la dîme ? Excusez-moi d'être méfiante, mais dès qu'un officier de police commence à vouloir mettre le nez dans mes comptes, ça me porte au cœur.

— Faut pas… Il y a des jeux ici ?

— Et pourquoi pas « clandestins », tant qu'on y est ? Il y a des tripots pour ça. Ici, c'est une maison honnête !

— Si vous le dites.

— Je le dis la main sur le cœur, ou comme disait mon défunt mari : « Je le jure le moignon sur les ventricules. » Un bien saint homme qu'on a perdu là.

— Dommage que le Comité révolutionnaire n'ait pas cru pas aux saints.

— Oui, vraiment dommage… Vous voulez voir sa tête ?

Louis Darcourt marqua un temps de surprise :

— Sa tête ?

— Oui. Quand on récupère le corps après la guillotine, ils nous le livrent en deux morceaux. Le plus gros morceau est dans le cimetière des Écailles, près du bastion Saint-Philippe, mais la boule est dans une armoire au dernier étage de cet établissement.

— La boule ?

— Oui. Sa tête !

— Je croyais que vous l'aviez mise dans le cercueil entre ses jambes ?

— Ne soyez pas naïf, commissaire. Non, ça, c'est l'histoire pour la populace. En vérité, je suis allée à Lambety, pas loin de l'hôpital, voir le père Rougier, celui qui traite les peaux de lapin et qui empaille les renards… Je lui ai demandé de m'empailler la tête du capitaine La Cuillère. Il ne voulait pas, j'ai bien fait d'insister… Si vous voyiez les yeux qu'il a…

— Le père Rougier ?

— Non ! Mon défunt mari… Il a des yeux de porcelaine d'un éclat… C'est édifiant de voir ça, on dirait que non seulement il vous regarde, mais qu'en plus, il vous voit. Vous voulez lui rendre visite ?

— Non, merci, une autre fois… Ce sera avec plaisir… Je vais aller me reposer. Bonne soirée, madame Lafilleule.

Louis Darcourt, perdu dans ses pensées, regagnait son hôtel par la rue du Pressoir. Il songeait à cet homme, le prêtre réfractaire, qu'il avait aperçu en compagnie de ses parents avant la fatidique journée d'août 1794. Les quelques recherches succinctes qu'il avait effectuées ne lui avaient pas permis de mettre un nom sur cet inconnu et il ignorait ce qu'il était devenu. Mort ou vivant ?

Il en était là de ses spéculations lorsqu'une détonation déchira la nuit au bout de la rue des Herbes. Il ressentit un choc à l'épaule, comme un coup de poing, y porta la main et découvrit que sa redingote était déchirée au niveau de la couture entre le bras et l'épaule. La balle avait effleuré et cisaillé l'étoffe sans le toucher. Il avait aperçu le feu sortant du canon de l'arme, de l'autre côté de la rue de la Vicairerie. Le tireur devait être à une vingtaine de pas. Imprudemment, Darcourt se mit à courir à découvert dans cette direction. Il distingua une silhouette noire qui se précipitait vers la Halle aux Légumes, sûrement le tireur. Il longea le bâtiment en ralentissant le pas, l'oreille tendue. Le moment était venu de montrer ce que savait faire un soldat de Bonaparte. Des fenêtres s'ouvraient, des bonnets de nuit apparaissaient : « C'est les Anglais ? » demanda l'un. « Non, sûrement un duel entre ces foutus corsaires ! » répondit l'autre.

Louis Darcourt rasait maintenant le mur de façade en face de la Halle, dos à la maçonnerie. Il pressentait son agresseur à l'affût et pas très loin de lui. Son pied heurta un morceau de canalisation en terre cuite. Il s'accroupit et s'en saisit. Il déboutonna sa redingote et sortit son pistolet de l'étui. Il lança le morceau de grès dix pas plus loin, qui éclata sur les pavés. À sa grande surprise, la silhouette jaillit d'une encoignure juste derrière lui. Son agresseur lui tomba sur le dos et le fit trébucher. Les deux hommes roulèrent au sol et Louis Darcourt lâcha son pistolet. L'inconnu tenta de s'en saisir, Louis lui envoya un violent coup de pied dans la poitrine qui le projeta en arrière, et tâtonna le sol pour retrouver son arme. L'homme s'était relevé et s'enfuyait en direction de la rue de la Fosse. Le commissaire se releva à son tour et partit à sa poursuite. Il le vit tourner dans la petite rue de la Motte, s'y engouffra et se mit à marcher jusqu'à la rue des Forgeurs qui en marquait l'extrémité. Il attendit, l'oreille en alerte : rien, pas un bruit. Il se retourna et remonta lentement la rue qu'il venait d'emprunter. Les chandelles dans les foyers étaient éteintes. Soudain, une fenêtre s'éclaira quelques secondes au premier étage. Louis repéra la porte d'entrée de la bâtisse de trois niveaux, elle était entrouverte ; il la poussa sans faire de bruit et tâtonna dans le couloir, il n'y voyait goutte. Il attendit que ses yeux s'habituent à l'obscurité et progressa jusqu'à l'escalier qu'il monta sur la pointe des pieds. Dans le dégagement, il y avait trois portes palières. Deux donnaient côté rue. Il resta debout à écouter : rien. Une lueur apparut au bas de la première porte. Il se mit à tambouriner l'huis : « Ouvrez ! Police ! »

La lueur disparut. Il attendit et recommença l'opération trois fois. La lueur réapparut.

— Qu'est-ce que vous voulez? demanda une voix féminine de l'autre côté.

— Commissaire de police Darcourt! Ouvrez!

La clenche se mit en branle, la porte s'entrebâilla, une jeune femme en chemise de nuit, chandelle à la main, apparut.

— C'est à quel sujet? s'enquit-elle.

— J'aimerais discuter avec l'homme qui est entré ici il y a quelques instants.

— Il n'y a que moi.

— Permettez, je rentre.

Il poussa la porte lentement. Il avait toujours le pistolet à la main.

— Pouvez-vous allumer une autre chandelle?

La jeune femme s'exécuta. Louis repéra une blague à chique sur la table.

— Vous chiquez? demanda-t-il.

— Non! Si! Évidemment que je chique.

Louis entendit un sommier grincer dans la pièce d'à côté.

— C'est votre chambre? fit-il en désignant la porte du menton.

— Oui, je suis seule, il n'y a personne.

Darcourt porta son doigt devant ses lèvres pour instaurer le silence.

Soudain, la porte s'ouvrit, un homme encore habillé apparut dans l'encadrement. Il avait du sang sur sa chemise: le coup de botte de Louis, son talon acéré sur le poitrail de son agresseur.

— Je vous connais, vous! dit Louis, surpris.

— Moi aussi, je vous connais.

Chapitre 24
Où l'on discute

Saint-Malo, le sextidi 16 pluviôse an XII (lundi 6 février 1804)

Louis Darcourt pointa son pistolet sur l'homme qui se tenait en face de lui. Il tendit à la jeune femme une corde à linge qu'il avait décrochée d'un clou puis s'adressa à l'individu :

— Tournez-vous et mettez les mains derrière le dos, votre femme va vous attacher les poignets.

— Ce n'est pas ma femme !

— Nous sommes juste fiancés pour l'instant, précisa la jeune fille d'une voix douce et angoissée.

— Serrez bien fort les nœuds !

Darcourt vérifia les attaches, qui lui semblèrent correctes. Il demanda au couple de s'asseoir et prit une chaise pour s'installer en face d'eux, sortit son petit cahier et son crayon à mine de charbon, approcha la chandelle de la page et demanda :

— Quel est votre nom, monsieur ?
— Porcher ! Anatole Porcher !
— Vous habitez où ?
— Ici.
— Rue de la Motte donc… Quelle est votre date de naissance ?
— 5 février 1778.
— Ça vous fait vingt-six ans… J'ai à peu près un an de plus que vous, sourit Darcourt. Nous sommes presque conscrits, à la différence près que je n'essaie pas de tuer les gens.
— Je n'ai tué personne !
— Ça, on en reparlera tout à l'heure… Et vous, mademoiselle, quel est votre nom ?
— Laissez-la en dehors de tout ça, elle n'a rien à voir là-dedans !

Louis Darcourt pensera plus tard : « Et pourtant si, elle avait tout à voir là-dedans. »

— Votre nom ?
— Marie-Anne Levraut.

Louis haussa un sourcil et fixa la jeune femme.

— Levraut ?
— Oui.
— Je connais un Levraut qui est meunier au Naye.
— C'est mon père… Enfin… Il nous a abandonnés, ma mère et moi, depuis longtemps.
— Et vous vivez chez votre mère ou ici avec monsieur Porcher ?
— Je suis de plus en plus avec Totole… Anatole. Mais je vais voir ma mère régulièrement.
— Elle habite Saint-Malo ?
— Oui, rue des Orbettes. Elle tient un petit débit de boissons.

Louis Darcourt haussa à nouveau son sourcil droit.

— Comment s'appelle-t-elle?

— Madame Legris! Antoinette Legris! Elle a divorcé de Levraut et repris son nom. Mais je ne comprends pas pourquoi vous me demandez ça. J'espère que vous n'allez pas l'embêter avec cette histoire... Pourquoi vous ne nous laissez pas tranquilles?

— Votre fiancé a essayé de me tuer, regardez ma redingote au niveau de l'épaule... Totole, avec la balle de son pistolet, a attenté à ma personne, officier de police de surcroît, et ceci à deux reprises. Une fois avec la crosse et une seconde fois avec le canon. Je ne sais pas si j'ai de la chance ou si vous êtes maladroit.

— Je n'ai rien fait!

— Bien sûr... Je reconnais l'empreinte de ma botte sur votre chemise.

— Ça ne veut rien dire.

Louis Darcourt ignora la réponse et s'adressa à Marie-Anne.

— J'ai rencontré votre mère, Nénette.

— Vous connaissez ma mère?

— Oui. En revanche, j'ignorais qu'elle avait une fille et qu'elle avait été mariée avec le citoyen Levraut.

Louis Darcourt s'adossa à sa chaise et tenta de mettre de l'ordre dans ses idées. Il connaissait désormais le père, la mère, la fille et le fiancé. Pourquoi toute cette famille surgissait-elle, d'un même élan, dans son enquête? Il posa la question:

— Vous connaissiez le citoyen Lescousse, mademoiselle?

Le visage de Marie-Anne devint plus blanc que la chandelle. Anatole Porcher s'énerva:

— Laissez-la !

— Je sais que vous avez tué Lescousse, Anatole. Je crois en deviner la raison mais j'aimerais que vous me le disiez, vous ou votre fiancée.

— Je ne l'ai pas tué !

— Si ! Vous aviez un poste d'observation aux premières loges devant le cabaret du Pot d'Étain... Vous pouviez en surveiller les entrées et les sorties en travaillant. Vous pouviez même effacer les traces de sang à grandes pelletées de sable et rechausser la rue avec les pavés du crime. C'est curieux, je ne vous aurais jamais soupçonné si vous n'aviez pas essayé de me tuer... Vous sembliez être un cantonnier si inoffensif. Que craigniez-vous ? Que je découvre la vérité ? C'est vrai, je l'aurais sans doute découverte, avec un peu plus de temps... Dans la nouvelle police du Consulat, monsieur Desmarest, le chef de la Sûreté, insiste beaucoup auprès de ses hommes pour qu'ils découvrent le mobile de l'assassin. Un mobile irréfutable ! Le passé récent nous a montré combien d'innocents ont été condamnés et guillotinés à tort à cause de misérables délations sans preuve... Connaissiez-vous le citoyen Lescousse, mademoiselle Levraut ?

Marie-Anne baissa la tête.

— Alors ? insista Darcourt.

— Pas beaucoup...

— Vous l'aviez rencontré depuis son retour en France ou vous le connaissiez d'avant, pendant les jours sombres de la Révolution ?

Elle garda le silence.

— Quel âge avez-vous ?

— Je vais avoir dix-neuf ans en mars.

— Vous étiez jeune à l'époque, une enfant de huit neuf ans… Je connais le passé de Nénette, votre maman, je sais que Lescousse voulait la débaucher pour qu'elle participe au culte de la déesse Raison. Elle a refusé, m'a-t-elle dit. Ces cérémonies avaient lieu dans des baraquements près des moulins du Naye, là où travaille votre père et où travaillait Lescousse. On a même parlé de messes noires révolutionnaires.

— Mon père n'a jamais participé à ce genre de cérémonies, hurla-t-elle. Il n'aimait pas Lescousse !

— Comment savez-vous qu'il n'a jamais pris part à la célébration des cultes ? Tout au moins aux cultes dévoyés par ce sinistre personnage.

— Il se tenait à l'écart des évènements de la Révolution… C'était un travailleur… Même s'il nous a abandonnées, je dois lui reconnaître ça.

— Par conséquent vous supposez qu'il n'a jamais participé aux cérémonies des cultes, mais vous ne pouvez pas en être certaine… Il était facile pour vous d'échapper à la surveillance de votre mère pendant qu'elle exerçait son métier à quelques rues de là… Avez-vous participé à ces fêtes ?

— Laissez-la, intervint Anatole Porcher. Elle n'a rien fait.

— Non ! Je n'y ai pas participé ! explosa-t-elle.

— Lescousse vous a-t-il demandé d'y participer ?

— Elle n'a rien à vous dire, continua Porcher.

— Et pourtant, elle vous l'a dit à vous… N'est-ce pas, Marie-Anne ?

— Je ne lui ai rien dit du tout.

— Malgré mon nom qui fleure bon l'Ancien Régime, j'ai des origines bretonnes, alors sachez que je peux être aussi têtu que vous… J'ai tout mon temps, je n'ai pas de fiancée qui m'attend. Je répète ma question : est-ce que Lescousse vous a demandé de participer à ces fêtes malgré votre jeune âge ?

— Non ! répondit Porcher.

— Je ne m'adresse pas à vous ! Alors, Marie-Anne ?

— Une fois, marmonna-t-elle du bout des lèvres.

— Une fois ?

— Oui.

— Une fois de trop ?

— Ne réponds pas ! s'énerva Anatole.

— Porcher ! Je vais vous assommer si vous continuez à l'ouvrir… Parlez, Marie-Anne.

— Ma mère voulait arrêter son métier, elle venait de trouver un petit local près du perruquier de la rue du Boyer pour y faire un commerce de lavage de linge. Elle m'avait demandé d'aller y passer un coup de chiffon pendant qu'elle travaillait, car ce n'était pas très propre. Un soir, j'y travaillais quand Lescousse est venu, il cherchait ma mère… Et voilà.

Anatole Porcher fulminait sur sa chaise, les mâchoires crispées.

— Je sais que c'est difficile, Marie-Anne, mais dites-moi la suite.

— Il voulait que j'aille au Naye, j'ai refusé… Il s'est montré pressant et m'a… m'a renversée… Il a remonté mes jupes… et a abusé de moi… Voilà… J'avais neuf ans.

Les larmes coulaient maintenant en silence le long de ses joues.

— Vous êtes content ? lança Porcher.

Louis Darcourt ne répondit pas. Il ferma son carnet et le glissa dans une poche intérieure de sa redingote.

— Malheureusement, lâcha-t-il, il arrive que les victimes aient à payer deux fois, et dans leur esprit et dans leur chair, l'acte misérable d'un sinistre individu. La première fois au moment du geste criminel, la deuxième fois devant la justice de la République quand la victime a voulu la rendre à sa façon, mue par un esprit de vengeance que je comprends mais que je n'absous pas. Je suis désolé.

— Elle n'a rien fait! s'écria Porcher.

— C'est pour cela que je vais écrire dans mon compte rendu que Marie-Anne n'était pas au courant de votre esprit de vengeance, et j'insisterai sur ce point auprès du procureur. Mais vous, monsieur Porcher, outre le fait d'avoir tué Lescousse, vous avez essayé par deux fois de tuer un officier de police et ça c'est impardonnable. Surtout quand il s'agit de ma personne, un citoyen auquel je tiens.

— Il risque quoi? s'inquiéta Marie-Anne.

— La justice n'aime ni les impulsifs ni les calculateurs, mais elle aura de la mansuétude pour le meurtre de Lescousse. Quant aux deux attentats perpétrés sur un commissaire de police qui ne vous avait rien fait, je le redis, la justice peut se montrer très sévère. Je pourrais ne pas porter plainte, ce qui atténuerait la sanction, mais quand je pense à la balle qui aurait dû me tuer, puisqu'à quelques pouces près elle m'arrivait en pleine figure, j'ai encore un peu de mal à envisager cette solution. Je vais y réfléchir… Monsieur Porcher, si vous me racontiez votre version…

— Raconter quoi?

— Comment avez-vous tué Lescousse?

— Vous le savez bien, à coups de pavé.

— J'aimerais avoir plus de détails… Par exemple, depuis combien de temps étiez-vous au courant pour le viol de Marie-Anne ?

— Quand Lescousse est rentré au pays, il est allé voir sa mère aux Trois Barriques, c'est elle qui a prévenu Marie-Anne que l'autre charogne était revenue. Il n'y avait qu'elles deux à garder ce secret jusque-là. Marie-Anne a eu peur de lui et m'a tout avoué il y a moins de trois mois. J'ai cru devenir fou, je voulais le tuer séance tenante… Je travaillais à la réfection des rues autour de la cathédrale et quand je suis allé dans celle du Pot d'Étain, je l'ai aperçu qui rentrait au cabaret. Je me suis mis à surveiller ses habitudes et j'ai remarqué qu'il en sortait tard le soir. Je n'avais plus qu'à attendre… Voilà… C'est tout.

— Non, ce n'est pas tout. Racontez-moi le soir du crime.

— Ce n'est pas un crime, j'appelle ça rendre justice.

— Certains de mes proches sont morts pendant la Révolution, dénoncés pour ce qui n'était qu'un acte de bienveillance par des gens malfaisants qui à mes yeux méritent la mort, mais je n'ai pas pour autant cherché à rendre ma propre justice, monsieur Porcher.

— Eh bien, vous auriez dû !

Louis Darcourt se mentait à lui-même, il avait refoulé plus d'une fois cette idée de vengeance et il n'avait aucune certitude d'y être parvenu.

— Racontez-moi le soir du crime, monsieur Porcher.

— Je savais qu'il était dans le cabaret. Quand on arpente comme moi les rues de l'intérieur des remparts à longueur de journée, on finit par en connaître tous les recoins, toutes les cachettes. Comme les lanternes commençaient à s'éteindre, vu qu'elles n'avaient plus d'huile, je me suis dissimulé dans le renfoncement d'un mur et j'ai attendu qu'il sorte. Quand il est passé à ma hauteur, je me suis glissé derrière lui et de toutes mes forces, je lui ai donné deux coups de pavé. J'ai entendu les os craquer, il s'est écroulé séance tenante. J'ai balancé mon pavé et je suis parti.

— Et le lendemain matin, c'est vous qui avez reconnu le corps, vous ne manquez pas de toupet!

— Je connais tout le monde ici, je pensais que le commissaire Beaupain allait s'occuper de l'affaire, je ne risquais pas grand-chose... C'est pas pour dire mais il course plus les catins que les voleurs et les assassins. Quand on s'est parlé la première fois, vous et moi, j'ai eu un mauvais pressentiment, je me suis dit : « ce citoyen-là il ne va pas lâcher l'affaire »... D'où la suite.

— La suite étant de m'estourbir à mon tour?

— On ne peut rien vous cacher.

— Ça a le mérite d'être franc.

— C'est pour que vous notiez ma bonne collaboration... Remarquez, je ne vous en veux pas personnellement...

— Encore heureux! le coupa Darcourt. Je n'ose pas imaginer ce que j'aurais subi si vous m'en aviez voulu... Vous m'avez suivi jusqu'à la Belle Jambe?

— Oui, j'ai vu que vous rentriez par le Petit Placitre, j'ai couru à la deuxième entrée, rue des Mœurs. L'intérieur de la salle était enfumé avec pas mal d'allées et venues, je suis monté à l'étage pour vous surveiller et puis j'ai vu que vous preniez l'escalier. J'avais mon pistolet, mais je n'ai pas osé tirer à cause de la détonation, alors je l'ai pris par le canon et je me suis servi de la crosse... Pas assez, apparemment... Vous avez la tête dure, y faut reconnaître, comme si vous étiez de Saint-Malo... Enfin, voilà.

— Heureusement pour vous que je suis encore là, sinon c'était la guillotine à coup sûr... Là, avec un bon avocat et le passé criminel de Lescousse, encore faudra-t-il prouver le viol, vous pourrez bénéficier de circonstances atténuantes... Je suis désolé, Marie-Anne, mais votre calvaire n'est pas terminé. Vous devrez également affronter les questions du tribunal.

Les larmes continuaient de couler le long de ses joues légèrement rebondies. Louis Darcourt se leva, glissa le pistolet dans son étui et referma sa redingote. Il fit signe à Anatole Porcher de se lever.

— Suivez-moi, nous allons essayer de réveiller le procureur qui va vous trouver une cellule pour la nuit... Avant cela, Marie-Anne, quand vous étiez enfant à l'époque de la Révolution, avez-vous rencontré une jeune fille qu'on appelait la Louve? Votre mère s'en souvient un peu.

— Tine?

— Quoi, Tine?

— La Louve disait que son prénom était Tine, elle était plus vieille que moi, elle avait au moins treize-quatorze ans.

— Quinze exactement! C'est vrai qu'elle avait des traits enfantins.

— Comment le savez-vous?

— Une personne de son entourage… Sa famille m'a demandé de la retrouver.

— Elle n'avait pas de famille.

— Sans doute que si… Où vivait-elle ?

— Avec les gourgandines, elle allait de l'une à l'autre suivant le travail qu'elle avait à leur faire… Elle gardait aussi des ânes sur le Grand Bé. J'y suis allé une fois avec elle, elle était gentille, mais elle ne parlait presque pas. Elle avait peur. C'est pour ça que je vous ai dit qu'elle n'avait pas de famille… Elle disait que tout le monde avait été tué et qu'elle était orpheline.

— Avait-elle des frères, des sœurs ?

— Elle n'en a jamais parlé.

— Je vais vous poser une question douloureuse : a-t-elle eu affaire à Lescousse ?

— Non, je ne crois pas… Elle me parlait un peu à moi parce que j'étais une petite fille, sinon elle fuyait toutes les grandes personnes, c'était une sauvage.

— Si des souvenirs vous reviennent concernant cette jeune fille, vous pourrez venir me voir à mon bureau de police à la sous-préfecture, près de l'hôtel de ville… Son prénom n'est pas Tine mais Justine… Maintenant, dites au revoir à votre fiancé.

Il se mit en retrait et ouvrit silencieusement la porte palière pendant qu'Anatole et Marie-Anne se parlaient à voix basse.

Le procureur Mourron était maintenant sur le pavé au Pilori, devant le commissaire et son prisonnier, les yeux hagards et la mèche rebelle.

— Voyons, citoyen-commissaire, ce n'est pas une heure pour réveiller un honnête représentant de la Justice… Mais vous êtes avec Anatole ?

— Vous le connaissez ?

— Il est toute l'année dans les Murs à battre le pavé, tout le monde le connaît… Ça va, Anatole ?

— Comme vous le dites, c'est un professionnel du pavé, il vous expliquera… Il a tué le citoyen Lescousse qui, je dois le dire pour venir atténuer son geste, était loin d'être un bon citoyen. Vous verrez ça avec lui demain.

— Qu'est-ce que j'en fais en attendant ?

— Soit vous le montez chez vous et dormez avec lui, soit vous lui trouvez une cellule.

— Et vous ?

— Je vous accompagne et après je vais me coucher, il est tard.

Chapitre 25
Préparatifs à l'intronisation

Saint-Servan, le quartidi 24 ventôse an XII (jeudi 15 mars 1804)

Les trois membres de la police de l'arrondissement tenaient conseil au Bigorneau Doré, rue Dauphine. Attablé devant un vin chaud et une assiette de châtaignes harassées à la poêle sur le feu de cheminée de l'auberge, Louis Darcourt avait souhaité faire le point avec ses hommes. Les progrès à cheval et au tir de l'inspecteur Henri Girard, initié par l'inspecteur Joseph, se révélaient indéniables et prometteurs. Un mois auparavant, le commissaire Darcourt s'était montré agacé par l'attente que ses inspecteurs lui avaient infligée après leur virée de présentation dans les cantons et les communes de l'arrondissement. Au lieu des trois jours prévus, ce fut pratiquement les dix jours d'une décade qui s'écoulèrent avant leur retour. Des nouvelles de leur halte à Tinténiac lui parvinrent quatre jours avant que ses inspecteurs aient franchi la Rance au passage de Jouvente, synonyme du retour au bercail, en provenance de Pleurtuit. Louis, avec retard, épluchait les comptes de cette randonnée devant l'assiette de châtaignes grillées.

— Je ne comprends pas ce que vous êtes allés faire à Dinan qui n'est pas sur notre secteur… s'enquit-il.

— Moi je ne connais pas la région, j'ai laissé Henri me guider, se défaussa Joseph.

— À mon avis, c'était une erreur manifeste de te laisser guider par un marin à travers les bois et les forêts. Surtout quand ce marin est un ancien batelier du Naye… C'est toi qui as emmené Joseph à Dinan, Henri? Je te rappelle que vous êtes allés dans les Côtes-du-Nord, sur une partie de la rive gauche de la Rance où vous n'étiez pas censés mettre le bout d'un fer à cheval.

— Quand tu viens de Tinténiac, c'est mieux de passer par Dinan pour se rendre à Pleurtuit.

— Y passer je veux bien, mais y rester trois jours, c'est autre chose! s'excita Louis sur Henri qui épluchait une châtaigne à l'aide de son couteau à manche de corne.

— C'est beau, Dinan.

— Je m'en fous que ce soit beau! Comment vais-je passer un bordereau de frais de trois nuits d'auberge sur un territoire qui n'est pas le nôtre?

— On a bien le droit de voyager un peu hors de nos limites, non? s'enhardit Joseph.

— D'autant plus, renchérit Henri, qu'on nous avait signalé des brigands dans la forêt de Coëtquen, et même des chouans du côté de Lanvallay, pratiquement aux portes de Dinan.

— Et par conséquent, vous escomptiez affronter une armée de chouans à vous deux ?

— On n'a pas dit ça, fit Joseph. Nous sommes allés en reconnaissance.

— En reconnaissance ?

— Oui.

— On a aussi escorté la diligence de Rennes qui se rendait à Dinan, s'avança Henri.

— Dites-moi ce que vous n'avez pas fait, ça va être plus simple… Ce n'était pas dans votre mission d'escorter la diligence de Rennes à Dinan.

— On l'a croisée par hasard et quand le Corbeau Blanc et sa bande sont dans les parages, nous devons protéger nos concitoyens.

— Bien sûr. Bon, on en reste là… J'ai une nouvelle déplaisante venue de Paris, j'ai reçu au courrier d'hier une dépêche de Desmarest qui confirme les informations de la gazette locale.

Louis Darcourt se saisit de la missive placée devant lui.

— Il m'annonce l'arrestation de Georges Cadoudal survenue il y a six jours… Le général Georges a reconnu le projet de complot contre Bonaparte… Il devra être jugé… Je crains le pire pour lui.

— C'est un royaliste, fit Joseph. Nous sommes des républicains qui avons combattu contre les puissances étrangères qui l'ont soutenu et qui veulent restaurer la monarchie.

— Pour moi, c'est un Breton qui croit en Dieu et au Roi… C'est aussi cela la liberté ! C'est du gâchis... Bonaparte le craignait, il va vouloir le châtier durement... Bien, passons à autre chose, nous serons reçus dimanche prochain à l'hôtel de ville dans les murs de Saint-Malo et nous serons présentés aux délégués des communes de l'arrondissement. Faites nettoyer et repasser vos habits.

— Ah! À ce sujet, m'man voudrait te voir, Louis.

— À quel sujet? C'est parce qu'on parle de nettoyage et de repassage que tu penses aussitôt à ta mère? J'ai une lingère et une repasseuse au bout de la rue qui ne demandent que ça. Ce n'est pas parce que je connais ta maman que je vais lui infliger le nettoyage de mes hardes, car je sais très bien qu'elle refuserait que je l'acquitte... Toi, tu en profites peut-être, mais tu es un mauvais fils, j'espère que tu lui apportes au moins quelques subsides.

— Du poisson.

— C'est un premier pas.

— Qu'est-ce qu'on aura à faire à la cérémonie? s'inquiéta Joseph.

— Rien. Être propre et poli, c'est tout... Et surtout, ne pas boire! Je vous connais, vous aurez à subir mille tentations, mille invitations à trinquer... Je ne veux pas que la police de l'arrondissement finisse le soir dans le caniveau. Pour nous éviter les aléas d'un retour nocturne, nous dormirons à l'hôtel.

— Dans l'écurie? demanda Joseph.

— Pourquoi dans l'écurie?

— Nos vieilles habitudes de campagnes.

— Nous en avons fini des champs de bataille, Joseph.

— Quand est-ce qu'on retourne au château de Longueville, Louis? J'ai envie de voir ma ferme.

— Au printemps, dans quelques semaines. J'ai échangé avec le régisseur, ainsi qu'avec quelques métayers et fermiers, les nouvelles sont bonnes. Le régisseur vient de négocier avec des marchands de bois la vente de cinq mille stères de bons chênes que nous avons au bord de la forêt de Rambouillet. Le lait se vend bien, les bêtes également, et les terres sont retournées pour l'ensemencement du printemps. Le château est prospère, Joseph, et ta ferme aussi.

— Heureusement qu'il y a eu la Révolution, lança Henri, ironique.

Joseph vint à la défense de Louis Darcourt.

— Les fermiers du château de Longueville étaient bien considérés et bien rétribués par le comte Darcourt et sa femme, et leur fils, Louis, est juste et généreux, aucun ne se plaint de sa gouvernance... Certaines fermes voisines du château ont été vendues à la Révolution, achetées par les communes et revendues à leurs occupants pour six sous et une motte de beurre, je n'en voudrais même pas en héritage. Ce n'est pas tout de cultiver, il faut savoir vendre et acheter le bétail et les graines au meilleur prix, et ça, le régisseur sait le faire. Moi je lui ai donné la gestion de ma ferme et quand j'irai y travailler, je lui en laisserai la gouvernance.

— Merci, Joseph, fit Louis, les deux mains collées à son bol de vin chaud. Justement, puisque les affaires sont bonnes et que je suis un enfant du pays de Saint-Malo, j'ai envie d'investir dans la terre de ce pays. Pour cela, j'aimerais une grande maison avec beaucoup de terrains et de forêts autour, ainsi que des plans d'eau... Ces grandes demeures que les gens d'ici appellent des malouinières.

— C'est presque des châteaux, dit Henri. Ça ne va pas être facile à trouver. Ceux qui en ont ne les lâchent pas.

— C'est aussi ce que je crois, j'ai donc l'intention d'en faire construire une… Je vais déjà faire le tour des notaires de la région pour trouver une grande étendue de terre à proximité de nos deux villes ou au pire dans le Clos-Poulet. Évidemment, je construirai aussi une ferme dans l'enceinte de mes terres ; cultivateur, avec l'armée et la police, c'est à peu près tout ce que je sais faire. Je ne suis pas un grand navigateur comme toi, Henri.

— Tu te fous de ma gueule ?
— Non.
— Si !
— Non. Je pense que quand on est un batelier du Naye, métier âpre, rude et aventureux, on est apte à parcourir le globe à la poursuite de l'Anglais.
— Si ! Tu te fous de ma gueule.
— Bon, arrêtez ! s'interposa Joseph.
— Tu ne seras pas le seul à chercher des terres, continua Henri. La dernière fois que j'ai passé Robert Surcouf sur mon bateau, il démarchait les notaires de Saint-Servan qui s'attachent à lui trouver une grande propriété dans le coin. Je ne sais pas si ce sont les comtes de Longueville ou les corsaires de Saint-Malo qui ont la plus grosse fortune, mais la bataille sera rude… Il reste le duel, glissa l'inspecteur Girard, sibyllin. À ta place, je ne m'y fierais pas.

— Qu'est-ce que tu racontes ? Je n'ai aucune intention de me battre en duel contre monsieur Surcouf pour un lopin de terre… Bois ton vin chaud et épluche tes châtaignes, Henri… Bien, voyons le programme de la journée. J'ai soudainement envie de te charger de l'inspection des octrois... Débusquer les fraudeurs.

— Oh non ! Je l'ai déjà fait !

— À pied ! Maintenant que tu sais monter à cheval, ça ira plus vite.

— Je comptais aller écoper mon bateau.

— Pendant tes heures de service ?

— On a pas d'heures... Je mérite mieux que les octrois.

— D'accord !

Louis souleva quelques papiers posés devant lui et en sortit une lettre.

— J'ai ça, une lettre du juge de Saint-Servan, qui nous demande d'enquêter ou de clore une affaire. Un mari suspecté d'avoir empoisonné sa femme. Je te lis le récit du juge qui se réfère au rapport d'autopsie : « ... *L'autopsie de la femme Bondou n'a révélé aucune lésion et les médecins qui ont procédé n'ont trouvé aucun indice pour constater la cause de la mort. Le médecin de famille qui suivait cette femme la traitait pour une bronchite chronique. Pendant sa dernière crise, au bout de trois ou quatre jours, des phénomènes d'asystolie violents se manifestèrent. Le médecin crut qu'un caillot de sang s'était formé dans le cœur droit. Le foie prit un volume considérable dû à la congestion. La malade eut des défaillances et quelques coliques légères sans diarrhée au début. Devant ces phénomènes anormaux, ce médecin se demanda un moment s'il ne se trouvait pas en présence d'un crime et si cette femme n'avait pas été empoisonnée par l'arsenic. Des témoins affirment que la femme Bondou a souffert de vomissements et de diarrhée pendant sa maladie, mais on n'a pas pu recueillir ces déjections, on n'a trouvé aucune substance toxique au domicile du suspect... etc.* »

— Alors, Henri ? Tu es partant pour aller à la recherche d'indices ?

— D'après le juge, tu as la possibilité de clore l'affaire ?

— Oui.

— Alors, je vais aller surveiller les octrois.

Épilogue
Intronisation

À l'intérieur des remparts, le septidi 27 ventôse an XII (dimanche 18 mars 1804)

Ce fut donc deux mois après son arrivée à Saint-Malo que la police de l'arrondissement fut enfin officiellement présentée aux délégations des neuf cantons et soixante-deux communes que comptait le territoire administratif. Nous étions le septidi 27 ventôse – un dimanche qui ne correspondait pas à un décadi, dont tout le monde se fichait apparemment – dans les locaux de la sous-préfecture, l'ancien manoir épiscopal près de la cathédrale. Le commissaire Louis Darcourt, en tenue d'apparat, arborait son grand bicorne, sur lequel était plantée une longue plume rouge, et son écharpe tricolore frangée de noir. Il y avait ajouté son épée, qui n'était pas l'apanage d'un commissaire mais témoignait de son passé militaire. Il supportait assez mal sa chemise blanche à jabot et haut col qui lui enserrait le cou à le rendre douloureux. Col amidonné, sans nul doute avec amour, par la citoyenne Madeleine Girard, maîtresse du commissaire et maman de l'un de ses inspecteurs, ci-devant mercière de son état. Louis ignorait par quel chantage improbable les trois pestes de voisines de la mercerie, Liberté, Égalité, Fraternité, avaient imposé à Madeleine leur présence à la cérémonie. Elles avaient effectué la traversée, le matin même, sur un bateau du Naye en compagnie de la mercière. Traversée payée un sou la personne par cette dernière. Le discours de Louis fut bref, se voulut chaleureux mais non amical, tant il percevait une réticence chez tous ces édiles, le sous-préfet en tête. Il y avait dans ces émissaires-là des maires républicains mous, des purs et durs, des royalistes, des fédéralistes, peu de consulaires, et sûrement quelques maires chouans venus des cantons les plus reculés. Henri et Joseph étaient au premier rang, en civil. Les inspecteurs de l'arrondissement n'avaient pas le droit à l'uniforme et sous les ronchonnements d'Henri, Louis Darcourt leur expliqua que c'était normal et que cela viendrait avec les résultats de leur travail que lui, en sa qualité de commissaire, jugeait à l'heure actuelle nettement insuffisants. Louis Darcourt termina son allocution en regrettant le manque de moyens mis à sa disposition, notamment une prison digne de ce nom, ajoutant qu'il verrait avec le conseiller d'État les ressources à mettre en œuvre pour améliorer la situation, quitte à ce que Réal vienne sur place pour être confronté à la réalité du terrain. Les quelques applaudissements parcimonieux prouvèrent à Louis qu'il avait touché le cœur de cible. Riez, braves gens, songea-t-il. L'Empire arrive! Les propriétaires de la centaine de mains qu'il avait serrées l'affublèrent de tous les titres : commissaire, chevalier, monsieur le comte, citoyen, capitaine et même directeur, sûrement un rapport avec le Directoire mais Louis ignorait lequel.

« Je ne suis qu'un paysan de la Ville-Lehoux, ici par la toute-puissance d'un Dieu qui a poussé sa mère au pire des crimes : celui de cacher un prêtre qui n'avait pas prêté serment à la constitution. Une femme très douce, un peu trop dévote, certes, mais si aimante, si rieuse… »

Il la chercha dans l'assemblée… Il ne vit qu'un jeune homme coiffé d'un tricorne de l'Ancien Régime, un jeune homme aux yeux de louve qui le dévisageait. Son cœur se serra. Il tenta de descendre de l'estrade mais fut happé par les édiles. Quand il se libéra, il était trop tard, le garçon avait disparu. Il aurait voulu crier :

« Je suis Louis Hervelin, ton frère bien-aimé, nous allions ensemble à l'Assemblée des petits cochons, la foire aux bestiaux de Boisouze. C'était bien, tu te souviens? On riait à l'aller, et au retour, tu pleurais sur le sort de tes petits pourceaux. Je te prenais dans mes bras, on pleurait tous les deux… C'était bien… C'était mieux avant, Justine. »

FIN

REMERCIEMENTS

Je tiens à remercier pour leur accueil le personnel des Archives municipales de Saint-Malo, particulièrement Tiphaine, qui sait chercher et trouver, ainsi que Marc Jean qui en est le responsable.

Je remercie aussi chaleureusement ma consœur Valérie Valeix et mon confrère François Lange, auteur.e.s de romans policiers historiques aux éditions du Palémon. Je me félicite de leur érudition sur la période que concerne ce roman, de leurs conseils et de leur bienveillance.

Merci au commandant de police Daniel Blondel pour ses recherches sur la médecine légale sous le Consulat. Ainsi qu'à Alain Hentic pour les ouvrages spécialisés en criminalistique de la fin du XIXe siècle ayant appartenu à son père, ancien commissaire au SRPJ de Rennes.

Merci à Alain Berbouche, maître de conférences à la Faculté de droit et de science politique à Rennes I, et grand spécialiste de la Marine française, ainsi que celle sur Saint-Malo et sur la Course.

La couverture du livre est tirée d'un tableau appelé *Les deux cavaliers aux moulins du Naye*, de l'artiste peintre Jean Gauttier que je remercie infiniment pour cette reconstitution du nez de Saint-Servan au début du XIXe siècle.

Et bien sûr, je n'oublie pas de remercier la chaleureuse équipe des éditions du Palémon.

BIBLIOGRAPHIE

Saint-Malo 2000 ans d'histoire, tomes I & II – Gilles Foucqueron (Chez L'auteur)
Desmarest Policier de l'empereur – Pierre Lafue (Éditions Colbert)
La Révolution Française – Jean-Paul Bertaud (Tempus Éditions Perrin)
Les corsaires chez eux – Étienne Dupont (Coëtquen Éditions)
Histoire de la Révolution française, Tomes I, II, III & IV – Jules Michelet
Fouché – Stefan Zweig (Le Livre De Poche)
Histoire de l'émigration 1789-1814 – Ghislain de Diesbach (Tempus Éditions Perrin)
Saint-Malo, son histoire – François Tuloup (Reliure Inconnue)
Mémoires d'outre-tombe, Livres I à XII – Chateaubriand (Le Livre De Poche)
Histoires de contrebande – Dominique Roger (Éditions Pascal Galodé)
La Chouannerie – Roger Dupuis (Éditions Ouest-France)
Soldats bretons de Napoléon, 1796-1815 – Pierre Le Buhan (Éditions Pierre Le Buhan)
La Police, son histoire – Henry Buisson (Vichy Imprimerie Wallon 1949)
Grandes affaires de police – Michel Malherbe (Éditions Crepin-Leblond)
Le vieux Saint-Malo, au pays de la course et de la traite – Étienne Dupont (La Découvrance)

Saint-Servan jusqu'à la Révolution – Jules Haize (Rue Des Scribes)

Au pays malouin, courses, études et notes – Amand Dagnet (Éditions des Régionalismes)

La Police et les chouans sous le Consulat et l'Empire – Ernest Daudet (Amazon)

Malades et médecins à Saint-Malo à la veille de la Révolution – Jean-Pierre Goubert (Presses Universitaires De Rennes)

Saint-Malo sous la Révolution, 1789-1800 – Eugène Herpin (La Découvrance)

Saint-Servan sous la Révolution – Jules Haize (Rue Des Scribes)

Le sang de la liberté, Histoire de Saint-Malo sous la Révolution et la Terreur, René Leroux (Éditions L'ancre de Marine)

Pirates, flibustiers & corsaires, de René Duguay-Trouin à Robert Surcouf – Alain Berbouche (Éditions Pascal Galodé)

Saint-Malo au temps des négriers – Alain Roman (Éditions Karthala)

321 Malouins – Sous la direction de Jean-Loup Avril (Éditions Les Portes Du Large)

Histoire des corsaires – Jean Merrien (Éditions L'ancre de Marine)

Histoire du Consulat et de l'Empire, chronologie commentée – Jean-Paul Bertaud (Tempus Éditions Perrin)

Saint-Père Marc-En-Poulet – Théodore Chalmel (Rennes Imprimerie brevetée Francis Simon 1931)

Anatomie de la Terreur – Timothy Tackett (Éditions du Seuil)

Les frères Surcouf – Auguste Toussaint (Flammarion)

Inscrivez-vous gratuitement,
et sans aucun engagement de votre part,
à notre bulletin d'information
en nous retournant le coupon ci-contre.

Vous serez averti(e) des parutions en exclusivité,
pourrez bénéficier d'offres spéciales,
de cadeaux, etc.

Chaque nouvel inscrit recevra
une petite surprise…

Rejoignez-nous vite !

Et n'hésitez pas à proposer l'inscription
à vos parents et amis…

Je désire m'abonner gratuitement
au bulletin d'information des Éditions du Palémon :
je serai informé(e) des parutions
de Hugo Buan,
ainsi que de l'actualité et des offres Palémon.

Nom ....

Prénom ....

Adresse ....

....

Code Postal .... Ville ....

Pour encore plus d'offres et d'infos,
indiquez votre adresse e-mail :

E-mail ....@.........................

Bon à compléter ou à recopier
et à retourner par courrier à l'adresse suivante :

ÉDITIONS DU PALÉMON
ZI de Kernevez
11B rue Röntgen
29000 QUIMPER

Vos données sont collectées par les éditions du Palémon afin de vous inscrire à notre lettre d'information. Le recueil des données est facultatif et limité à ce qui est strictement nécessaire pour vous faire parvenir notre catalogue et/ou notre newsletter. Vous pouvez à tout moment accéder à vos données, les rectifier, demander leur suppression ou la limitation de leur traitement. En cas de question, vous pouvez nous contacter au 02 98 94 62 44 ou sur **contact@palemon.fr**.

❒ Je consens à l'utilisation de mes données

❒ Je souhaite m'inscrire à la newsletter

Retrouvez les ouvrages d'Hugo Buan
et tous les titres des Éditions du Palémon sur :

www.palemon.fr

ÉDITIONS DU PALÉMON
ZI de Kernevez - 11B rue Röntgen
29000 QUIMPER
02 98 94 62 44
Dépôt légal 2e trimestre 2021

ISBN : 978-2-372606-06-6

Achevé d'imprimer en avril 2024
sur les presses de la **N**ouvelle **I**mprimerie **L**aballery
58500 Clamecy
Numéro d'impression : 402861 - 8e tirage

Imprimé en France

La Nouvelle Imprimerie Laballery est titulaire de la marque IMPRIM'VERT®